제리 스피넬리, 『스타걸』 그리고 영화화……

북뱅크 출판사가 뉴베리상 수상 작가 제리 스피넬리의 아름다운 성장 소설 『스타걸』을 발견하여 펴낸 것은 2002년이었습니다.

당시 제리 스피넬리는 국내에 알려지지 않은 작가였던 만큼 『스타걸』은 미국에서의 인기와 달리 주목받지 못했습니다. 게다가 미국과 일본에서 영어덜트(YA) 장르 문학 붐이 불고 있던 것과 달리 우리나라에 영어덜트(YA) 장르 문학이 아직 자리를 잡기 전이어서 『스타걸』은 그다지 빛을 보지 못했습니다. 5년 동안 조용히 독자들의 입에서 입으로 전해지기는 하였으나, 5년 후 계약 연장을 하여 개정판을 낸 이후로 마니아층 이상으로 독자가 확대되지는 못했습니다.

그리하여 어쩔 수 없이 절판을 할 수밖에 없었고, 그 후 10년이 흐르는 사이 『스타걸』은 완전히 잊혔다고 생각하고 있었는데, 많은 분이 아쉬워하며 재출간 요청을 하였습니다. 또, 2020년에 미국에서 이미 영화화되었다는 사실도 알게 되었습니다.

저희는 고민 끝에 다시 한번 출간하기로 마음먹었습니다. 다행히 판권이 살아있었습니다. 마침 스타걸 영화를 제작한 디즈니 플러스 한국 진출과 맞물려 더욱 뜻깊은 출간이 되었습니다. 독자는 이 책을 읽고 나서 영화를 볼 수도 있고, 영화를 보고 책을 읽을 수도 있게 된 것이지요.

20년 후 번역을 여러 번 손보아 재출간하게 된 『스타걸』이 더 많은 독자의 가슴에 영원한 '별'로 남기를 기대해 봅니다.

- 2022년 3월 도서출판 북뱅크 편집부

Stargirl

Stargirl
스타걸

제리 스피넬리 지음 | 양원경 옮김
1판 1쇄 발행 | 2022년 5월 10일
펴낸이 | 최용선 펴낸곳 | 도서출판 북뱅크 등록 | 1999년 5월 3일(1999-6호)
주소 | 21453 인천광역시 부평구 백범로 478(십정동, 종근당빌딩 501호)
전화 | (032)434-0174 / 441-0174 팩스 | (032)434-0175 이메일 | bookbankbb@naver.com
페이스북 | https://www.facebook.com/bookbankbooks 인스타그램 | @bookbank_books
ISBN 978-89-6635-156-5 03840

Stargirl
스타걸

제리 스피넬리 지음 | 양원경 옮김

북뱅크

나의 스타걸

아일린에게 바친다.

그리고

우리는 매 순간 변화하는 존재임을 가르쳐 준

로렌 아이즐리에게.

그리고 소니 리스톤에게도.

포큐파인 넥타이

내가 어렸을 때 피트 삼촌에겐 포큐파인(몸에 길고 뻣뻣한 가시털이 덮여 있는 동물. 아프리카 포큐파인이라고도 부른다.) 한 마리가 그려져 있는 넥타이가 있었다. 정말이지 세상에 그보다 멋진 넥타이는 없을 것 같았다. 포큐파인 가시에 찔리는 건 아닐까 생각하며 어린 내가 매끄러운 넥타이 표면을 쓰다듬고 있는 동안 삼촌은 내 앞에 참을성 있게 서 있어 주곤 했다. 한번은 내가 그 넥타이를 매어 보도록 해 주었다. 나도 포큐파인 넥타이를 갖고 싶어 계속 찾아보았지만 구할 수가 없었다.

내가 열두 살 때 우리 집은 펜실베이니아에서 애리조나로 이사를 했다. 피트 삼촌이 작별 인사를 하러 왔는데 그 포큐파인 넥타이를 하고 있었다. 내게 마지막으로 보여 주려고 왔구나 생각되어 삼촌에게 고마운 마음이 들었다. 그런데 그때 삼촌이 과장된 몸짓으로 갑자기 넥타이를 휙 풀더니 내 목에 둘러 주는 것이 아닌가. "이제 이건 네 거다. 이별 선물이야"라는 말과 함께.

난 그 포큐파인 넥타이가 너무나도 마음에 든 나머지 수집하기로 마음먹었다. 그러나 애리조나에 정착한 지 두 해가 다 돼 가도록 내가 소장하고 있는 넥타이 수는 여전히 한 개였다. 도대체 애리조나주 마이카시의 어디에 가면 포큐파인 넥타이를 발견할 수 있는 걸까 — 아니 마이카 말고 다른 지역에서라도 구할 수가 있기는 한 걸까?

열네 번째 생일날, 나는 지역 신문에 실린 나에 대한 기사를 읽었다. 가정생활을 다루는 지면에 생일을 맞은 아이들에 대한 소개란 같은 것이 있었는데, 우리 엄마가 사연을 보냈던 것이다. 사연의 마지막은 이러했다.

'리오 벌록은 취미로 포큐파인 넥타이를 수집한답니다.'

며칠 뒤 학교에서 돌아오는 길에 난 집 현관 층계에서 비닐봉지를 발견했다. 봉지 안에는 선물용 포장지로 싸서 노란 리본으로 묶은 상자 하나가 '생일을 축하해요!'라는 꼬리표를 단 채 들어 있었다. 나는 상자를 열었다. 포큐파인 넥타이였다. 두 마리의 포큐파인이 그들의 가시로 다트 게임을 하는 동안 나머지 한 마리는 가시로 이빨을 쑤시고 있는 무늬가 그려진.

나는 상자와 꼬리표, 포장지까지 다 살펴보았지만 그 어디에도 보낸 사람의 이름은 없었다.

부모님께도 여쭤보고 친구들에게도 물어봤다. 피트 삼촌에게도 전화해 보았지만, 한결같이 모른다는 대답이었다.

그때는 이 사건을 참 수수께끼 같은 일도 다 있네 하며 그냥 넘겨 버렸다. 누군가가 나를 지켜보고 있다는 생각은 전혀 하지 못했다. 그러나 우리 모두를 지켜보고 있었던 것이다.

1

"그 여자애 봤니?"

11학년으로 올라가던 첫날 학교에서 케빈이 내게 건넨 첫마디였다. 우린 시작종이 울리길 기다리는 중이었다.

"누구?"

내가 물었다.

케빈이 목을 길게 빼고 사람들 속을 살피다가 와우! 하고 소리쳤다. 뭔가 엄청난 것을 발견한 표정이었다. 싱글싱글 웃으면서 여전히 사람들을 살펴보다가 한마디 던졌다.

"너도 곧 알게 될 거야."

수백 명의 학생이 여름방학 동안 검게 그을린 반가운 얼굴들을 손가락으로 가리키고 이름을 불러 대며 떼 지어 몰려다니고 있었다. 개학 첫날 첫 수업 종이 울리기 전 15분 동안만큼 서로에 대한 관심이 열렬한 때도 없었다.

난 케빈의 팔을 치며 다시 물었다.

"누구 말이야?"

수업 종이 울렸다. 우린 안으로 쏟아져 들어갔다.

교실 조회 시간에도 그 소리가 들렸다. 국기에 대한 맹세를 외울 때 내 뒤에서 속삭거리는 목소리,

"너, 그 여자애 봤어?"

복도에서도 들렸고, 국어 시간과 기하학 시간에도 들렸다.

"그 여자애 봤니?"

도대체 누굴까? 신입생? 캘리포니아에서 온 눈부신 금발 미녀? 혹 우리들 대부분의 조상들이 살았던 동부 출신? 아니면 방학이 시작되던 6월에는 가냘픈 소녀였는데, 10주 동안 기적이라도 일어난 듯 성숙한 몸매로 9월에 나타난 여름 변신녀 중 한 명?

마침내 지학 시간에 한 이름을 듣게 되었다.

'스타걸'

난 내 뒤에 앉은 선배에게 몸을 돌리며 말했다.

"스타걸? 무슨 이름이 그래?"

"맞다니까. 스타걸 캐러웨이. 자기가 교실에서 그렇게 말했어."

"스타걸이라고?"

"어."

점심시간에 그애를 보았다. 신발을 다 덮을 만큼 길고 회색빛이 도는 하얀색 드레스를 입고 있었다. 목과 소매 둘레에 주름 장식이 달려 있었는데 꼭 그애의 증조할머니나 입었을 법한 웨딩

가운 같아 보였다. 그애의 머리카락은 모래색이었고 어깨까지 내려왔다. 끈이 달린 뭔가를 등에 메고 있었는데 책가방은 아니었다. 처음엔 소형 기타인 줄 알았는데 나중에 알고 보니 우쿨렐레였다.

그애는 식판을 들고 있지 않았다. 대신 실제 크기만 한 해바라기가 프린트된 커다란 캔버스 천 가방을 들고 있었다. 그애가 걸어 들어오자 식당은 쥐 죽은 듯 조용해졌다. 빈자리 앞에 멈춰 서서 가방을 내려놓더니 악기를 의자 뒤에 걸어 놓고 앉았다. 그러고는 가방에서 샌드위치를 꺼내 먹기 시작했다.

식당에 앉아 있던 아이들 중 반 정도는 계속 쳐다보고 나머지 반은 웅성거리기 시작했다.

케빈이 히죽거리며 말했다.

"내가 뭐랬냐?"

난 고개를 끄덕였다.

"10학년이래. 이제까지 학교는 안 다니고 홈스쿨링만 했다더라."

"어쩐지."

내가 말했다.

그애 등이 우릴 향하고 있었기 때문에 얼굴을 볼 수는 없었다. 아무도 선뜻 그애와 같은 테이블에 앉지 못했다. 대신 그 주변 테이블들에서는 의자 하나에 두 명씩 끼어 앉아 그애를 구경하고 있었다. 그애는 알아차리지 못하는 듯했고, 웅성거리며 자신을 쳐다보고 있는 얼굴들의 바다 한가운데에 외로이 떠 있는 섬처럼 보였다.

케빈이 싱글싱글 웃으며 말했다.

"너 지금, 나랑 똑같은 생각 하고 있지?"

나도 싱긋 웃으며 고개를 끄덕였다.

"핫 시트(Hot Seat)."

핫 시트는 교내 방송의 TV 쇼였다. 일 년 전에 시작한 프로그램으로 내가 PD였고, 케빈이 진행자였다. 매달 케빈이 한 학생을 인터뷰했는데, 지금까지는 대부분 우등생 타입의 학생들이나 운동선수, 모범생 등이 그 대상이었다. 일반적으로 주목을 끌 만은 하지만 그렇다고 특별히 흥미로울 건 없는 그런 학생들이었다.

갑자기 케빈의 눈이 휘둥그레졌다. 그애가 자신의 우쿨렐레를 집어 들더니 가볍게 치기 시작했다. 그러더니 노래까지 부르는 것이 아닌가! 연주에 맞춰 머리와 어깨를 흔들며 노래를 부르고 있었다.

'전에는 그냥 지나쳤던 네잎클로버를 난 지금 찾고 있네…….'

찬물을 끼얹은 듯 조용한 가운데 딱 한 사람의 박수 소리가 들려왔다. 카운터의 계산원이었다.

이제 그애는 일어서서 한쪽 어깨에 가방을 맨 뒤 우쿨렐레를 치고 노래를 부르며 테이블 사이를 빙글빙글 돌면서 걸어 나가고 있었다. 고개를 돌리고 벌어진 입을 다물지 못한 우리들은 눈으로 그애를 쫓고 있었다. 믿을 수 없는 광경이었다. 그애가 우리 테이블 근처에 왔을 때 난 비로소 처음으로 그애 얼굴을 볼 수 있었다. 굉장한 미인은 아니었지만 그렇다고 못생긴 것도 아니었다. 콧등에 뿌려져 있는 주근깨 하며 여러 가지가 학교 내의 수많은 다른 여자아이들과 다를 바 없었으나 단 두 가지만큼은 예외였다. 화장을 전혀 하지 않은 민얼굴이었고, 그애의 두 눈은 내가 이제껏 보았던 눈 중에서 가장 큰 눈이었는데 자동차 헤드라이트에 놀란 사슴의 눈 같았다. 우리 테이블 옆을 빙글 돌며 지나가는 그애의 플레어스커트가 내 바짓가랑이에 스쳤다. 그앤 그렇게 식당을 빠져나갔다.

테이블 사이에서 세 번의 느린 박수 소리가 났다. 그러자 기다렸다는 듯 누군가 휘파람을 불었고 또 누군가는 소리를 질러 댔다.

케빈과 나는 멍하니 서로를 쳐다보았다.

케빈이 손을 세모꼴로 세워 공중에 서커스단 천막 모양을 만들어 보이며 말했다.

"핫 시트! 기대하십시오. 스타걸 편입니다!"

테이블을 내리치며 내가 대답했다.

"좋지!"

우린 손바닥을 세게 맞부딪쳤다.

2

다음 날 등굣길에 보니 교문에서 힐러리 킴블이 소규모 재판을 벌이고 있었다.

"그앤 진짜 학생이 아냐."

힐러리가 빈정대며 말했다.

"배우라니까. 사기지."

누군가가 소리쳤다.

"누가 우리에게 사길 친다는 거야?"

"학교 당국, 교장 선생님이지 누구긴 누구겠어?"

힐러리는 무슨 그런 말도 안 되는 질문을 하냐는 듯 고개를 절레절레 흔들어 댔다.

손을 번쩍 들며 한 아이가 말했다.

"무슨 이유로?"

"학교 분위기를 위해서."

힐러리가 내뱉듯 말했다.

"작년에 학교가 너무 침체된 분위기였다고 생각한 거지. 그래서 괴짜 하나를 학생들 사이에 심어 놓으면 어떨까 한 거고."

"끄나풀을 학교에 박아 놓는 것처럼 말이지!"

또 다른 누군가가 이렇게 소리치자, 힐러리는 그애를 쳐다보고 나서 말을 이어 나갔다.

"그러니까 괴짜가 분위기를 선동하면 나머지 학생들도 가끔씩은 우리 학교 스포츠 팀이 싸우는 경기에 응원도 가고 동아리에 가입도 하고 그럴 거다, 기대하는 거겠지."

"도서관에 처박혀 있는 대신에 말이지!"

누군가가 장단을 맞추자 모두들 웃었고, 그때 시작종이 울려 우린 학교 안으로 들어갔다.

힐러리 킴블의 논리는 학교 전체에 퍼졌고, 대부분의 학생들이 사실로 인정했다.

"너도 힐러리 말이 맞다고 생각하니? 스타걸이 학교와 한통속인 가짜란 거 말야."

케빈이 물었다.

나는 낄낄거리며 핀잔을 주었다.

"말이 되는 소릴 해라."

그가 양팔을 옆으로 벌리며 말했다.

"내가 뭘?"

"여긴 마이카 고등학교일 뿐이야. 중앙 정보국의 작전 지역이 아니라고."
"그렇긴 하지만, 어쨌든 난 힐러리 말이 맞았으면 좋겠어."
"도대체 왜? 만약 그애가 진짜 학생이 아니면 핫 시트에 출연시킬 수도 없는데."
케빈이 고개를 저으며 히죽거렸다.
"늘 그랬지만 이번에도 뭘 모르시는군요, PD 선생님. 우린 핫 시트로 그애의 정체를 밝히는 거야, 알겠냐?"
케빈은 손으로 다시 그 서커스단 천막 모양을 만들면서 말했다.
"핫 시트가 학교 당국의 속임수를 밝혀내다!"
그런 그를 쳐다보며 내가 말했다.
"넌, 정말 그애가 가짜이길 바라는구나, 그렇지?"
케빈은 입이 귀에 걸리도록 웃으며 말했다.
"당연하지. 우리 쇼 시청률이 엄청나게 올라갈 텐데!"

그애를 보면 볼수록 그애가 속임수이고 누군가의 장난질이며 하여튼 진짜는 아니라는 것이 더욱 쉽게 믿어진다는 걸 나 역시 인정하지 않을 수 없었다. 개학 이튿날 그애는 헐렁헐렁한 새빨간 멜빵 반바지를 입고 왔다. 두 갈래로 땋아 내린 옯은 갈색 머리에는 각각 새빨간 리본이 달려 있었다. 볼연지 자국이 양쪽 볼에 선명했고, 커다란 주근깨까지 얼굴에 살짝 그려 넣어 만화 「알프스 소녀 하이디」 주인공 하이디나 만화 영화 「토이 스토리」에 나오는 보 핍 같았다.

점심시간에 그애는 여전히 혼자였다. 어제처럼 식사를 끝내자 우쿨렐레를 집어 들었다. 그런데 이번엔 연주를 하지 않고 일어서서 테이블 사이를 걷기 시작했다. 그애가 우리들을 빤히 쳐다보았다. '나는 지금 너를 보고 있다'는 식의 대담한 눈길로 한 명 한 명 차례대로 응시했는데 사람들, 특히나 모르는 사람들로부터는 결코 받을 수 없는 시선이었다. 그애는 누군가를 찾고 있는 것 같았고, 식당 안의 분위기는 매우 어색해졌다.

그애가 우리 테이블로 다가오자 '나를 찾고 있는 거면 어쩌지?' 하는 생각이 들어 무서울 지경이었다. 그래서 난 그애로부터 몸을 돌려 케빈을 바라봤다. 그가 바보같이 히죽 웃어 보이더니 그애를 향해 손가락을 움직거리며 속삭였다.

"안녕, 스타걸."

대답은 듣지 못했다. 난 그저 그애가 내 의자 뒤를 지나가고 있는 것에만 온통 신경을 쓰고 있었다.

두 테이블 떨어진 곳에서 그애는 멈춰 섰다. 앨런 퍼코라는 땅딸보 상급생 앞에서 생글생글 웃고 있었다. 식당 안은 쥐 죽은 듯 조용했다. 갑자기 그애가 우쿨렐레를 치기 시작했다. 그리고 노래를 불렀다. '생일 축하 노래'였다. 이름을 말하는 부분에선 성까지 붙여서 노래를 불렀다.

"♪사랑하는 앨런 퍼코, 생일 축하합니다~"

앨런 퍼코의 얼굴은 보 핍의 땋은 머리에 달려 있는 리본처럼 새빨개졌다. 휘파람과 야유 소리로 한바탕 시끄러웠는데, 그애보다는 앨런 퍼코를 향한 야유로 생각되었다. 스타걸이 식당을 빠져나갈 때 반대편에 앉아 있던 힐러리 킴블이 자리에서 일어나 그애를 가리키며 뭐라고 말을 했지만 들리진 않았다.

복도로 몰려 나가는 아이들 사이에서 케빈이 말했다.

"한 가지만 말해 두지. 그앤 오히려 가짜 학생인 게 나아."

내가 무슨 소리인지 물었다.

"내 말은 만약 진짜라면 그앤 정말 곤란해질 거라는 거야. 저런 식이라면 여기서 얼마 못 버티지, 안 그래?"

맞는 말이었다.

엄밀히 말해서 마이카 고등학교는 괴짜들의 온상은 아니었다. 물론 별종들이 눈에 띄긴 했지만 꽤나 좁은 범주 안에서 우린 모두 같은 옷을 입고, 같은 방식으로 말하고, 같은 음식을 먹으며, 같은 음악을 들었다. 바보든 공붓벌레 모범생이든 마이카 고등학교 학생만의 공통점이 있었다. 어쩌다 스스로 튀게 되면 우린 고무줄처럼 재빨리 제자리로 튕겨 돌아가는 것이었다.

케빈이 옳았다. 우리 사이에서 스타걸이 살아남는다는 것은 — 아니 적어도 변함없이 그대로 살아남는다는 것은 — 생각할 수 없었다. 힐러리 킴블의 말도 분명 반은 맞았는데, 스스로를 스타걸이라고 부르는 이 아이가 학교 분위기를 띄우기 위한 학교 측 사람일 수도 있고 아닐 수도 있지만, 어찌 됐든 그애는 진짜 학생은 아니었다.

진짜일 수가 없었다.

9월 초 얼마 동안 그 아인 여러 번 파격적인 옷을 입고 나타났다. 1920년대 풍의 펄럭거리는 드레스, 인디언들이 입는 양가죽 옷 그리고 기모노. 하루는 데님 미니스커트에 초록색 스타킹을 신었는데, 한쪽 스타킹에 에나멜로 만든 무당벌레와 나비 핀이 일렬로 꽂혀 있어서 마치 다리 위를 기어 올라가고 있는 것처럼 보였다. 그애에게 있어 그나마 '정상적인' 옷차림은 바닥을 쓸고 다니는 개척자 시대 풍의 긴 드레스와 스커트였다.

거의 매일 그애는 식당에서 새로운 누군가에게 '생일 축하 노래'를 불러 주었다. 내 생일이 여름인 것이 천만다행이었다.

복도에서 그애는 전혀 모르는 사람에게 인사를 건넸다. 12학년 상급생들은 자기들의 눈을 의심했다. 그렇게 대담한 10학년짜리 학생은 이제껏 본 적이 없었던 것이다.

수업 시간에 그애는 항상 손을 번쩍 들고 흔들어 대며 질문을 했는데 대개는 주제와 아무런 상관이 없는 질문이었다. 하루는 미국 역사 시간에 난쟁이 요정에 관한 질문을 했다.

그애는 이등변 삼각형에 대한 노래를 만들어 평면 기하학 수업 시간에 들려주었다. 제목이 「나는 세 변을 갖고 있지만 오직 두 변만 똑같다네」였다.

그애는 크로스컨트리 팀에 들어갔다. 정기 모임이 마이카 컨트리클럽 골프장에서 있었다. 빨간색 깃발이 주자가 가야 할 길을 알려 주었다. 그애가 모임에 처음 참가하여 코스를 돌던 중에, 모두가 오른쪽으로 방향을 틀 때 그애 혼자만 왼쪽으로 방향을 틀었다. 모두 종착 지점에서 그애를 기다렸지만 끝내 나타나지 않았다. 그애는 팀에서 쫓겨났다.

하루는 한 여자애가 복도에서 비명을 질렀다. 스타걸의 해바라기 무늬 가방에서 고개를 쏙 내미는 조그마한 갈색 얼굴을 본 것이었다. 그애의 애완용 주머니쥐였다. 그 쥐는 가방 안에 넣어져서 매일 학교에 왔다.

어느 날 아침 모처럼 비가 내렸다. 그애는 체육 수업을 받는 중이었다. 선생님이 모두 안으로 들어가라고 했다. 다음 수업으로 가는 길에 창밖을 내다보니 스타걸이 여전히 밖에 있었다. 빗속에. 춤을 추면서.

우리는 그애에 대한 정의를 내려보고자 했다. 우리가 서로에게 그렇게 하듯이 어떤 단어로 규정해 보고자 했으나 '불가사의한'이나 '이상한' 또는 '엉뚱한' 정도를 벗어나지 못했다. 그애에게 한 방 얻어맞은 듯 우린 얼떨떨했다. 한 개의 의문부호가 학교 상공의 구름 한 점 없는 하늘을 떠돌고 있는 것 같았다.

그애가 하는 행동 하나하나에 힐러리 킴블의 말이 메아리치는 것 같았다. 그애는 진짜가 아니야… 그애는 진짜가 아니야…….

매일 밤 침대에 누워 나는 창문을 통해 달빛이 들어오는 동안 그애를 생각했다. 커튼을 치면 어두워져서 잠들기가 더 수월할 수도 있겠지만, 결코 그렇게 하지 않았다. 달빛이 비치는 동안 나는 평상시와 다른 시각으로 사물을 바라볼 수 있었다. 은은한 달빛이 눈처럼 하얀 내 침대 시트 위로 사막에서 기어들어 온 검은 고양이처럼 태연히 드리워질 때 달빛이 주는 느낌, 마치 낮의 반대가 아닌 그 이면, 낮이 갖고 있는 어떤 은밀한 면과도 같은 그 느낌이 난 좋았다.

이렇게 달빛이 빛나던 어느 날 밤에 불현듯 힐러리 킴블이 틀렸다는 생각이 들었다. 스타걸은 진짜였다.

3

케빈과 나는 하루가 멀다 하고 다퉜다.

PD로서 나의 주요 임무는 핫 시트에 출연할 사람을 섭외하는 것이었다. 내가 누군가를 섭외해 오면 케빈이 그 사람에 대한 조사에 착수하고 질문할 것들을 준비하는 식이었다.

매일 케빈이 내게 물었다.

"너 그애랑 얘기해 봤어?"

매일 내 대답은 같았다.

"아니."

그가 불만에 차서 말했다.

"아니라니, 그게 무슨 뜻이야? 그애를 출연시키고 싶지 않은 거야?"

난 잘 모르겠다고 말했다.

놀란 토끼 눈이 된 케빈이 다그쳤다.

"잘 모르겠다니? 그게 무슨 소리야? 몇 주 전에 식당에서 하이파이브까지 해놓고는. 스타걸 미니 시리즈까지도 생각했었잖아. 이건 하늘에서 내려 주신 핫 시트 감이라고."

난 어깨를 으쓱하며 말했다.

"그땐 그때고. 어쨌든 지금은 확신이 안 서."

그는 마치 내게 귀가 세 개라도 달려 있는 것처럼 쳐다봤다.

"도대체 뭐가 확신이 안 선다는 거야?"

난 어깨를 다시 한번 으쓱할 뿐이었다.

"정 그렇다면 내가 나서는 수밖에."

케빈은 이렇게 말하고 나서 발길을 돌렸다.

내가 말했다.

"그럼, 다른 PD를 찾아봐야 할 거다."

케빈이 멈춰 섰다. 그의 머리 위에서 모락모락 피어오르는 김이 보이는 듯했다. 그가 몸을 돌려 손가락으로 나를 가리키더니 말했다.

"리오, 가끔 넌 정말로 멍청이일 때가 있어."

그리고 그는 가 버렸다.

불편했다. 케빈 퀸란과 나는 보통 모든 일에서 의견이 맞았다. 4년 전 우연히 같은 시기에 애리조나로 이사 온 이후로 우리는 제일 친한 친구로 지내 왔다. 프리클리 페어 선인장 잎사귀가 꼭 수염 난 탁구 라켓 같다거나 키 큰 선인장 사와로가 공룡의 벙어리장갑 같다는 생각까지도 똑같았다. 우린 둘 다 딸기 바나나 스무

디라면 죽고 못 살았다. 나중에 텔레비전 방송 쪽 일을 하고 싶은 것도 같았다. 케빈은 너저분한 토크 쇼의 사회자가 되고 싶다고 자주 말했는데 괜한 소리가 아니었다. 난 스포츠 아나운서나 뉴스 앵커가 되고 싶었다.

둘이 함께 핫 시트라는 프로그램을 구상한 뒤 할 수 있게 해 달라고 학교 측을 설득했다. 프로그램은 단번에 히트를 쳤고 곧 학교에서 가장 인기 있는 것이 되었다.

그런데 내가 왜 망설였던 걸까?

나도 알 수가 없었다. 어떤 막연한 느낌이 드는 가운데 한 가지 확실하게 일종의 경고처럼 다가온 것이 있었다. 그애를 그냥 내버려 둘 것.

시간이 흐르면서 스타걸의 근본에 대한 '힐러리의 가설'(케빈의 표현이다)은 또 다른 가설들에 자리를 내주었다.

스타걸은 영화 관계자의 눈에 띄어 캐스팅되려고 노력 중이다.

스타걸은 가스를 흡입한다.

스타걸은 홈스쿨링 동안 미치고 말았다.

스타걸은 외계인이다.

스타걸이 학교에 데려오는 주머니쥐는 빙산의 일각일 뿐이다. 걔네 집에는 수백 마리가 살고 있고 어떤 건 고양이만 하다.

스타걸은 사막 속 유령 도시에 산다.

스타걸은 버스에서 살고 있다.

스타걸의 부모는 서커스단 곡예사이다.
스타걸의 부모는 마법사이다.
스타걸의 부모는 유마에 있는 병원에 식물인간으로 누워 있다.

우리는 스타걸이 교실에 앉으면 우선 캔버스 천 가방에서 파랗고 노란색의 주름 커튼을 꺼내어 자기가 앉은 책상의 세 모서리 아래로 늘어뜨리는 모습을 지켜보았다. 그런 다음 3인치쯤 되는 투명한 유리 꽃병을 꺼내놓고 거기에 하얗고 노란 데이지 한 송이를 꽂는 것도 보았다. 그애는 자기가 수업받는 교실마다 이런 식으로 하루에 여섯 번씩 책상을 장식했다 치우기를 반복했다. 월요일 아침나절에만 데이지가 싱싱했다. 마지막 시간쯤에는 꽃잎이 시들었다. 수요일쯤 가면 꽃잎이 떨어지고 줄기도 말라가기 시작해서 금요일이 되면 말라비틀어진 꽃은 물 없는 꽃병의 가장자리에 매달린 채 연필 자국 위로 노란 먼지만 날리고 있었다.

식당에서 스타걸이 우리에게 생일 축하 노래를 불러 줄 때면 우리도 같이 불렀다. 복도와 교실에서 그애는 우리에게 인사를 건넸는데 어떻게 우리 이름과 생일을 알고 있는지 놀라울 따름이었다.

스타걸은 사슴같이 큰 눈으로 늘 놀란 표정을 하고 있어서 우리가 미처 못 보고 지나친 거라도 있나 뒤돌아보게끔 만들었다.

별 우습지도 않은 일에 깔깔댔고, 음악 없이도 춤을 췄다.

친구 한 명 없었지만 그애는 학교에서 제일 붙임성 있는 사람이었다.

수업 중 질문을 받으면 종종 해마와 별들에 대해 이야기했지만 풋볼이 무엇인지는 몰랐다.

자기 집에는 텔레비전이 없다고 말했다.

알 수 없는 아이였다. 그애는 오늘이었다. 그애는 내일이었다. 선인장꽃에서 피어나는 어렴풋한 향기였다가 난쟁이올빼미의 스쳐 지나가는 그림자이기도 했다. 그애를 어떻게 생각해야 할지 알 수가 없었다. 마음속으로 우리는 그애를 나비처럼 핀으로 코르크판에 고정해 보려 했지만, 어느새 핀은 빠져나가고 그애는 날아가 버리는 것이었다.

케빈만이 아니었다. 다른 아이들도 나를 괴롭혔다.

"스타걸을 핫 시트에 출연시키라니까!"

나는 거짓말을 했다. 그애는 이제 10학년인데 핫 시트에 출연하려면 적어도 11학년은 돼야 한다고 말했다.

그러는 동안 나는 스타걸이 조류 사육장 속의 새라도 되는 양 거리를 두고 지켜보았다. 하루는 모퉁이를 돌아서는데 그애가 나를 향해 걸어오고 있었다. 긴치마를 살랑거리며 그 큰 눈으로 나를 집어삼킬 듯이 똑바로 바라보면서. 나는 돌아서서 다른 길로 빠르게 걸어갔다. 다음 수업이 있는 교실에 앉아 있는데 몸이 달아오르고 떨렸다. 바보 같은 내 모습이 다 드러났던 건 아닐까 생각했다. 내가 정말 얼간이가 돼 가는 건가? 모퉁이를 돌면서 그애를 봤을 때 내게 들었던 느낌은 일종의 패닉 상태와 같았다.

어느 날 방과 후 나는 스타걸을 미행했다. 안전거리를 유지하면서. 그애가 평소에 버스를 타지 않는다는 걸 알고 있었기에 나는 가까울 것으로 생각했다. 그런데 아니었다. 돌과 선인장으로 이루어진 잔디 없는 앞마당만 수백 개를 지나 튜더 양식으로 지어진 쇼핑센터를 거친 뒤 불과 15년 전 이 마이카시가 형성될 때 중심지 역할을 했던 전자산업단지 언저리까지, 정말이지 도시 전체를 다 돌아다녔다.

어느 한 지점에서 그애는 가방에서 종이 한 장을 꺼내 들고 유심히 들여다보았다. 걸어가면서 집들의 주소를 확인하는 듯했다. 그러다가 갑자기 어느 집 차고 진입로에 들어서더니 현관으로 가서 뭔가를 우편함에 넣었다.

나는 그애가 그곳을 뜨길 기다렸다. 주위를 둘러보니 거리엔 아무도 없었다. 나는 우편함으로 걸어가서 직접 만든 것처럼 생긴 카드를 꺼내 열어 보았다. 각각 다른 색으로 칠해져 있는 커다란 글씨들이 눈에 들어왔다.

'축하합니다!'

보내는 사람의 이름은 없었다.

다시 그애를 미행했다. 집집마다 퇴근하는 차들이 진입로로 들어오고 있었다. 저녁때가 다 된 것이었다. 부모님이 무슨 일로 늦나 궁금해하실 터였다.

그애는 가방에서 주머니쥐를 꺼내 자기 어깨 위에 올려놓았다. 어깨 위에 올라탄 쥐는 얼굴을 뒤로 향한 채 가고 있었는데 그애의 모래색 머리카락 사이로 작고 세모난 얼굴을 빠끔히 내밀고 있었다. 구슬같이 까만 두 눈을 볼 수는 없었지만 어쩐지 쥐가 나를 쳐다보고 있는 느낌이었다. 자기가 본 것을 그애한테 말하고 있는 것만 같아 나는 점점 뒤로 처졌다.

거리에 그림자가 드리워졌다 사라졌다.

우리는 세차장도 지났고 자전거포도 지났다. 컨트리클럽 골프장도 지났는데, 푸르른 잔디밭이 옆 동네 다른 골프장까지 드넓게 펼쳐져 있었다. '마이카에 오신 걸 환영합니다'라고 씌어 있는 간판도 지나쳤다. 우리는 서쪽을 향해 걸어가고 있는 것이었다. 거기엔 우리와 큰길과 사막과 마리코파 산 위를 비추는 태양만이 있었다. 선글라스가 아쉬웠다.

얼마 후 그애는 큰길을 벗어났다. 나는 머뭇거리다가 따라갔다. 산꼭대기에 얹혀 있는 한 개의 오렌지처럼 저물고 있는 태양 속으로 그애는 곧장 걸어 들어가고 있었다. 잠시 동안 산은 모래를 훑고 다니는 그애의 치마처럼 옅은 자줏빛을 띠었다. 걸음을 옮길 때마다 침묵은 깊어 갔고 미행당하고 있는 걸 그애가 알아챘다는 — 내내 알고 있었는지도 모른다는 — 나의 느낌도 커져만 갔다. 아니 오히려 그애가 날 이끌고 있었던 건지도. 그애는 결코 뒤돌아보지 않았다.

그애가 우쿨렐레를 쳤다. 노래도 불렀다. 더는 쥐는 보이지 않았다. 그애의 머리카락을 커튼 삼아 뒤에서 졸고 있겠지. 함께 노래를 부르고 있는지도 모르겠군. 산 뒤로 해가 넘어갔다.

어디로 가고 있는 거지?

땅거미가 몰려오는 가운데 사와로 선인장이 그 거대한 그림자를 자갈밭에 드리우고 있었다. 얼굴에 닿는 공기가 서늘했다. 사막에서 사과 냄새가 났다. 무슨 소리가 들렸는데 — 코요테인가? — 방울뱀과 전갈이 머리에 떠올랐다.

나는 발길을 멈추고 그애가 걸어가는 것을 지켜보았다. 그애를 불러 경고를 하고 싶은 충동에 숨이 막힐 지경이었는데… 나는 무엇에 대해 경고하고 싶었던 걸까?

나는 몸을 돌려 걸었고 나중엔 뛰어서 큰길로 돌아왔다.

4

마이카 고등학교에서 힐러리 킴블은 세 가지 면에서 유명했다. 그녀의 입, 짓궂음 그리고 웨인 파.

그녀의 입은 쉴 새 없이 움직였는데 대개가 불평 일색이었다.

'힐러리의 짓궂음'으로 알려진 사건은 그녀가 10학년일 때 일어났다. 그녀는 치어리더에 지원했는데 얼굴이며 머리, 몸매 등이 적격인 데다 확실한 그녀의 입심으로 치어리더 팀 하나 만드는 것쯤은 일도 아니었다. 그런데 막상 뽑히고 나서는 안 하겠다고 하여 모두를 놀라게 했다. 할 수 있다는 것을 증명해 보이고 싶었을 뿐 텅 빈 관중석(대개 그랬다) 앞에서 소리를 지르며 펄쩍 펄쩍 뛰고 싶은 마음은 추호도 없다는 것이다. 그런데다가 그녀는 스포츠라면 질색이었다.

웨인 파는 힐러리의 남자 친구였다. 입에 있어서는 그녀와 정반대였다. 그는 좀처럼 입을 열지 않았다. 하긴 그럴 필요가 없었다. 그는 그저 나타나기만 하면 되었다. 모습 드러내기, 그게 그의 일이었다. 여자아이들의 기준으로 보든 남자아이들의 기준으로 보든 웨인 파는 멋졌다. 아니 그는 멋진 것 이상 — 그리고 이하 — 이었다.

성취도 면에서 보면 그는 보잘것없었다. 스포츠 선수도 아니었고 어떤 단체에 가입한 것도 아니었으며, 상을 탄 경력은 전무한데다 A학점은 꿈도 못 꾸었다. 무슨 장에 선출된 적도 없고 명예로운 일을 한 적도 없었는데, 내가 몇 년 후에야 깨달은 거지만 그럼에도 그는 우리들의 일상생활에서 당당한 최고 사령관이었다.

아침에 눈을 뜨며 자신에게 '오늘은 웨인 파가 뭘 입을까?' 또는 '오늘은 웨인 파가 어떻게 행동할까?'라고 묻거나 하지는 않았다. 적어도 의식적으로는 그러지 않았다. 하지만 우리의 의식 밑바닥 어디에선가는 그러고 있었던 것이다.

웨인 파는 풋볼이나 농구 경기에 응원하러 가지 않았고 전반적으로 우리도 그랬다. 수업 시간에 질문을 하지도 않았고, 선생님보다 더 열심이거나 어떤 주제를 놓고 열띤 공방을 벌이는 일 따윈 없었는데 우리도 마찬가지였다. 웨인 파는 매사에 별 관심이 없었고 우리 역시 그랬다.

파가 우리를 그렇게 만들었던 것일까, 아니면 그 역시 우리들의 모습을 비춰 주는 거울과도 같은 존재에 불과했던 걸까? 난 알지 못했다. 내가 알 수 있었던 것은, 학생 집단을 둘러싸고 있는 층을 한 켜 한 켜 벗겨 보면 중심부에서 발견할 수 있는 것은 학교 나름의 어떤 정신이 아니라 웨인 파였다는 것이다. 그런 이유에서 작년에 나는 파를 핫 시트에 출연시키고자 섭외했었다. 케빈은 깜짝 놀랐다.

"그 녀석을 왜? 한 게 뭐 있다고?"

뭐라고 대답할 수 있었겠는가? 바로 그런 이유로, 즉 파가 아무것도 한 게 없고 아무것도 하지 않는 것에는 가히 국보급이기 때문에 핫 시트에 출연할 만한 사람이라고? 희미한 느낌만 올 뿐 정확한 말이 떠오르질 않아 어깨만 으쓱해 보였다.

파가 출현한 핫 시트의 하이라이트는 케빈이 파에게 그의 영웅, 그의 롤 모델이 누구인지 물었을 때였다. 그건 케빈이 어느 출연자에게나 기본적으로 하는 질문 중 하나였다.

파의 대답은 *GQ*였다.

조종실에서 별생각 없이 듣고 있던 나는 내 귀를 의심했다. 음향은 제대로 작동하고 있는 거겠지?

"*GQ*요?"

케빈이 바보처럼 되물었다.

"《젠틀맨을 위한 계간지》 그 잡지 말씀이신가요?"

파는 케빈을 보고 있지 않았다. 그는 똑바로 카메라를 쳐다보았다. 그는 멋진 포즈로 고개를 끄덕였다. 그는 계속해서 자신은 남성 모델이 되고 싶고, 최종적인 꿈은 《젠틀맨을 위한 계간지》의 표지 모델이 되는 것이라고 말했다. 그러고는 바로 그 자리에서 카메라를 위해 포즈를 취했는데, 모델들에게서 흔히 볼 수 있는 그 거만한 표정을 완벽하게 지어 보였다. 그 순간 날카로운 조각 턱과 깎은 듯한 옆선 그리고 가지런한 치아와 완벽한 헤어스타일까지 이 모든 것이 갑자기 내 눈에 들어왔다.

앞에서 말했듯이 그 일은 10학년이 거의 끝날 무렵의 일이었다. 그때 난 웨인 파가 우리의 위대한 사령관으로 계속 군림할 것이라 생각했다. 그런 그가 얼마 지나지 않아 홈스쿨링을 했던 주근깨투성이 여학생의 도전을 받게 될 줄 어찌 알았겠는가?

5

금요일 밤에 케빈으로부터 전화가 걸려 왔다. 풋볼 경기장에 있다는 거였다.

"빨리 와 봐! 빨리빨리. 하던 일 다 집어던지고 지금 당장 와야 돼, 알았지?"

케빈은 풋볼 경기를 보러 가는 몇 안 되는 사람 중 하나였다. 관중이 하도 없어 학교에선 풋볼 팀을 없애야겠다고 벼르는 중이었다. 학교 측 말에 따르면 입장료 수입으로는 구장에 조명등 켜기도 빠듯하다는 것이었다.

그런데 케빈이 전화에 대고 빨리 오라고 소리를 지르고 있었다. 나는 우리 집 픽업트럭을 몰고 경기장으로 갔다.

트럭에서 급히 내리는데, 케빈이 입구에서 팔을 휘저으며 서 있는 것이 보였다.

"빨리빨리!"

창구에 2달러짜리 입장권을 내던지고 우리는 운동장으로 질주했다.

"여기, 이 위가 더 잘 보여."

케빈이 나를 잡아끌었다. 전반전이 끝난 뒤 휴식 시간이었다.

도합 열네 명밖에 되지 않는 마칭 밴드가 필드에 나가 있었다. 학생들 사이에서 '세상에서 가장 작은 서 있는 밴드'로 알려진 밴드였다. 알아볼 수 있는 글자나 어떤 모양 — 대문자 'I'를 제외하고 — 을 만들기엔 사람 수가 부족해서 휴식 시간 공연 때 행진은 거의 하지 못했다. 그냥 제자리에 서 있기 일쑤였다. 학생 지휘자까지 합쳐서 각각 일곱 명씩 두 줄로. 여성 악대장도 없었다. 기수도 없었다. 당연히 깃발도 없었다.

그런데 오늘 밤은 달랐다. 스타걸이 그들과 함께 운동장에 있었던 것이다. 밴드 대원들이 자기 자리에 서서 연주를 하는 동안 그애는 길고 노란 드레스를 입은 채 맨발로 잔디밭 위를 껑충껑충 뛰어다녔다. 이쪽 골대에서 저쪽 골대로 왔다 갔다 했다. 열대사막의 회오리바람처럼 빙글빙글 돌다가 나무 병정처럼 뻣뻣한 걸음걸이로 행진을 했다. 피리 부는 흉내를 내는가 하면 용수철처럼 뛰어올라 발뒤꿈치를 공중에서 맞부딪쳤다. 치어리더들은 사이드라인 바깥쪽에서 입을 딱 벌린 채 바라보고 있었다.

관중석에 앉아 있던 사람들 중 몇 명이 휘파람을 불었다. 나머지 사람들 — 그래 봤자 밴드보다 좀 많을까 한 숫자였다 — 은 이게 뭐지? 하는 표정으로 앉아 있었다.

밴드는 연주를 멈추고 필드에서 내려왔다. 스타걸은 그대로 남아 있었다. 선수들이 필드로 돌아왔을 때 그애는 40야드 선을 따라 빙빙 돌고 있었다. 선수들이 한 1분 정도 준비 운동을 하는 동안 스타걸도 따라 했다.

후반전 시작을 위해 선수들이 일렬로 섰고, 공은 킥킹티 위에 올라앉아 있었다. 그런데도 스타걸은 여전히 필드 안에 있었다. 주심이 호루라기를 불며 나가라고 손짓했다. 그런데 나가기는커녕 그애는 공을 향해 돌진했다. 그러고는 공을 집어 들더니 빙그르 돌리고 품에 껴안았다가 다시 공중에 던져 올리면서 공과 함께 춤을 추었다. 선수들은 감독을 바라봤고, 감독은 심판을 바라볼 뿐이었다. 심판들이 호루라기를 불며 그애를 향해 달려갔다. 유일하게 근무 중이던 경찰관 한 명도 필드로 뛰어들어 갔다. 그애는 공을 상대 팀 벤치 너머로 차 버리고는 필드에서 달려 나와 경기장 밖으로 뛰어나갔다.

모두가 환호했다. 관중도, 치어리더들도, 밴드도, 선수도, 심판들도, 핫도그를 팔던 학부모들도, 경찰관도 그리고 나도. 우리는 휘파람을 불며 관중석의 알루미늄 바닥에다 발을 굴러 댔다. 치어리더들이 기뻐하면서도 놀란 표정으로 올려다보았다. 난생처음 관중석으로부터 어떤 호응의 소리를 들었던 것이었다. 그들은 옆으로 뒤로 재주넘기를 하더니 삼단 피라미드 쌓기까지 했다. 나이 든 사람들 — 마이카처럼 신생 도시에 나이 든 사람들이라고 해 봤자지만 — 이 말하길 이런 야단법석은 처음이라고 했다.

★ ★ ★

다음 홈경기 때는 천 명 이상이 경기장에 왔다. 웨인 파와 힐러리 킴블만 빼고 모두. 매표소에는 줄이 늘어섰다. 스낵 코너에선 핫도그가 동이 났다. 경찰관 한 명이 더 동원되었다. 의기양양해진 치어리더들이 관중석을 향해 "E라고 소리쳐" 하면 관중들은 "EEEE!"라고 소리 질러 화답했다. (지역의 전자 산업적 전통을 기리는 뜻에서 우리 학교 팀 이름이 일렉트론즈(Electrons)였다.)

치어리더들은 1쿼터가 끝나기도 전에 그들의 레퍼토리를 다 끝냈다. 밴드의 연주도 소리가 우렁차고 기운이 넘쳤다. 심지어 우리 팀이 터치다운으로 점수를 올렸다. 관중들은 계속 필드 끝을 향해 고개를 돌렸고, 경기장 입구와 경기장 너머 어둠 속에 서 있는 가로등까지 바라다보았다. 전반전이 끝나자 기대감은 커져만 갔다. 밴드가 필드 안으로 멋지게 행진해 들어갔다. 밴드 대원들까지도 주위를 살피고 있었다.

밴드는 그들의 프로그램을 시작했다. 작고 한쪽이 이울어지긴 했지만 원형 대형을 만들어 보이기도 했다. 그들이 할 줄 아는 곡은 다 연주하면서 좀처럼 필드에서 나오지 않고 기다리는 듯했다. 마침내 마지못해 그들이 사이드라인으로 물러나고 선수들이 필드 안으로 들어왔다. 그들은 준비 운동을 하면서 연신 주위를 힐끗거렸다. 주심이 팔을 들어 올리며 후반전 시작을 알리는 호루라기를 불자 실망감이 경기장을 뒤덮었다. 치어리더들의 어깨도 축 처졌다.

스타걸은 오지 않았다.

다음 주 월요일 식당에서 우리는 엄청 놀랐다. 치어리더 단장인 금발 미녀 맬러리 스틸웰이 스타걸과 함께 앉아 있는 것이 아닌가. 마주 앉아 식사도 하고 얘기도 나누더니 그애와 같이 걸어 나갔다.

6교시가 끝날 무렵 학교에는 소문이 파다했다. 스타걸이 치어리더가 돼 달라는 요청을 받았고, 그러겠다 대답했다고.

우리가 이런저런 궁금증으로 와글와글 떠들어 대는 소리가 저 멀리 피닉스까지도 들렸을 것이다. 다른 아이들처럼 그애도 응원복 치마와 스웨터를 입을까? 정해진 응원 동작들을 따라 할까? 다른 치어리더들도 모두 스타걸을 원했던 걸까? 아니면 그저 치어리더 단장 혼자의 생각이었을까? 시샘하는 아이들은 없었을까?

응원단의 연습까지도 구경꾼들을 끌어모았다. 적어도 백 명가량의 학생들이 그날 주차장 근처에 서서 그애가 응원 배우는 것을 지켜보았고, 치렁치렁한 개척자 시대 풍 치마를 입은 채 점프

하는 것도 지켜보았다.

스타걸은 연습으로 두 주를 보냈다. 두 번째 주 중반쯤 되자 응원단복을 입었다. 목둘레가 초록색인 브이넥 하얀 면 스웨터와 초록과 하양이 섞인 짧은 주름치마. 나머지 아이들과 똑같아 보였다.

그러나 여전히 우리에게 그애는 진정한 치어리더라기보다는 치어리더처럼 차려입은 스타걸이었다. 그애는 우쿨렐레를 치며 아이들에게 '생일 축하 노래' 불러 주기를 계속했다. 경기가 없는 날에는 여전히 긴치마를 입었고, 학교 책상을 자기 집 책상처럼 꾸미는 것도 여전했다.

핼러윈 데이에 그애와 같은 반인 아이들은 각자의 책상 위에서 호박 모양의 사탕을 발견할 수 있었다. 누가 그랬는지는 물어볼 필요도 없었다. 이제 우리들 대부분은 스타걸이 우리 곁에 있는 것을 좋아한다는 결론에 도달했다. 그애가 이번엔 또 어떤 색다르고 익살맞은 짓을 할까 하는 기대를 갖고 학교에 오는 자신들을 발견했던 것이다.

그애는 우리에게 뭔가 얘깃거리를 제공했다. 그애는 재미있었다. 그러나 동시에 우리는 주저했다. 그애는 우리와 달랐기 때문이었다. 달라도 너무 달랐다. 비교해 보고 가늠해 볼 상대조차 없었다. 그애는 미지의 영역이었다. 위험할 수도 있는. 너무 가까이 가기는 두려운.

게다가 우리 모두는 하루하루 날이 갈수록 점점 더 불안하게 다가오는 한 사건의 추이를 지켜보고자 기다리고 있었던 것 같다.
다음 번 다가오는 생일은 힐러리 킴블의 생일이었다.

6

하루 전날 힐러리 스스로 사전 작업에 나섰다. 점심 식사 중간에 그녀가 일어서서 스타걸에게 걸어가더니 한 30초 동안 스타걸의 의자 뒤에 가만히 서 있었다. 부엌 쪽에서 나는 그릇 부딪는 소리를 제외하고는 온통 적막이 흘렀다. 스타걸만이 계속 음식물을 씹고 있었다. 힐러리가 돌아서 옆으로 갔다.

"난 힐러리 킴블이야."

스타걸이 올려다보고는 웃었다.

"알고 있어."

"내 생일이 내일이야."

"알아."

힐러리가 잠시 멈칫하더니 이내 두 눈을 가늘게 뜨고 스타걸을 내려다보았다. 그러고는 손가락으로 스타걸의 얼굴을 쿡쿡 찌르면서 말했다.

“내가 경고하는데 나한테 노래 불러 줄 생각 같은 건 하지도 마, 알았어?”

근처에 앉아 있던 아이들만 스타걸의 희미한 대답을 들을 수 있었다.

“너한테 불러 주진 않을 거야.”

힐러리는 그러면 그렇지, 하는 비웃음의 표정을 지으며 가 버렸다.

다음 날 우리가 학교에 도착하면서부터 분위기는 가시 돋친 선인장처럼 심상치가 않았다. 점심시간을 알리는 종이 울리자 우리는 식당으로 달려가서 배식 줄로 몰려들었다. 되는대로 재빨리 음식을 집어 들고 서둘러 자리로 향했다. 그렇게 빨리, 그렇게 조용히 움직인 적이 또 있었을까. 기껏해야 속삭이는 게 다였고, 우린 그저 앉아서 먹기만 했다. 혹시라도 놓치고 못 듣는 게 있을까 봐 감자칩 씹기가 겁이 날 지경이었다.

힐러리가 먼저 왔다. 침략군의 장수라도 되는 듯 친구들을 이끌고 행군해 들어왔다. 배식 줄에 서서 힐러리는 음식 접시들을 쟁반에 소리 나게 내려놓은 뒤 계산원을 쏘아보았다. 그녀의 친구들이 스타걸을 찾느라 사람들을 훑어보는 동안 힐러리는 매서운 눈초리로 자신의 샌드위치만 내려다보고 있었다.

웨인 파가 들어왔는데 오늘만큼은 그도 힐러리가 두려웠는지 몇 테이블 떨어져 앉았다.

마침내 스타걸이 들어섰다. 여느 때처럼 유쾌하게 웃으며 배식줄로 곧장 갔다. 스타걸도 힐러리도 서로를 의식하지 않는 듯 보였다.

스타걸이 식사를 했다. 힐러리도 식사를 했다. 우리는 그것을 지켜보고 있었다. 오직 시곗바늘만이 움직이고 있을 뿐이었다.

주방에서 일하는 사람이 고개를 내밀고 "쟁반 좀 갖다 줘요!"

라고 소리치자, 어떤 애가 "조용히 좀 하세요!"라고 되받아쳤다.

스타걸이 식사를 마쳤다. 스타걸은 평소처럼 음식물 포장지를 종이봉투에 담아 쟁반 회수대 옆에 있는 종이 수거함에 버렸다. 그리고 자리로 돌아와서 우쿨렐레를 집어 들었다. 우리는 숨을 죽였다. 힐러리는 자신의 샌드위치만 뚫어져라 쳐다보고 있었다.

스타걸은 우쿨렐레를 연주하며 콧노래를 부르기 시작했다. 그애가 일어섰다. 테이블 사이를 거닐며 콧노래를 부르고 우쿨렐레를 연주했다. 600개의 눈이 그애를 좇았다. 그애가 힐러리 킴블의 테이블에 다다랐다 — 계속 전진하여 케빈과 내가 핫 시트 제작진과 같이 앉아 있는 테이블로 다가왔다. 그러더니 멈춰 서서 생일 축하 노래를 불렀다. 노래 마지막에 붙여진 이름은 힐러리였지만 그 전날 자신이 말했던 것처럼 스타걸은 생일 노래를 힐러리에게 불러 주진 않았다 — 나에게 대고 노래를 부른 것이었다.

그애는 내 어깨 근처에 서서 나를 내려다보며 미소 띤 얼굴로 노래를 부르고 있었는데, 나는 내 손을 내려다보고 있어야 할지 아니면 그애의 얼굴을 올려다보아야 할지 몰라 이도 저도 아닌 채로 엉거주춤 앉아 있었다. 얼굴이 달아올라 타 버릴 지경이었다.

스타걸이 노래를 마치자 침묵을 지키던 학생들이 일제히 요란한 환호를 보냈다. 힐러리 킴블은 쿵쾅거리며 식당을 빠져나갔다. 케빈이 스타걸을 올려다본 채 나를 손가락으로 가리키며 모두가 생각하고 있었음에 틀림없는 질문을 했다.

"왜 하필 앤데?"

스타걸은 마치 내가 연구 대상이라도 되는 듯 고개를 삐딱하게 하고 쳐다봤다. 그러곤 짓궂게 웃더니 나의 귓불을 잡아당기며 "귀엽잖아"라고 말하고 가 버렸다.

오만 가지 감정이 다 들었는데, 그 모든 감정은 내 귀에 닿은 그애 손의 감촉으로 귀결되었다. 그때 케빈이 손을 뻗어 같은 귓불을 잡아당기며 말했다.

"이거 점점 재밌어지는데. 아치를 만나볼 때가 된 거 같아."

17

A. H.(아치볼드 햅우드) 브러버커는 뼈들로 가득한 집에 살았다. 턱뼈, 골반뼈, 넙다리뼈 등. 방마다 벽장마다 그리고 뒤 베란다에까지 뼈 천지였다. 어떤 사람들은 지붕 위에 돌로 만든 고양이를 올려놓기도 하지만 아치 브러버커는 그가 기르던 샴고양이 먼로의 두개골을 올려놓았다. 화장실에 앉으면 도리스라 이름 붙인 선사 시대 동물의 두개골을 마주하게 되는데, 살짝 웃는 듯한 인상이었다. 부엌 찬장을 열면 땅콩버터 대신 멸종된 여우 얼굴의 화석을 볼 수 있었다.

아치가 병적인 사람인 것은 아니고 그는 고생물학자였다. 그의 집에 있는 뼈들은 그가 미국 서부 전역에서 발굴한 것이었다. 대부분은 그가 여가 시간을 이용해 발굴한 것으로 정당하게 그의 것이었으나, 몇몇은 그가 박물관을 위해 수집했던 것을 자신의 호주머니나 배낭에 슬쩍한 것이었다.

"어떤 박물관의 지하실 서랍 속으로 사라지는 것보단 우리 집 냉장고 속에 앉아 있는 게 낫지 않겠어?"

라고 말하곤 했다.

고대의 뼈를 발굴하는 일 외에 아치 브러버커는 동부의 대학 이곳저곳에서 학생들을 가르치기도 했다. 65세에 은퇴했고, 66세 때 아내 에이더 메이가 죽었다. 67세 되던 해에 그는 그가 모은 뼈를 들고 '다른 화석들과 합류하기 위해' 서부로 이사했다.

그가 지금 살고 있는 집을 선택한 데는 두 가지 이유가 있었다. 첫째, 고등학교와의 근접성(그는 아이들과 가까이 있고 싶어 했다. 슬하에 자식이 없었다), 둘째, '사와로 선생님' 때문이었다. 사와로 선생님은 뒷마당에 있는 연장 창고를 다 덮을 만큼 거대한 30피트짜리 선인장이었다. 몸통 윗부분에 가지가 두 팔처럼 솟아나 있었는데 하나는 쭉 뻗어 달려 있었고, 다른 하나는 마치 '안녕!' 하고 손을 흔드는 듯 위를 향해 직각으로 구부러져 있었다. 흔들고 있는 팔은 팔꿈치 윗부분만 초록색이었고 나머지는 모두 갈색으로 죽어 있었다. 몸통을 덮고 있던 두껍고 질긴 껍질은 대부분 너덜너덜 벗겨져서 거대한 밑동 근처에 떨어져 쌓여 있었다. 즉 사와로 선생님은 입고 있던 그의 바지를 잃어버리고만 것이다. 수직으로 박혀 있는 엄지 굵기의 버팀목들만이 갈비뼈인 양 그를 지탱해 주고 있었다. 난쟁이올빼미들이 그의 가슴에 둥지를 틀었다.

노교수는 종종 사와로 선생님과 — 그리고 우리와 이야기를 나눴다. 그에게 애리조나에서 학생들을 가르칠 수 있는 자격증은 없었지만 그런 사실이 그를 막지는 못했다. 토요일 아침마다 그의 집은 학교가 되었다. 초등학교 4학년생이든 고등학교 12학년생이든 모두가 환영이었다. 시험도 없고 성적도 없고 출석부도 없었다. 단연코 우리가 다녀 본 학교 중 최고였다. 그는 치약에서부터 조충에 이르기까지 모든 것을 다루었고, 그 모든 것들이 서로서로 어떻게든 들어맞았다. 그는 우리를 '화석 결사대'라고 불렀고 직접 만든 목걸이를 주었다. 생가죽 줄에 조그마한 화석 뼈를 펜던트로 끼운 목걸이였다. 여러 해 전 그가 자신의 첫 번째 학생들에게 '날 아치라고 불러 줘'라고 말한 이후로 다시 그 말을 해야 할 필요는 없었다.

그날 저녁을 먹고 난 후 케빈과 나는 아치네 집으로 갔다. 공식적인 수업은 토요일 아침에 있었지만, 아이들은 언제나 환영이었다. 그는 '내 학교는 언제 어디서나 수업 중이다'라고 말했다.

여느 때처럼 우린 뒤 베란다 흔들의자에 앉아 책을 읽고 있는 그를 발견했다. 붉은 금빛 석양에 물든 베란다는 마리코파 산을 바라보고 있었다. 아치의 백발이 빛을 뿜어내는 듯 반짝거렸다.

그는 우리를 보자마자 책을 내려놓으며 말했다.

"학생들! 환영하네!"

아치의 이름을 부르는 걸로 인사를 대신하고 우리는 방문객이라면 누구나 다 하도록 되어 있는 일, 즉 거대한 선인장에게 인사를 하기 위해 몸을 돌렸다.

"안녕하세요, 사와로 선생님."
우리는 선인장에게 손을 들어 경의를 표한 뒤 흔들의자에 앉았다. 베란다는 흔들의자로 가득했다.
"자, 무슨 할 말이 있어서 오셨나, 아니면 그냥 놀러 오셨나?"
그가 물었다.
"황당 그 자체라서요."
내가 말했다.
"학교에 새로 온 여학생이 한 명 있거든요."
그가 웃으며 말했다.
"스타걸."
눈알이 튀어나올 만큼 놀란 케빈이 말했다.
"그앨 아세요?"
"그앨 아느냐고?"라고 되묻더니 아치는 파이프를 집어서 달콤한 체리 향이 나는 담배로 채웠다. 긴 강의를 하게 되거나 오래 이야기를 나누게 될 때면 늘 그랬다.
"뭐라고 말하면 답이 되려나."
그가 파이프에 불을 붙였다.
"꽤 여러 번 그애가 여기 베란다에 와 봤다고만 해 두자."
하얀 연기가 그의 입가에서 마치 아파치족이 신호를 보내기 위해 피우는 연기처럼 피어났다.
"너희들이 언제쯤 질문을 해 대기 시작하려나 궁금해하고 있던 참이다."

그가 혼자 너털웃음을 터뜨리며 말했다.

"황당 그 자체라… 적절한 단어군. 하여간 그앤 좀 다르긴 하지, 안 그래?"

케빈과 나도 웃음을 터뜨리며 고개를 끄덕였다. 그 순간 내가 얼마나 아치의 동조에 목말랐었는지를 깨달았다.

케빈이 소리쳤다.

"별종 같다니까요!"

아치가 이제 막 희귀한 새 울음소리라도 들은 것처럼 고개를 비스듬히 기울였다. 파이프를 피워 문 그의 입가에 쓴웃음이 머물렀다. 달콤한 냄새가 흔들의자 주변을 가득 채웠다. 그가 케빈을 보며 말했다.

"별종이기는커녕 그 아인 우리 중 한 명일 뿐이야. 그건 확실해. 그 아인 우리 자신보다도 더 우리라고 할 수 있어. 내 생각에는 그 아이가 진정한 우리의 모습이지. 아니면 우리의 옛 모습이랄까."

가끔씩 아치는 그렇게 수수께끼처럼 말할 때가 있었다. 그가 하는 말을 늘 알아듣는 건 아니었지만 우리들의 귀는 크게 개의치 않았다. 우린 그저 더 듣고만 싶을 뿐이었다.

해가 산 아래로 떨어지면서 마지막 햇살이 아치의 빛나는 눈썹을 비추고 있었다.

"알다시피 그애는 학교를 안 다니고 집에서만 공부했잖니. 그 아이 엄마가 그 아이를 내게 데려왔어. 아마도 딸에게 선생 노릇

하는 걸 좀 쉬고 싶었나 봐. 일주일에 한 번씩 데려왔는데. 4년인가, 5년인가, 그래 이제 5년 되었구나."

케빈이 말했다.

"교수님이 스타걸을 탄생시키셨군요!"

아치가 파이프 담배를 뻐끔대며 웃었다.

"무슨, 나 만나기 훨씬 전에 태어났습니다요."

"어떤 아이들은 그애가 알파 켄타우루스 별 같은 데서 지구로 보내진 외계인이래요."

케빈이 말했다. 아치는 껄껄 웃었지만 그다지 수긍하는 눈치는 아니었다. 케빈의 말을 반신반의했다.

아치의 파이프는 벌써부터 꺼져 있었다. 그는 다시 불을 붙였다.

"외계인만큼은 절대 아니지. 그 아인 지구인이야. 그런 존재가 지금까지 세상에 있었다면 말이다."

"그러니까 그게 그저 연극 하는 건 아니란 말이죠?"

케빈이 물었다.

"연극이라고? 아니지. 누군가 연극을 하고 있는 거라면 그건 오히려 우리들이지. 그 아이가 얼마나 진짜냐면…"

그가 주변을 둘러보더니 육천만 년 전 팔레오세에 살았던 설치동물 바니의 아주 작은 쐐기 모양 두개골을 집었다. 그러고는 그것을 높이 들어 올리면서 말했다.

"그애는 이 바니만큼이나 진짜지."

전에 이런 결론에 도달했던 적이 있었던 나는 순간적으로 약간 우쭐했다.

"하지만 이름은요?"

케빈이 몸을 앞으로 숙이며 말했다.

"그것도 진짜가요?"

"이름 말이냐?"

아치가 어깨를 으쓱하며 말했다.

"이름이란 다 진짜지. 그게 이름의 속성이니까. 그 아이가 처음 나타났을 땐 스스로를 포켓마우스라고 불렀어. 그리곤 머드파이. 그다음엔… 뭐였더라? 할리갈리였을걸. 요즘은……?"

"스타걸."

말이 속삭임이 되어 나왔다. 목이 말라붙어 있었다.

아치가 나를 쳐다보며 말했다.

"무엇이든 마음에 꽂히는 이름을 택하는 거지. 어쩌면 이름이란 그래야 하는 거 아닐까. 안 그래? 평생을 하나의 이름에만 매여 살 이유는 없는 거잖아?"

"부모님은요?"

케빈이 물었다.

"부모님이라니?"

"그분들은 어떻게 생각하시냐 이거죠."

아치는 어깨를 으쓱하며 말했다.

"동의하시는 거 같더라."

"그분들은 뭐 하세요?"

케빈이 물었다.

"숨 쉬고 밥 먹고 발톱도 깎고……."

케빈이 웃으며 말했다.

"무슨 뜻인지 아시면서. 어떤 일 하시냐구요?"

"캐러웨이 부인은 몇 달 전까지 스타걸의 선생님이었지. 내가 알기론 영화 의상도 만드신다더라."

케빈이 나를 찌르며 말했다.

"그 요상한 옷들이 어디서 났나 했더니만!"

"아버지 찰스는 직장에 다니시는데……."

아치가 우릴 보고 빙그레 웃으며

"거기가 아니면 어디겠냐?" 했다.

"마이카트로닉스"라고 우리는 합창을 했다.

그렇게 말하면서도 약간은 의외였는데, 좀 더 이색적인 직업을 상상했기 때문이었다.

"그럼, 그앤 어디 출신이죠?"

케빈이 물었다.

마이카처럼 신생 도시에선 당연한 질문이었다. 거의 모든 주민들이 다른 고장에서 태어났던 것이다.

아치의 눈썹이 올라갔다.

"좋은 질문이긴 한데."

그는 파이프 담배를 길게 빨았다.

"어떤 이들은 미네소타라고 말하겠지만 그 아이의 경우는…"

그가 담배 연기를 내뿜었고 그의 얼굴이 회색빛 연기구름 속으로 숨어들었다. 달콤한 체리 향 연기가 석양을 가렸다. 마리코파 산속에서 체리가 석양빛에 볶아지고 있는 중이었다. 그가 속삭였다.

"미시시피주의 유령 도시 라라 에이비스."

"아치, 말도 안 되는 소리만 하고 계신 거 아시죠?"

케빈이 말하자, 아치가 웃으며 대답했다.

"언제는 안 그랬냐?"

케빈이 갑자기 내게로 화살을 돌렸다.

"전 스타걸을 핫 시트에 출연시키고 싶은데, 여기 있는 멍청이 별록이 싫답니다."

아치가 연기 사이로 나를 뚫어지게 보았다. 나랑 같은 생각이구나 여기려는 참에 그의 입에서 나온 말은

"그럼 잘해 보시지"였다.

우리는 어두워질 때까지 이야기를 나눴다. 사와로 선생님에게 안녕을 고하고 문을 나서는데, 아치가 케빈보다는 나에게 하는 말이라고 생각되는 말을 했다.

"그 아이가 말해 주는 대답들보다도 그 아이에 대해 너희가 품는 의문들이 그 아이를 더 잘 설명해 줄 거야. 충분히 시간을 갖고 계속 그 아일 지켜보다 보면 어느 날 너흰 너희가 알고 있는 누군가를 만나게 될 거다."

11월 추수 감사절 즈음해서 변화가 시작되더니 12월의 첫날 스타걸 캐러웨이는 이미 학교에서 가장 인기 있는 사람이 되어 있었다.

어쩌다 이렇게 되었을까?

응원 때문이었을까?

시즌 마지막 풋볼 경기가 스타걸이 치어리더를 한 첫 번째 경기였다. 넓은 관중석은 만원이었다. 학생들, 학부모, 동창들까지. 한 명의 치어리더를 보기 위해 그렇게 많은 사람이 풋볼 경기에 온 적은 한 번도 없었다.

스타걸은 정해진 응원 순서를 다 따라 했다. 그리고 그 이상을 했다. 사실 한시도 가만있질 않았다. 다른 치어리더들이 휴식을 취하는 동안에도 스타걸은 계속 뛰고 소리 질렀다. 그애는 안 가는 곳 없이 돌아다녔다. 늘 잊히기 십상인 사람들 — 관중석의 맨 끝자리에 앉은 사람들, 골대 뒤 관중들, 간식을 파는 학부모들 — 도 자신들의 팔을 잡고 흔드는 치어리더와 함께할 수 있었다.

스타걸은 50야드 선 너머까지 곧장 달려가서 상대 팀 치어리더들과 합류했다. 놀란 입을 다물지 못하고 제자리에 얼어붙은 상대 팀 치어리더들의 모습을 보면서 우리는 깔깔댔다. 그애는 선수석 앞에서까지 응원을 하다가 코치에게 쫓겨나기도 했다. 중간 휴식 시간에는 밴드와 함께 우쿨렐레를 쳤다.

후반전에는 곡예사가 따로 없었다. 옆으로 재주넘기와 뒤 공중돌기 등의 재주를 부렸다. 중간에 경기가 한 번 중단되고 얼룩말 줄무늬 셔츠를 입은 세 명의 심판이 필드의 엔드 존으로 달려갔다. 골대를 기어올라 크로스바 중앙까지 외줄 타기 곡예를 하듯 걸어간 그애가 자신의 팔을 들어 터치다운 사인을 만들어 보이고 있었다. 내려오라는 명령을 받은 그애는 열렬한 기립 박수와 플래시 세례 속에서 사뿐히 땅으로 내려섰다.

경기가 끝나고 줄지어 운동장을 빠져나가면서 경기 자체가 얼마나 지루했는지에 대해 말하는 사람은 아무도 없었다. 일렉트론즈가 또다시 진 것을 상관하는 사람도 없었다.

다음 날 마이카 타임스 신문의 스포츠 평론가는 기사에서 스타걸을 가리켜 '필드 위 최고의 운동선수'라고 언급했다. 농구 시즌이 너무나도 기다려졌다.

힐러리 킴블에 대한 반발이었을까?

생일 노래 사건이 있고 나서 며칠 후 복도 저쪽에서 “안 돼”라고 외치는 소리가 났다. 뛰어가 보니 한 무리의 학생들이 나선형 계단 꼭대기에 모여 있었다. 모두들 뭔가를 쳐다보고 있었다. 나는 무리 속을 뚫고 들어갔다. 힐러리 킴블이 웃으면서 위쪽 층계참에 서 있었다. 스타걸의 주머니쥐 시나몬을 들고 있었는데 꼬리만 잡힌 채 난간 너머로 대롱대롱 매달린 쥐와 일 층 사이엔 빈 공간뿐이었다. 스타걸은 아래쪽 층계에서 위를 올려다보고 있었다.

정지된 화면 같았다. 다음 수업의 시작을 알리는 종이 울렸지만 아무도 움직이지 않았다. 스타걸은 말없이 그저 쳐다보고만 있었다.

시나몬의 앞발에 달린 여덟 개의 발가락은 있는 대로 쫙 벌려져 있었고, 금방이라도 튀어나올 듯한 작고 새까만 두 눈은 깜박임조차 없었다.

다시 한 목소리가 울려 퍼졌다.

“그러지 마, 힐러리!”

갑자기 힐러리가 그것을 떨어뜨렸다. 누군가 비명을 질렀지만 쥐는 힐러리 발 앞에 떨어졌을 뿐이었다. 힐러리는 마지막으로 스타걸에게 조소를 보내고는 가 버렸다.

도리 딜슨이 원인이었을까?

갈색 머리의 도리 딜슨은 9학년이었고 자기 몸의 반만 한 크기의 바인더식 공책에 시를 쓰는 아이였는데, 점심시간에 스타걸이 앉은 테이블에 앉기 전까지는 아무도 그 이름을 몰랐던 아이였다.

다음 날 그 테이블은 아이들로 가득했다. 점심을 먹을 때도 복도를 걸을 때도 또 학교에서 어떤 행동을 취하건 간에 스타걸은 더는 혼자가 아니었다.

우리였을까?

우리가 변했던 건가? 힐러리 킴블이 쥐를 떨어뜨려 죽게 만들지 않은 이유는 또 뭐였을까? 우리 눈 속에서 뭔가를 읽었던 것일까?

그 이유가 무엇이었든 간에 추수 감사절 연휴가 끝나고 학교에 다시 나왔을 땐 변화가 일어났음이 확실하게 느껴졌다. 스타걸은 더는 위험인물이 아니었고, 우리는 앞다투어 그애를 받아들였다. '스타걸!' 하고 부르는 소리가 복도에 넘쳐 났다. 시도 때도 없이 그애의 이름을 불러 댔다. 스타걸을 전혀 모르는 사람 앞에서 그애 이름을 부른 뒤 그들의 얼굴 표정을 살피는 재미 또한 쏠쏠했다.

여자아이들이 그애를 좋아했다. 남자아이들도 그애를 좋아했다. 가장 주목할 만한 건 모든 부류의 아이들이 관심을 보였다는 것이다. 부끄럼쟁이에서부터 공주병 환자, 운동선수, 똑똑한 아이들에 이르기까지.

우리는 스타걸을 따라 하는 것으로 그애를 좋아하는 티를 냈다. 식당에서 우쿨렐레 합주 소리가 요란했다. 교실 책상 위엔 꽃들이 놓였다. 어느 날인가는 비가 내리자 여남은 명의 여자아이들이 밖으로 뛰어나가 춤을 추었다. 마이카 쇼핑몰에 있는 애완용 동물 가게에는 주머니쥐가 동이 났다.

그애에 대한 찬양을 표현할 수 있는 최상의 기회가 12월 첫째 주에 찾아왔다.

매년 열리는 웅변대회를 위해 우리는 강당에 모였다. 애리조나 여성 유권자 연맹이 후원하는 이 행사는 연설가로서의 자질을 보여 주고 싶은 고등학생이면 남녀 누구나 참가할 수 있는 대회였다. 7분의 시간이 주어졌고, 무엇에 관해서든 하고 싶은 얘기를 하면 되었다. 우승자는 지구 대회에 나가도록 되어 있었다.

마이카 고등학교에서는 보통 네댓 명만이 대회에 참가했다. 그런데 그해에는 스타걸까지 포함해서 열세 명이나 나갔다.

누가 봐도 스타걸은 다른 아이들과는 비교가 안 될 정도로 뛰어났다. 스타걸은 공연이나 진배없는 활기찬 연설을 했는데 제목은 「난쟁이올빼미야, 성이 아닌 내 이름으로 날 불러 주렴」이었다. 그애가 입은 회갈색 시골풍 드레스는 연설 주제에 안성맞춤이었다. 관중석에 앉아서 그애의 주근깨까지 볼 수는 없었지만 나는 그애가 고개를 이쪽저쪽으로 획획 돌릴 때마다 주근깨들이 그애의 코 위에서 춤을 추고 있는 상상을 했다. 스타걸이 연설을 마치자 우리는 발을 구르고 휘파람을 불며 더 하라고 소리쳤다.

심사위원들이 형식적인 협의 과정을 거치는 동안 지난해 있었던 애리조나주 결선 대회에 관한 짧은 다큐멘터리가 상영되었다. 우승자인 유마 출신 남학생을 보여 주었는데, 가장 눈길을 끄는 장면은 대회 도중의 장면이 아니라 대회 후를 보여 주는 장면이었다.

그 학생이 유마 고등학교 주차장에 도착하자 전교생이 그애를 에워쌌고 플래카드와 치어리더의 환호, 밴드 연주, 색종이 조각들과 장식 리본 등이 그를 환영하는 것이었다. 팔을 높이 치켜세우며 금의환향한 영웅은 동료 학생들의 어깨 위에 올라타고 학교로 들어섰다.

다큐멘터리가 끝나고 불이 켜진 뒤 심사위원들은 스타걸을 우승자로 발표하며 이제 레드락에서 열리는 지구 대회에 나가게 될 것이라고 말했다. 주 결선 대회는 4월에 피닉스에서 개최될 것이었다. 우리는 계속 환호성을 지르고 휘파람을 불어 댔다.

그렇게 우리는 그해의 마지막 몇 주를 스타걸에게 환호하며 보냈다. 그리고 우리 스스로에 대한 느낌도 달라졌다.

9

소노라 사막에는 작은 연못들이 있다. 연못 한가운데에 서 있으면서도 그걸 모르기가 십상인데 보통 연못이 말라 있기 때문이다. 그리고 몇 인치 깊이 발밑 아래에서 개구리가 1분에 한두 번씩 심장을 팔딱이며 잠자고 있다는 것도 물론 알 수 없을 것이다. 이 진흙 개구리들은 휴면 상태로 대기 중인데 물이 없으면 생명이 불완전하여 온전한 개구리일 수 없기 때문이다. 이런 식으로 수개월 동안 그들은 땅속에서 잠을 잔다. 그러다가 비가 오면 수백 개의 눈이 진흙 속에서 튀어나오고, 밤이 되면 달빛이 비치는 수면 위로 수백 마리 개구리 울음소리가 울려 퍼진다.

그것은 장관이었다. 진흙 개구리였던 우리들이 모두 깨어나는 상황의 한가운데에 존재한다는 건 멋진 일이었다.

소소한 관심들이 넘쳐 났다. 사라졌다고 여겨졌던 사소한 행동, 말 한마디, 서로에 대한 공감들이 다시 살아났다. 수년간 모르는 사람을 복도에서 만나면 서로 본체만체 지나쳤지만, 이제는 서로 쳐다보고 고개를 끄덕이며 웃어 주었다. 누가 A학점을 받으면 다른 아이들이 축하해 주었다. 어떤 애가 발목을 삐면 다 함께 아파했다. 우리는 서로에게서 각자의 개성을 발견했다.

그것은 스타걸이 이끌어 낸 반란이었고, 부정적인 것이 아닌 긍정적인 반란이었다. 너무나 오래도록 잠자고 있던 우리 진흙 개구리들에게는.

전에는 수업 시간에 꿀 먹은 벙어리였던 아이들이 큰 소리로 발표를 했다. 12월호 학교 신문에선 「편집자에게 한 마디」란이 한 페이지를 다 차지했다. 100명도 더 되는 학생들이 봄에 있는 연극 오디션을 봤다. 한 아이는 사진 동아리를 만들었다. 또 어떤 아이는 운동화 대신에 가죽 구두를 신고 다녔다. 평범하고 소심하기 그지없는 한 여자아이가 발톱을 초록색으로 칠하기도 했다. 어떤 남자애 하나는 어느 날 보라색 머리를 하고 나타났다.

어느 것도 공식적으로 확인된 것은 아니었다. 학교 측 발표도 없었고, TV에 방송이 나가거나, 마이카 타임스 신문에 다음과 같은 헤드라인 기사가 난 것도 물론 아니었다.

마이카 고등학교 학생들 난리 나다
각자의 개성이 분출되다

그러나 일은 벌어지고 있었다. 카메라 렌즈를 통해 구도를 잡는 것에 익숙했던 나는 그것을 볼 수 있었다. 내 안에서도 그것을 느낄 수가 있었다. 내가 짊어지고 있던 뭔가가 떨어져 나간 듯 가뿐한 느낌이 들면서 어떤 해방감이 느껴졌다. 그러나 어떻게 해야 할지를 몰랐다. 이 해방감을 몰고 나갈 방향을 알지 못했다. 머리 염색을 한다거나 운동화를 내다 버릴 충동은 생기지 않았다. 그래서 난 그저 그 기분을 즐기며 한때는 아무 특색 없던 학생 집단이 수백 명의 개개인으로 갈라져 나가는 것을 지켜보았다. '우리'라는 대명사 자체에 금이 가서 조각조각 떨어져 나가는 것 같았다.

아이로니컬하게도 우리가 우리 자신을 발견하고 개성을 나타냄과 동시에 한 새로운 집단적인 것이 생겨났는데 그것은 생동감이 넘치는 어떤 실재로, 이전엔 존재하지 않던 어떤 정신이었다. 그 정신은 체육관의 서까래에서부터 울려 나왔다. '일렉트론즈 파이팅!' 그 정신은 물 마시는 식수대에서도 솟아 나왔다. 휴일 사적인 모임에서까지 교가가 울려 퍼졌다.

"이건 기적이에요!"

어느 날 내가 아치에게 신이 나서 말했다.

그는 자기 집 뒤 베란다 끄트머리에 서 있었다. 돌아보지 않았다. 천천히 그의 입술에서 파이프를 빼내더니 마치 사와로 선생님에게나 저 멀리 석양에 물든 산에 대고 말하듯 입을 열었다.

"기적이 아니길 바랄밖에. 기적은 오래 가지 않는다는 게 문제거든."

그리고 나쁜 시절의 문제는 모르고 지나갈 수가 없다는 것이다.

12월과 1월에 걸친 그 몇 주간은 황금기였다. 좋은 시절의 종말이 왔을 때 내가 바로 그 한가운데에 있게 될 줄 어찌 알았겠는가?

10

스타걸을 핫 시트에 출연시키는 것에 대한 나의 반대는 모두 사라졌다. 난 케빈에게 말했다.

"좋아, 해보자. 그애와 스케줄을 잡아 봐."

자리를 뜨는 그의 팔을 잡고 다시 확인했다.

"잠깐만, 먼저 그애한테 물어봐야 돼."

그가 웃으며 말했다.

"걱정 마. 그애가 안 하겠단 말이라도 할까 봐 그러냐?"

하긴 아직까지 핫 시트에 안 나가겠다고 한 아이는 아무도 없었다. 사적이고 대답하기 곤란한 질문들을 받게 되는 것에 대한 망설임은, TV에 출연한다는 유혹에 늘 지고 말았다. 그 유혹에 저항할 수 있는 사람이 있다면 그건 스타걸일 것이라고 난 생각했다. 그날 방과 후 케빈이 엄지손가락을 치켜든 채 웃으면서 날 향해 걸어왔다.

"잘 됐어! 걔가 한대!"

처음엔 좀 놀랐다. 내가 받은 그애에 대한 인상과는 맞지 않았다. 이것이 내가 곧 더 많이 보게 될 어떤 사실을 미리 약간 보게 된 것이라는 걸 그때는 알지 못했다. 즉 눈부신 재능과 유별남에도 불구하고 스타걸은 내가 생각했던 것보다 훨씬 더 보통 사람이었던 것이다.

하지만 곧 내 기분도 들떴다. 우리는 소리를 지르며 하이파이브를 했다. 역대급으로 인기를 끌게 될 우리들의 쇼를 눈앞에 그리고 있었다.

이때가 1월 중순이었다. 방송 날짜는 밸런타인데이 하루 전날인 2월 13일로 잡았다. 준비 기간으로 한 달은 필요했다. 반대에서 완전히 돌아선 나는 발 벗고 나섰다. 프로그램 예고 광고도 계획했다. 그림을 잘 그리는 학생에게 포스터를 맡겼다. 그럴 리야 없겠지만 패널들의 질문이 다 떨어질 경우를 대비해서 케빈이 물어 볼 질문들도 준비했다. 통상적으로 붙이는 패널 모집 공고도 할 필요가 없었다. 수십 명의 아이가 자원했다.

그런데 상황이 다시금 변했다.

우리 학교 운동장에는 길달리기새 모양을 한 합판이 5피트 높이로 세워져 있었다. 그것은 전적으로 학생들만 사용할 수 있는

게시판이었는데 늘 여러 가지 메시지와 공고들이 테이프나 압핀으로 붙여져 있었다. 어느 날 우리는 컴퓨터로 뽑은 다음과 같은 글이 붙어 있는 것을 발견했다.

— 나는 모든 사람들이 정의와 검정콩 부리토를 누릴 수 있는 은하계의 한 놀라운 행성, 거북이 합중국과 보르네오의 과일박쥐에게 충성을 맹세합니다. —

그 밑에는 손으로 직접 쓴 글씨로 '그애는 이런 식으로 국기에 대한 맹세를 한다'라고 씌어 있었다.

'그애'가 누굴 가리키는지는 말할 필요도 없었다. 우리가 매일 아침 맹세를 복창할 때 그애가 하는 말을 같은 반 애가 듣게 된 모양이었다.

내가 아는 한 우리가 특별히 애국적인 집단이었던 건 아니었다. 기분이 상했다는 얘기도 듣지 못했다. 어떤 아이들은 그걸 재밌다고 생각했고, 또 어떤 아이들은 걔가 그러면 그렇지 하는 투로 낄낄대며 고개를 끄덕였다. 다음 날 아침 몇몇 아이들은 그 새로운 '맹세'를 복창하기까지 했다.

며칠 사이에 새로운 이야기 하나가 순식간에 학생들 사이에 퍼졌다. 12학년 애나 그리스데일의 외할아버지께서 오랜 투병 생활 끝에 돌아가셨다. 장례식은 어느 토요일 아침에 치러졌다. 얼마 동안은 모든 것이 절차대로 돌아갔다. 교회에 모인 많은 사람, 전조등을 켠 차들의 행렬, 마지막 작별 인사를 하기 위해 무덤 앞에 둘러선 가까운 친지들. 무덤가에서 간단한 예식을 마친 후 장례 주관자는 모든 사람에게 줄기가 긴 꽃을 하나씩 나누어 주었고, 사람들은 그 자리를 떠나면서 각자의 꽃을 관 위에 놓았다.

애나 그리스데일이 스타걸을 처음 발견한 것은 바로 이때였다. 흘러내리는 눈물 사이로 애나는 스타걸 역시 울고 있는 것을 볼 수 있었다. 애나는 그애가 교회에도 왔었는지 궁금했을 뿐만 아니라 도대체 왜 스타걸이 거기에 있는 건지 알 수가 없었다. 애나 모르게 그애가 할아버지의 친구이기라도 했다는 걸까? 애나의 엄마는 애나에게 저 낯선 여자애가 누구인지 물었다.

장례식이 끝나고 참석자들은 애나네 집에서 함께 점심을 하도록 초대받았다. 한 서른 명쯤 왔다. 차게 먹는 음식들과 샐러드, 쿠키 등이 차려진 뷔페식이었다. 스타걸도 왔는데 가족들과 얘기는 나누었지만, 아무것도 먹거나 마시지는 않았다.

갑자기 애나에게 엄마 목소리가 들렸다. 다른 사람 목소리보다 더 크진 않았지만 분명 다른 어조였다.

"너 여기서 뭘 하고 있는 거니?"

찬물을 끼얹은 듯 조용해졌다. 모두의 눈길이 한곳으로 쏠렸다.

그들은 전망창 앞에 서 있었다. 애나는 자기 엄마가 그렇게 화난 것은 처음 보았다. 그리스데일 부인은 친정아버지와 매우 가까웠다. 살고 있던 집에 부속 건물을 지어서 아버지가 함께 살 수 있도록 할 정도였다.

그녀는 스타걸을 내려다보며 말했다.

"대답해 봐."

스타걸은 아무 말도 하지 않았다.

"넌 돌아가신 분을 알지도 못하는 거구나, 그렇지?"

여전히 스타걸은 묵묵부답이었다.

"내 말이 맞지?"

그러고 나서 애나 엄마는 현관문을 활짝 열어젖히고는 마치 그 애를 사막으로 내모는 듯이 손가락으로 사막 쪽을 가리키며 말했다.

"우리 집에서 나가 줘."

스타걸은 그 집을 나갔다.

대니 파이크는 아홉 살이었다. 그는 생일선물로 받은 자전거 타는 것을 무척 좋아했다. 하루는 방과 후에 자전거를 타다가 균형을 잃고 우체통을 들이받았다. 다리가 부러진 것은 약과였다. 혈전이 생겨서 피닉스의 아동병원으로 후송되어 수술을 받았다. 한동안 위독했으나 1주일 만에 호전되어 다시 집으로 돌아올 수 있었다.

이 모든 이야기가 마이카 타임스 신문에 실렸다. 피니언가에 있는 자기 집에 대니가 도착했을 때 열린 축하 행사 소식과 함께. 신문에 난 5단짜리 사진 속에서 대니는 아버지 목말을 탄 채 군중을 이룬 이웃들에게 둘러싸여 있었고, 사진 가장 앞쪽으로 새 자전거 한 대가 보였는데 다음과 같은 문구의 팻말이 큼지막하게 달려 있었다.

대니, 집에 돌아온 걸 환영해.

며칠 안 돼서 신문에 났던 그 사진이 길달리기새 게시판에 나붙었다. 우리들은 우리가 미처 보지 못한 뭐라도 있나 싶어 그 앞에 모여들었다. 빨간색 매직펜으로 그린 두꺼운 화살표가 사진에 아주 작게 나온 군중의 얼굴 가운데서 한 얼굴을 가리키고 있었다. 대니 파이크가 죽었다가 살아 돌아온 남동생이라도 되는 양 기뻐하고 있는 한 소녀의 얼굴이었다. 스타걸이었다.

그리고 그 자전거도 사진에 있었다.

파이크 집안사람들 — 부모, 조부모 등등 — 은 각각 자기가 아닌 다른 가족 누군가가 대니에게 새 자전거를 사 줬나 보다 생각했다. 며칠 후에야 그들은 가족 중 아무도 그런 사실이 없음을 알고 놀라움을 금치 못했다.

그렇다면 자전거는 어디서 난 걸까? 그런 내막을 듣고 사진을 본 마이카 고등학교 학생들에겐 충분히 짐작 가는 데가 있었다. 그런데 보아하니 파이크 씨네 사람들은 오리무중인 듯했다. 자전거가 가족들 간에 언쟁의 불씨가 되고 말았다. 파이크 씨는 자기가 산 것이 아닐뿐더러 이 사람 저 사람 아무리 물어봐도 자전거를 사 준 사람이 나타나지 않자 화가 났다. 파이크 부인 역시 화가 났는데 적어도 1년 동안은 대니에게 자전거 타는 것을 절대로 허락하지 않을 셈이었기 때문이었다.

어느 날 밤, 한 번도 타지 않은 새 자전거는 파이크 씨네 집 쓰레기통 옆에 버려지는 신세가 되었다. 다음 날 쓰레기 수거인이 왔을 때에 자전거는 사라지고 없었다. 대니는 대신 BB탄 총을 받았다.

국기에 대한 맹세, 그리스데일 가의 장례식, 대니 파이크 사건 — 이런 일들이 주목을 받기는 했지만 스타걸이 학교에서 누리고 있던 인기에 즉각적인 영향을 미치지는 못했다. 하지만 치어리더로서의 응원과 남학생 농구 경기 시즌만큼은 달랐다.

11

홈경기 때마다 스타걸은 1쿼터 동안에는 방문 팀 응원석에 가서 그들을 응원했다. 그애는 공을 튀기는 동작을 과장되게 보여주며 시작했다.

드리블, 드리블!
시스 붐 비블!
물어뜯지 않아
갉아먹지 않아
우린 그저 말할 뿐야
(팔을 쭉 뻗어 파도처럼 흔들며)
"첨 보네, 친구들!"
(두 엄지손가락으로 자신의 가슴을 가리키며)
"우린 일렉트론즈야!"

(그들을 가리키며)

"너희들은 누구지?"

(고개를 옆으로 돌리고, 손을 오므려 귓가에 댄다)

방문 팀 치어리더 한두 명, 어쩌면 한두 명의 팬이 되받아 소리치기도 한다. '와일드 캣츠!'나 '쿠거즈!' 등등. 하지만 방문 팀 치어리더들 대부분은 그저 놀라서 입을 벌리고 앤 뭐지? 하는 표정으로 그애를 쳐다보았다. 우리 팀 치어리더 가운데 몇 명은 재밌어했고 몇 명은 창피해했다.

여기까지만 보아서는 촌스러운 응원 방식만이 스타걸에게 물을 수 있는 유일한 잘못이라면 잘못이었다. 그러나 스타걸은 거기서 멈추지 않았다. 그애는 공이 바스켓 안으로 들어가기만 하면 어느 팀이 쏜 것이든 간에 환호를 보냈다.

그건 정말로 이상한 풍경이 아닐 수 없었다. 상대 팀이 점수를 올리고 마이카 고등학교 관중들은 팔짱을 낀 채 뚱하니 앉아 있는데, 스타걸 혼자서 환호성을 올리고 있다니.

처음엔 다른 치어리더들이 스타걸을 막으려 노력했다. 꼭 날뛰는 강아지를 진정시키려 애쓰는 모습 같았다. 치어리더들이 스타걸에게 주름치마 단복을 건넸을 때 그들은 자신들이 결코 상상하지 못했던 치어리더 하나를 끌어들인 꼴이었다.

그애의 응원은 농구 경기에만 국한되지 않았다. 그애는 누구에게나 아무것에나 어느 때고 환호했다. 그애는 큰일 — 우등상을 받는 일, 선거에서의 승리 등 — 에도 환호했지만 정작 그애가 많은 주의를 기울인 대상은 사소한 일들이었다.

그때가 언제일지는 아무도 모른다. 당신이 에디라는 이름을 가진 그저 그런 9학년짜리 학생이라고 하자. 당신은 복도를 걸어가다가 바닥에서 사탕 껍질을 본다. 당신은 그걸 주워서 가장 가까이에 있는 쓰레기통에 버린다. 그때 갑자기 당신 앞에 그애가 나타나 팔을 아래위로 흔들고 갈색 머리와 주근깨를 휘날리며 그 커다란 눈으로 당신을 통째로 집어삼킬 듯이 바라보면서 즉석에서 지은 에디에 관한 환호, 그리고 쓰레기를 치우는 데 팀을 이뤄 힘을 합한 에디와 쓰레기통에 관한 환호를 큰 소리로 외친다. 학생들이 모여들고 리듬에 맞춰 손뼉을 치면 당신은 이제껏 살아오면서 받아 본 시선을 다 합친 것보다 더 많은 시선이 당신에게 쏠리는 것을 경험하게 된다. 당신은 바보가 된 느낌, 세상의 웃음거리가 되어 버린 듯한 느낌이다. 차라리 사탕 껍질을 따라 쓰레기통으로 들어가 버리고 싶은 심정이다. 이제껏 이렇게 괴로운 순간이 또 있었을까 싶으면서 머릿속에선 계속 한 가지 생각만이 들끓는다. 죽고 싶어… 죽어 버릴래…….

그래서 마침내 그애가 환호를 끝내고 그애의 주근깨가 콧잔등 위로 제자리를 찾아 앉을 때, 왜 당신은 죽지 않는 걸까? 왜 죽어 버리지 않는 걸까?

사람들이 당신에게 박수를 보내고 있다는 것, 그것이 이유다. 사람들이 당신에게 박수갈채를 보내고 당신에게 미소를 짓고 있는 마당에 죽는다는 것이 가당키나 한 얘긴가 말이다. 생전 처음 보는 사람들이 당신에게 미소를 보내고, 당신의 등을 두드리며 당신의 손을 잡고 위아래로 흔들어 대고, 갑작스레 온 세상이 당신의 이름을 불러 대는 듯하면 매우 기분이 좋아진 당신은 둥둥 떠서 집에 간다. 그리고 그날 밤 자려고 누웠을 때 당신이 곯아떨어지기 전 마지막으로 보게 되는 것은 당신을 향했던 그 수많은 눈이고, 당신은 미소를 띠며 잠들게 된다.

아니면 당신이 정말로 보기 드문 귀고리를 하고 학교에 나타날 수도 있다. 어쩌면 시험에서 100점을 맞았을 수도 있다. 혹은 팔을 부러뜨렸다든지 아니면 하고 있던 깁스를 풀었을 수도 있다. 심지어는 사람이 아닐 수도 있다. 그저 미술의 귀재가 벽에 그려 놓은 목탄화일 수도 있다. 아니면 자전거 세워 놓는 곳에 나타난 아주 끔찍하게 생긴 벌레일 수도 있다.

우리는 머리를 절레절레 흔들며 얘 정말 이상한 애네, 진짜로 미친 거 아냐, 했지만 결국은 웃으며 지나갔고, 말은 안 했어도 아마 모두들 같은 생각이었을 것이다. 인정받으니 기분은 좋군.

그리고 만약 이런 일이 다른 해에 일어났다면 아무 일 없이 그저 그렇게 계속됐을 것이다. 그러나 하필이면 농구 코트에서 믿을 수 없는 일이 일어나고 있던 해였다. 우리 학교 농구 팀이 이기고 있었던 것이다. 승승장구였다.

그리고 그것이 모든 것을 바꿔 놓았다.

시즌 초반에는 아무도 알아채지 못했다. 여학생 테니스를 빼고 우리 학교가 잘하는 건 아무것도 없었다. 우리는 으레 지는 걸로 알았다. 지는 데 익숙해졌다고나 할까. 사실 경기를 보러 가지도 않았기 때문에 대부분의 학생들은 지든 말든 상관도 하지 않았다.

지난해에는 일렉트론즈 농구 팀이 스물여섯 경기 중에서 겨우 다섯 경기만 이겼다. 그런데 올해에는 크리스마스 이전에 벌써 다섯 번째 승리를 낚은 것이었다! 1월 초순에 열 번째 승리를 기록했고, 패전 기록은 여전히 전무함을 사람들이 인식하기 시작했다.

'백전불패!'라는 글귀가 길달리기새 게시판을 요란하게 장식했다. 어떤 아이들은 우리가 어쩌다 이기고 있는 것이라 했다. 또 어떤 아이들은 단순히 다른 팀들이 우리보다 더 형편없어서 그런 거라고 했다. 장난으로 그런 글귀를 써 붙인 거라고 생각하는 아이들도 있었다. 하지만 한 가지는 분명했다. 경기 관중 수가 늘어난 것이었다. 2월이 시작되자 연승 기록이 열여섯 경기에 달했고, 체육관에는 빈자리를 찾을 수 없었다.

그런데 더욱 흥미로운 일이 벌어지고 있었다. 갑자기 우리는 더는 지는 것에 익숙하지 않게 된 것이었다. 다시 말해 우리는 지는 법을 잊고 말았다. 그런 전환의 속도는 정말이지 놀라웠다. 연습 기간도 없었고 학습 곡선도 없었다. 아무도 우리에게 승자가 되는 법을 가르쳐 줄 필요는 없었다. 얼마 전까지만 해도 따분하고 무감각하고 불만 없는 패자였던 우리가 어느새 미쳐 날뛰는 열성

팬으로 돌변해서 관중석에서 발을 구르고, 얼굴에는 초록색과 하얀색으로 페이스 페인팅을 한 채 수년간 갈고닦은 솜씨인 양 파도타기 응원을 해 댔다.

우리는 우리 학교 농구 팀과 사랑에 빠졌다. 팀에 대해 얘기할 때면 우린 '걔네들'이란 단어 대신에 '우리들'이라는 단어를 썼다. 주득점원인 브렌트 아슬리가 학교 안을 돌아다닐 때면 그에게서 금빛 광채가 나는 듯했다. 우리 팀을 사랑하면 할수록 우린 상대 팀을 더욱더 증오했다. 전에는 상대 팀을 부러워하기 일쑤였고 형편없는 우리 팀을 괴롭히는 그들에게 박수를 보내기까지 했었다.

그러나 지금은 상대 팀이라면 이를 갈았다. 그들의 유니폼도 증오했다. 그들의 감독과 그들의 팬들도 증오했다. 그들이 우리의 완벽한 시즌을 망치려 들었으므로 우리는 그들을 증오했다. 상대 팀이 점수를 낼 때마다 분개했다. 어떻게 감히 우리 앞에서 기뻐할 수가 있단 말인가!

우리는 우우 하는 야유 소리를 내기 시작했다. 처음 야유 소리를 내 보는 것이었지만 베테랑이라고 착각할 만큼 잘했다. 상대 팀에게 야유를 보내는 것은 물론 상대 팀 감독, 상대 팀 팬 그리고 심판에 이르기까지 우리의 완벽한 시즌을 위협하는 것이라면 무엇에든 야유를 퍼부었다.

심지어 우리는 스코어보드에까지 픽픽거렸다. 끝까지 살얼음판인 경기는 밥맛이었다. 긴장감은 질색이었다. 초반 5분 안에 결정 나 버리는 경기가 최고였다. 우리는 승리만으로는 만족할 수 없었고 참패시키길 원했던 것이다. 완벽하게 기분 좋을 수 있는 스코어는 아마도 100대 0뿐이었을 것이다.

그리고 바로 그 중심에, 이 완벽한 시즌에 대한 열광의 한가운데에 스타걸이 있었다. 어느 팀이 점수를 내든 간에 공이 바스켓을 통과하기만 하면 깡충깡충 뛰고 어떤 일에든 누구에게든 환호하며.

1월 언제쯤인가부터 '앉지 못해!' 하는 소리가 관중석에서 날아들기 시작했다. 우우 하는 야유 소리도 뒤따랐다. 스타걸은 알아차리지 못하는 것 같았다.

그애는 알아차린 것처럼 보이지 않았다.

스타걸의 모든 색다른 점들 중에서 이것이 나에게는 가장 놀라웠다. 어떤 나쁜 일에도 그애는 동요하지 않았다. 아니, 더 정확히 말하면 자신에게 일어난 어떤 나쁜 일에도 그애는 동요하지 않았다. 반면 우리에게 일어나는 나쁜 일에는 크게 신경을 썼다. 우리들 중 누군가가 다치거나 기분이 나쁘거나 아니면 사는 거 자체가 괴로울 때면 그애는 어느새 그것에 대해 잘 알고 있고 걱정해 주는 듯했다. 하지만 자신에게 쏟아지는 나쁜 일들 — 불친절한 말, 불쾌한 시선, 발에 생긴 물집 — 은 인식하지 못하는 것 같았다. 난 스타걸이 거울을 들여다보는 모습을 본 적도 없고 불평 한마디 내뱉는 걸 들어 본 적도 없다. 그애의 모든 감정, 모든 관심은 밖을 향했다. 그애에게 자아란 없었다.

시즌의 열아홉 번째 농구 경기는 레드락에서 있었다. 이전 같으면 원정 경기 때엔 마이카 팬들보다 치어리더의 숫자가 더 많았겠지만 이젠 아니었다. 그날 저녁 구불구불 사막을 가로질러 레드락을 향하는 차량 행렬이 줄을 이었다. 우리가 자리를 잡고 앉았을 땐 이미 홈 팀 팬을 위한 자리는 얼마 없었다.

시즌 최고의 대학살이었다. 레드락은 속수무책이었다. 4쿼터가 시작됐을 때 우린 78대 29로 앞서 있었다. 감독은 후보 선수들을 기용했다. 우리는 야유를 보냈다. 우린 100점의 가능성을 보았고 처참하게 깨뜨려 주길 원했던 것이다. 감독은 다시 선발진을 들여보냈다. 우리가 관중석이 떠나갈 듯 악을 쓰는 동안 스타걸은 일어나서 체육관을 나가 버렸다. 그걸 본 몇몇 아이들은 그애가 화장실에라도 가나 보다 생각했다. 나는 계속 출구 쪽을 쳐다보았다. 스타걸은 결코 돌아오지 않았다. 경기 종료 5초를 남기고 일렉트론즈는 100점째 득점을 올렸다. 우린 완전 광란의 도가니였다.

스타걸은 내내 밖에서 버스 기사와 얘길 나누고 있었다. 다른 치어리더들이 스타걸에게 왜 나갔느냐고 물었다. 그애는 레드락 선수들이 안쓰러웠다고 말했다. 자신의 응원이 참패를 더욱 악화시키는 느낌이었다고도 했다. 그런 경기는 하나도 재미가 없다고 그애가 말하자, 치어리더들은 네가 할 일은 경기를 즐기는 것이 아니라 어떤 일이 있더라도 마이카 고등학교를 응원하는 것이라고 말했다. 그애는 그런 그들을 그저 물끄러미 쳐다보았다.

농구 팀과 치어리더들은 같은 버스를 이용했다. 선수들이 라커룸에서 나오자 치어리더들이 그들에게 무슨 일이 있었는지를 다 얘기했다. 그들은 속임수를 생각해 냈다. 깜빡 잊고 누가 뭘 체육관에 두고 왔다고 하면서 스타걸에게 가져다줄 것을 부탁했다. 스타걸이 가지러 간 사이 그들은 버스 기사에게 전원 탑승이라고 말했고, 버스는 그애를 태우지 않은 채 두 시간을 달려 돌아왔다.

그날 밤 레드락 팀의 관리자 한 명이 스타걸을 집까지 태워다 주었다. 다음 날 학교에서 치어리더들은 모든 것이 다 착오로 그렇게 된 것처럼 말했고 미안한 척했다. 그애는 그들의 말을 믿었다.

다음 날은 2월 13일이었다. 핫 시트가 있는 날이었다.

12

핫 시트는 다음과 같이 진행되었다.

촬영은 커뮤니케이션 센터의 스튜디오에서 했다. 무대 중앙에는 두 개의 의자가 놓여 있었는데 의자 다리에 치솟는 불길 모양이 그려져 있는 악명 높은 빨간색 핫 시트와, 또 호스트인 케빈이 앉는 평범한 의자였다. 옆쪽으로는 한 줄에 여섯 개씩 두 줄로 의자가 놓여 있었는데 뒷줄이 앞줄보다 조금 높았고, 여기에 배심원들이 앉았다.

이름만 배심원이지 열두 명의 멤버가 표결을 한다거나 평결을 내리지는 않았다. 그들의 역할은 대답하기 곤란하고 당황스러운 질문들로 꼬치꼬치 캐물어서 핫 시트에 열기를 불어 넣는 것이었다. 하지만 고약한 질문이나 상대방에게 상처를 주는 질문은 사절이었다. 주인공을 머뭇거리게 만들자는 정도이지 조롱하자는 의도는 아니었으니까.

모의 심문이란 정신에 입각해서 우리는 심문 대상을 '희생양'이라고 불렀다. 그런데도 누구나 희생양이 되고자 하는 이유는 무엇이었을까? TV 출연이라는 유혹일 수도 있고, 카메라 앞에서 그리고 부모님이 아닌 동년배들 앞에서 고백을 — 또는 거짓말을 — 할 수 있는 기회일 수도 있었다. 그러나 난 그런 일반적인 이유들은 스타걸에게 해당하지 않는다고 생각했다.

모두 석 대의 카메라가 있었다. 하나는 무대용이었고 또 하나는 배심원용 그리고 치코가 있었다.

치코는 손에 들고 찍는 클로즈업 용도의 카메라인데, 핫 시트 담당 지도 교사 로비노 선생님 말에 의하면 예전에 치코라는 이름의 학생이, 제발 자기가 클로즈업 카메라를 맡게 해 달라고 졸랐다. 로비노 선생님이 시험 삼아 그에게 해볼 기회를 주었는데 말라깽이였던 치코가 거의 카메라 밑에 깔려 버렸다. 그 일은 다른 학생에게 맡겨졌고 치코는 그 길로 체력 단련실로 갔다. 이듬해 근육이 붙은 치코의 어깨 위에서 카메라는 아무것도 아닌 게 되었다. 결국 그는 그 일을 맡았고 훌륭하게 해냈다. 그는 카메라에 자신의 이름을 붙여 주었다. '우린 한 몸이야'라고 말하면서. 그가 졸업을 한 뒤에도 그의 이름은 남았고, 그때부터 클로즈업 카메라와 그 촬영 기사를 합해서 치코라고 부르게 되었다.

호스트와 희생양은 골무 크기만 한 마이크를 옷섶에 달았고, 배심원들은 손 마이크를 돌아가며 사용했다. 무대 반대편에 유리로 된 조종실이 있었는데 스튜디오와는 소리가 차단되어 있었다. 거기가 바로 내가 헤드셋을 끼고 모니터를 보면서 촬영 지시를 내리는 곳이었다. 나는 TD라고 불리는 기술 감독 바로 옆에 섰고, 그는 계기판 앞에 앉아 내가 지시하는 촬영 화면의 버튼을 눌렀다. 조종실에는 시청각 담당자도 있었다. 로비노 선생님이 지도교사로 조종실 안에 있긴 했지만 기본적으로 모든 일은 학생들 몫이었다.

케빈의 역할은 핫 시트가 시작되도록 하는 것이었다. 희생양을 소개하고, 개시로 몇 가지 질문을 던졌다. 배심원들의 발동이 늦게 걸릴 땐 분위기를 띄우기도 했다. 대개는 배심원들이 빈틈없이 잘했다. '키가 너무 작은 게 신경 쓰이지 않나요?', '이러이러한 것들을 좋아한다는데 맞아요?', '잘생겼으면 하고 바라진 않나요?', '얼마나 자주 샤워를 합니까?' 등등이 전형적인 질문이었다.

결국에는 거의 항상 재미있는 오락물이 탄생했다. 30분 동안의 촬영이 끝나고 음악과 함께 엔딩 크레딧이 올라가면 늘 좋은 분위기 속에서 희생양, 배심원들, 스튜디오 기술진 모두가 뒤섞여 어울렸고 다시 학생으로 돌아가 있었다.

촬영은 방과 후에 이루어졌고 그날 밤 주요 시청 시간대에 지역 케이블에서 방송되었다. 대략 만 가구 정도에 방영된 셈인데, 자체 조사에 따르면 적어도 전체 학생의 50%가 이제까지 방영된 모든 핫 시트 쇼를 시청했다. 여느 인기 시트콤보다 더 높은 시청률이었다. 우리는 스타걸 쇼의 경우 90%까지 예상했다.

그러나 속마음을 말하자면 난 사실 아무도 보지 않았으면 했다.
우리가 스타걸을 출연시키기로 계획한 이후 한 달 동안 그애의 인기는 터무니없이 떨어졌다. 식당에선 우쿨렐레가 사라졌다. 점점 더 많은 아이들이 스타걸의 응원 행위가 농구 팀과 팀이 이뤄내고 있는 완벽한 기록을 손상시키고 있다고 보았다. 그애에 대한 야유 소리가 경기장에서 스튜디오로까지 옮겨 오는 건 아닐까 겁이 났다. 쇼가 볼썽사납게 될 것만 같아 두려웠던 것이다.

그날 방과 후 스타걸이 들어서자 케빈은 보통 때 하던 대로 간단한 설명을 해 주었고 로비노 선생님과 나는 장비를 점검했다. 배심원들이 하나둘 들어섰는데 보통 때의 배심원들과는 달리 장난을 치지도, 무대 위에서 탭댄스를 추지도 않았다. 그들은 곧바로 자기 자리에 가서 앉았다. 스타걸만이 탭댄스를 추었고, 자신의 코를 핥아대는 주머니쥐 시나몬과 함께 카메라를 향해 우스꽝스러운 표정을 지어 보였다. 케빈이 배꼽이 빠져라 웃어 댔지만 배심원들의 얼굴은 험상궂었다. 힐러리 킴블도 배심원 가운데 하나였다. 더욱 느낌이 안 좋았다.
나는 조종실로 들어가서 문을 닫았다. 그리고 카메라맨과의 의사소통을 점검했다. 모든 준비가 끝났다. 케빈과 스타걸이 자리에 앉았다. 세트와 조종실을 갈라놓은 두꺼운 유리벽을 통해 나는 마지막으로 한 번 바라보았다. 앞으로 반 시간 동안은 네 개의 모니터를 통해서 세상을 보게 될 것이었다.

"오케이. 여러분, 자 시작합니다"라고 말한 뒤 나는 스튜디오로 통하는 마이크를 껐다. 조종실의 동료들을 훑어보았다. "다 준비 됐지?"라고 말하자, 모두들 고개를 끄덕였다.

바로 그때 스타걸이 시나몬의 앞발 하나를 들어 올려 조종실을 향해 흔들면서 끽끽대는 목소리로 말했다.

"안녕, 리오."

나는 그 자리에 얼어붙어 버렸다. 혼란스러웠다. 난 스타걸이 내 이름을 알고 있는 줄 몰랐다. 난 바보처럼 그저 서 있었다. 마침내 쥐를 향해 손가락을 흔들며 "안녕, 시나몬"이라고 입 모양만 지어 보였다. 어차피 유리벽 반대편으로 내 목소리가 새어 나갈 수도 없었지만.

심호흡을 한 번 했다.

"오케이, 레디 음악, 레디 인사말."

난 잠깐 사이를 두었다가 다시 말했다.

"음악, 인사말."

이 순간, 쇼를 시작시키는 바로 이 순간이 내 삶의 보람이고 낙이었다. PD인 나는 모든 상황을 지휘하고 통제하는 마에스트로였다. 내 앞에 있는 네 개의 모니터상에서 내 지시에 따라 펼쳐지는 프로그램을 나는 지켜보았다. 그러나 이날만큼은 스릴을 느낄 겨를이 없었다. 케이블 선을 따라 꿈틀거리는 어두운 불안감만이 느껴질 뿐이었다.

"안녕하세요… 핫 시트에 오신 것을 환영합니다……."

케빈이 이런저런 오프닝 멘트를 늘어놓았다. 케빈은 카메라 체질이었다. 능글맞은 미소와 제가 지금 제대로 들은 거 맞나요? 라고 묻는 듯한 휘어진 눈썹을 가진 케빈에겐 이런 쇼가 적격이었다.

그는 스타걸을 향해 몸을 돌렸다. 그러고는 즉흥적으로 손을 뻗어 스타걸의 어깨 위에 앉아 있던 시나몬의 코를 쓰다듬었다.

"안아보시겠어요?"

스타걸이 말했다.

케빈이 카메라를 향해 그래 볼까요, 하는 표정을 지으면서 말했다.

"그러죠."

"레디, 치코, 쥐."

내가 헤드셋 마이크에 대고 말했다.

'레디'가 항상 연속적 지시의 첫 단어였다.

치코가 줌 렌즈로 클로즈업해 들어갔다.

"치코."

기술 감독이 치코 버튼을 눌러서 클로즈업된 화면을 띄웠다. 카메라는 스타걸 손에서 케빈 손으로 옮겨지는 시나몬을 따라갔다. 쥐가 케빈의 무릎에 올라앉자마자 케빈 가슴으로 기어올라 가더니 셔츠 단추 사이를 헤집고 들어갔다. 케빈이 이크, 소리를 내며 어쩔 줄 몰라 했다.

"할퀴는데요!"

"손톱이 있어서 그런 거죠."
스타걸이 차분하게 말했다.
"상처를 내진 않을 거예요."
단추 사이로 고개를 내미는 시나몬을 치코가 잡았다. 로비노 선생님이 내 얼굴 앞쪽으로 엄지손가락을 치켜들었다.
케빈이 카메라를 향해 저 굉장하죠, 하는 표정을 지어 보이고 나서 다시 스타걸 쪽으로 몸을 돌렸다.
"알다시피 당신이 올해 학교에 모습을 나타낸 이후 우리는 쭉 당신을 핫 시트에 앉히고자 했었죠."
스타걸은 케빈을 물끄러미 쳐다보았다. 그애가 카메라를 향해 얼굴을 돌렸다. 그애 눈이 점점 커지기 시작했다…….
무슨 일인가가 일어나고 있었다.
그애의 눈이 더욱 커져 갔다…….
"치코!"
내가 소리쳤다.
치코가 움직여 들어갔고 쭈그리고 앉아서 아래에서 위쪽으로 찍었다. 끝내주는 각도였다.
"더 가까이, 더 들어가라고."
내가 말했다.
스타걸의 아연실색한 두 눈이 스크린을 채우고도 남을 기세였다. 난 롱샷 모니터를 확인했다. 스타걸은 마치 전기에 감전되어 의자에 붙어 버린 것처럼 경직된 자세로 꼼짝 않고 있었다.

누가 내 어깨를 철썩 때렸다. 돌아보니 로비노 선생님이 뭐라 뭐라 하시면서 웃고 계셨다. 한쪽 이어폰을 들어 올렸다.

"저 앤 장난을 치고 있는 거야."

그가 반복해 말했다. 한순간 모든 것이 이해됐다. 스타걸은 '핫 시트'를 문자 그대로 받아들이고 있었다. 그애는 가능한 한 모든 걸 다 동원해서 보여 주고 있었지만, 케빈과 배심원들의 멍청한 눈길로 판단하건대 스타걸의 장난을 알아챈 건 로비노 선생님과 나 둘뿐이었다.

이제 스타걸의 양손이 핫 시트의 팔걸이로부터 들어 올려졌다.

"레디, 1번 카메라!"

내가 소리쳤다.

"1번 카메라!"

1번 카메라는 처음엔 잘 잡지 못하다가 마침내 롱샷으로 스타걸을 잡았는데, 그애가 의자 팔걸이로부터 양손을 들어 올리고 손가락을 쫙 폈을 때 그애의 손가락 끝에서는 연기가 피어오를 것만 같았다.

'좀 더 그러고 있어, 제발 그대로 있으라고.'

스타걸의 겁에 질린 눈이 자신이 앉아 있는 핫 시트의 측면을 훑어보다가 의자 다리에 그려져 있는 불꽃에 머물렀다.

"으아아아~악!"

그애의 비명 소리에 계기판의 음향 바늘이 태풍 속의 야자수처럼 휘어졌다. 쥐는 케빈의 셔츠 속에서 튀어나왔다. 1번 카메라맨이 움찔하는 바람에 TV 화면이 흔들렸지만, 그는 곧 자세를 바로잡고 무대 전면의 가장자리에 서 있는 그애를 카메라에 잡았다. 그애는 몸을 구부린 채 엉덩이를 카메라에 대고 한 손을 뒤로 가져가 펄럭이며 연기가 나고 있는 엉덩이를 부채질하는 시늉을 했다.

마침내 케빈이 알아채고는 뒤로 넘어갔다.

"1번 카메라, 제자리, 케빈을 찍어. 레디… 1번 카메라."

케빈은 의자에서 튕겨져 나와 무대 바닥에 무릎을 꿇은 채 터져 나오는 웃음으로 몸을 가누지 못할 지경이었다. 그의 웃음소리가 조종실에 넘쳐흘렀다. 쥐가 그의 손으로 기어올라 가서는 멋진 무대용 몸놀림으로 뛰어내렸다.

"쥐를 찍어!"

내가 소리쳤다.

"2번 카메라, 쥐를 찍으라고!"

그러나 2번 카메라는 쥐를 찍을 수가 없었다. 쥐가 2번 카메라맨의 발 근처를 킁킁대며 돌아다니자 카메라맨이 카메라를 내팽개치고 도망갔기 때문이었다.

"치코, 쥐를 찍어!"

치코가 바닥에 납작 엎드려 생생한 장면을 포착했다. 쥐는 배심원을 향해 돌진했고 배심원들은 너나 할 것 없이 자리를 박차고 일어나 의자 위로 올라서고 있었다.

'레디'를 외치는 것도 잊었다. 상황이 급하게 돌아가고 있었다.

카메라는 춤을 추면서 모니터에 화면을 제공하고 있었다. 난 이런저런 지시를 내리느라 소리를 질러 댔다. 기술 감독은 하드 록 밴드의 건반 주자라도 되는 양 계기판의 버튼들을 눌러 댔다.

스타걸의 팬터마임은 이제껏 내가 본 팬터마임 중 최고로 남아 있다. 로비노 선생님도 만족스러운 손길로 내 어깨를 몇 번씩 힘주어 잡았다. 나중에 해 주신 선생님 말씀처럼 이건 핫 시트 역사상 최고의 순간이었다.

그러나 그다음에 이어진 내용 때문에 어느 누구도 그것을 시청할 수 없게 되었다.

13

1분도 채 안 걸려서 모든 것이 정상으로 돌아왔다. 스타걸은 시나몬을 찾아서 마치 아무 일도 없었다는 듯 태연히 핫 시트에 다시 앉았다. 케빈의 두 눈이 반짝이고 있었다. 엉덩이를 들썩들썩거리는 게 인터뷰 질문을 퍼붓고 싶어 안달인 듯했다. 배심원들도 그래 보였지만 그들의 눈은 반짝이지 않았다.

케빈은 진지하게 보이려 애를 썼다.

"자, 당신의 이름부터 시작합시다. 스타걸. 꽤나 특이한 이름인데요."

스타걸은 멍한 표정을 지어 보였다.

케빈은 당황했다.

"그렇지 않나요?"

다시 물었다.

스타걸은 어깨를 으쓱하며 말했다.

"내겐 특이할 게 없는데요."

그애가 케빈을 놀리고 있는 거란 생각이 들었다.

"치코, 그애 얼굴을 계속 잡고 있어"라고 마이크에 대고 지시를 내렸다.

오프 카메라로 희미하게 어떤 목소리가 들렸다. 케빈이 돌아보았다. 한 배심원이 말한 것이었다.

"배심원용 마이크 볼륨을 올려."

내가 말했다.

"레디, 2번 카메라."

마이크가 제니퍼 세인존에게 넘겨졌다.

"2번 카메라."

제니퍼의 얼굴 앞에 들려진 마이크가 꼭 까만 아이스크림콘같이 보였다. 듣기 좋은 목소리는 아니었다.

"부모님이 지어 준 이름에 무슨 문제라도 있었나요?"

스타걸이 천천히 제니퍼에게로 몸을 돌렸다. 그애는 웃으며 대답했다.

"아니요. 좋은 이름이었어요."

"뭐였는데요?"

"수잔."

"그렇다면 왜 그 이름을 버렸죠?"

"더는 내가 수잔인 것 같지가 않아서요."

"그래서 수잔이란 이름을 내다 버리고 스스로를 스타걸이라 이름 지었단 말이군요."

"아니요."

여전히 웃으며 대답했다.

"아니라고요?"

"포켓마우스였어요."

스물네 개의 눈이 동시에 휘둥그레졌다.

"뭐라고요?"

"난 나 스스로에게 포켓마우스라는 이름을 지어 주었죠."

스타걸이 경쾌하게 말했다.

"그다음엔 머드파이, 또 그다음엔 할리갈리, 그러고 나서 스타걸."

데이먼 리치가 제니퍼 세인존으로부터 마이크를 빼앗아 들었다.

"그럼 다음엔 뭘로 할 건가요? 개똥이?"

이런이런, 드디어 시작이군 하는 생각이 들었다.

케빈이 급하게 끼어들었다.

"그러니까… 당신은 이름에 싫증이 날 때마다 바꾼다는 얘긴가요?"

"더는 내게 맞지 않을 때마다요. 내가 곧 내 이름은 아니라고 생각해요. 내 이름은 셔츠처럼 내가 입고 있는 어떤 것이고, 그게 닳는다거나 내가 몸이 커져서 입지 못하게 되면 바꾸는 거죠."

"그렇다면 왜 스타걸이죠?"

"아, 그건 나도 잘 모르겠어요."

시나몬의 코를 손가락 끝으로 만지면서 스타걸이 말했다.

"어느 날 밤 사막을 걷다가 하늘을 올려다보았어요……."

그애는 혼자 큭큭 웃더니 말을 이었다.

"어떻게 하늘을 안 볼 수가 있겠어요! 그리곤 그 이름이 그저 내게 왔다고나 할까, 내게로 떨어져 내렸죠."

케빈이 준비된 질문들을 훑어보다가 고개를 들고 물었다.

"그러면, 부모님 생각은 어땠나요? 수잔이란 이름을 계속 쓰지 않는다고 슬퍼하시진 않던가요?"

"아니요. 그분들의 아이디어인 거나 마찬가지였어요. 내가 어려서 나 자신을 포켓마우스라고 부르기 시작하자 부모님도 그렇게 부르셨거든요. 그리고 다시는 옛 이름으로 돌아가지 않았죠."

멀리 배심원석에서 또 다른 목소리가 들려왔다.

음향 담당을 툭 치며 내가 말했다.

"배심원석 마이크를 켜. 그리고 다른 마이크들도 다 켜 놓자."

물론 난 그렇게 하고 싶지 않았다.

이번엔 마이크 에버솔이었다.

"그건 그렇다 치고 당신은 우리나라를 사랑하기는 합니까?"

"그럼요."

스타걸이 힘차게 대답했다.

"당신도 우리나라를 사랑하잖아요?"

에버솔은 스타걸의 질문은 무시한 채 다시 물었다.

"그럼 왜 국기에 대한 맹세를 옳게 하지 않는 겁니까?"

그애가 웃으며 말했다.

"내게는 옳게 들리는데요."

"내게는 당신이 매국노인 것처럼 들리는데요."

배심원들은 질문만 하게 돼 있지 의견을 말할 수는 없었다.

화면 안으로 손 하나가 뻗쳐 들어오더니 에버솔로부터 마이크를 빼앗아 들었다. 베카 리날디의 화난 얼굴이 2번 카메라에 잡혔다.

"왜 당신은 다른 학교를 응원하는 거죠?"

스타걸이 그 질문에 대해 곰곰이 생각하는 듯했다.

"제가 치어리더니까 그러겠죠."

"당신은 그냥 치어리더인 게 아니잖아요. 이런 바보 멍청이 같으니라고."

베카 리날디가 마이크를 집어삼킬 듯 소리쳤다.

"당신은 우리 치어리더여야 하는 거라고요. 마이카 고등학교 치어리더, 알겠어요?"

난 로비노 선생님을 힐끗 쳐다보았다. 그는 모니터를 보고 있지 않았다. 그는 조종실 창문을 통해 세트를 직접 응시하고 있었다.

스타걸이 몸을 앞으로 기울이고 베카 리날디를 진지하게 쳐다보며 어린 소녀의 목소리처럼 작은 소리로 말했다.

"다른 학교 팀이 점수를 내고 그 점수에 그 학교 팬 모두가 즐거워하는 것을 보면 당신도 기쁘지 않나요?"

베카가 화가 나서 소리쳤다.

"아니요!"

"그들과 함께 기뻐하고 싶지 않아요?"

"아니요!"

"다른 학교도 함께 행복해지길 바란 적이 없단 말인가요?"

"없다니까요!"

스타걸은 진짜로 놀라는 것 같았다.

"늘 승자이기만을 바라는 건 아니겠죠… 혹 그런 건가요?"

베카가 턱을 내밀고 스타걸을 무섭게 쏘아보며 말했다.

"맞아요. 그래요. 난 그런 사람이에요. 난 항상 승자이고 싶어요. 내가 바라는 건 그거죠. 난 우리 학교가 이기라고 응원해요. 우린 모두 그래요."

베카가 팔을 들어 세트 전체를 훑으며 말했다.

"우린 마이카를 응원한다고요."

그녀가 무대를 향해 손가락질하며 물었다.

"당신은 누굴 응원하는 거죠?"

스타걸은 잠시 머뭇거렸다. 그러고는 미소 띤 얼굴로 팔을 앞으로 쭉 내밀면서 말했다.

"난 모두를 응원합니다!"

케빈이 고맙게도 상황을 수습하러 나섰다. 그가 손뼉을 치며 말했다.

"자자, 이러면 어떨까요? 공식적으로 어느 지역이든 적어도 한 사람은 모든 학교를 응원하도록 하는 거예요!"

스타걸이 팔을 뻗어 케빈의 무릎을 탁 치며 말했다.

"그 사람은 응원복 스웨터에 모든 학교 이름의 이니셜을 새기면 되겠네요!"

케빈이 웃으며 말했다.

"그 사람은 덩치가 집채만 해야겠군요."

스타걸이 자신의 무릎을 치며 말했다.

"그럼 아무 글자도 새기지 말죠, 뭐. 그게 더 낫겠어요."

스타걸은 카메라를 쳐다보고 공중에 대고 팔을 세차게 휘두르며 말했다.

"글자 따윈 필요 없다!"

"애리조나주를 대표하는 치어리더!"

"모두의 치어리더!"

케빈이 정자세로 앉더니 가슴에 손을 얹고 말했다.

"모든 사람에게 자유와 정의가 함께하고… 그리고 치어리더가 함께한다."

에버솔이 배심원 마이크에 대고 퍼부었다.

"바보 멍청이가 함께하는 거지."

케빈이 손가락을 흔들며 꾸짖었다.

"아니, 그러면 안 되죠. 배심원들은 의견을 말해선 안 됩니다. 질문만 하세요."

르네 보즈먼이 마이크를 잡아챘다.

"좋습니다, 질문을 하죠. 홈스쿨링은 왜 그만둔 거죠?"

스타걸의 얼굴이 심각해졌다.

"친구를 사귀고 싶었어요."

"글쎄요, 정말 웃기는 방식으로 당신의 그런 바람을 보여 주는군요. 학교 전체가 당신한테 화나도록 만들었으니 말이죠."

스타걸을 핫 시트에 출연시키는 것에 절대로 동의하지 말았어야 했다는 생각이 들었다.

스타걸은 그저 빤히 쳐다보며 앉아 있었다. 치코가 그애의 얼굴로 화면을 꽉 채웠다.

"마이크 좀 주세요."

제니퍼 세인존이었다.

"학교 밖에서도 마찬가지죠. 당신은 모든 사람들 일에 끼어드니까요. 초대받은 자리든 아니든 얼굴을 내미는데 왜 그러는 거죠?"

스타걸은 대답이 없었다. 평소 그애의 장난꾸러기 같은 표정이 사라지고 없었다. 스타걸은 제니퍼를 쳐다보았다. 렌즈 속에서 답을 찾아보려는 듯이 카메라도 쳐다보았다. 그러고는 눈을 돌려 조종실을 쳐다보았다. 난 모니터에서 눈을 떼었다. 그리고 잠깐 동안 나의 눈이 조종실 창문을 통해 그애의 눈과 마주쳤던 것 같다.

난 언제 힐러리 킴블이 말을 할까 궁금해하고 있었다. 드디어 그녀가 입을 열었다.

"내가 너한테 말해줄 게 있는데. 얘, 넌 정말 또라이야. 미쳤어."

힐러리는 일어선 채로 스타걸에게 손가락질을 하며 마이크를 씹어 먹을 듯 으르렁댔다.

"넌 화성이나 어디 다른 별에서 온 게 틀림없어……."

케빈이 전전긍긍하며 손을 들어 제지하려 했다.

"케빈, 나한테 의견은 안 된다느니 그런 말 하려는 거면 관둬. 너 어디서 왔니, 화성 아니면 다른 별? 봐, 이제 질문이니까 됐지? 너 살던 곳으로 되돌아가지 않을래? 이건 또 다른 질문이고."

스타걸의 두 눈이 카메라를 가득 채웠다. 울지 마, 난 기도했다.

힐러리를 막을 수는 없었다.

"다른 학교를 응원하고 싶어? 좋아! 그럼 그 학교로 가버려! 내 학교엔 얼씬도 말고. 우리 학교에서 꺼지라고!"

다른 손이 마이크를 잡아챘다.

"너에게 무슨 문제가 있는지 내가 말해 주지. 네가 하는 이 모든 이상스러운 짓거리들? 그저 다 관심을 끌기 위해 그러는 거잖아."

"남자친구라도 하나 만들어 보려는 속셈이겠지!"

배심원들이 깔깔대며 비웃었다. 그들은 이제 폭도처럼 굴었다. 너도나도 마이크를 잡으려 들었다. 케빈이 걱정스레 날 쳐다보았다. 난 아무것도 할 수 없었다. 모든 버튼과 스위치들은 내 마음대로 할 수 있었지만 유리벽 너머의 일에 대해서는 속수무책이었다.

"간단한 질문 하나만 할게. 너 도대체 뭐가 문젠 거니? 응?"

"왜 보통 사람처럼 굴지 못하는 거야?"

"왜 그렇게 튀고 싶어 안달인데?"

"설마 문제는 우리에게 있고, 그래서 네가 그렇게 달라 보일 수밖에 없다 뭐 이런 거니?"

"너 화장은 왜 안 하는 건데?"

그들은 이제 몽땅 다 자리에서 일어나 손가락질을 해대고 앞으로 뛰쳐나오며 마이크를 갖고 있든 아니든 소리를 질러 댔다.

"넌 우릴 좋아하지 않는 거야, 그렇지? 안 그래?"

로비노 선생님이 계기판의 주 조종 스위치를 꺼 버리며 말했다.

"됐다."

나는 스튜디오의 음향 스위치를 끄며 말했다.

"그만, 쇼는 끝났어."

배심원들은 계속 고함치고 있었다.

14

이때가 희미한 기억으로 소환되는 어떤 시기의 시작점이었다. 무수한 일들이 폭포수처럼 기억에 차고 넘쳐 서로 섞여 버리는 것 같았다. 사건은 감정이 되고 감정은 또 사건이 된다. 머리와 가슴은 서로 상반된 역사가이다.

핫 시트는 결코 방영되지 않았다. 로비노 선생님이 테이프를 파기했다. 물론 그렇게 한 것이 녹화 현장의 모든 순간들이 전해지는 것을 막을 수는 없었다. 사실상 다음 날 학교 교문이 열릴 때쯤엔 대부분의 학생들이 그 일에 대해 알고 있었다.

세부 사항들이 하나도 빠짐없이 다 퍼지고 난 뒤에 찾아온 건 속삭임과 기다림의 시간이었던 걸로 기억한다. 긴장감과 함께 이제 어떤 일이 벌어질 것인가 하는 기다림. 배심원들의 공개적인 적대감이 교실에까지 퍼질 것인가? 스타걸은 어떻게 대처할까? 이에 대한 답은 밸런타인데이인 바로 다음 날이면 알게 될 터였다. 그전에 있었던 축제일 — 핼러윈, 추수 감사절, 크리스마스, 그리고 봄의 시작을 알리는 2월 2일 성촉절 — 에 스타걸은 자기 반 아이들 책상 위에 자그마한 선물들을 올려놓았었다. 이번에도 그럴까?

답은 그런다였다. 17반 아이들 모두가 그날 아침 자기 책상에서 하트 모양의 사탕을 발견했다.

그날 밤 농구 경기가 있었던 건 분명하게 기억난다. 그해 가장 큰 경기였다. 일렉트론즈는 정규 시즌을 무패의 전적으로 순항하였고 이제 막 두 번째 시즌, 즉 플레이오프가 시작되려 했다. 처음에는 지구별 그다음에 지역별 그리고 마지막으로 애리조나주 토너먼트가 열렸다. 여태까지 우리 학교는 지구별 대항전에도 나가 본 적이 없었지만, 이제는 우승에 대한 꿈이 머릿속에서 춤을 췄다. '일렉트론즈 — 애리조나주 챔피언!' 그보다 못한 건 성에 차지 않을 기세였다.

우리의 갈 길을 막는 첫 장애물은 피마 리그 챔피언인 선밸리 고등학교였다. 경기는 밸런타인데이 밤에 어느 학교의 경기장도 아닌 카사그랜드에 있는 경기장에서 펼쳐졌다. 마이카 전역이 텅 빈 것 같을 정도로 모두가 경기를 보러 갔다. 케빈과 나도 픽업트럭을 타고 갔다.

마이카에서 몰려온 군중이 체육관에 들어서는 순간부터 우리의 응원으로 체육관 천장이 떠나갈 지경이었다. 스타걸이 다른 치어리더들과 같이 제자리에서 돌고 뛰어오르고 할 때마다 그애가 입고 있는 하얀 스웨터 위에 초록색으로 새겨진 커다란 M자도 같이 흔들렸다. 나는 경기를 관전하면서도 또 한편으로는 그애를 지켜보았다. 우리가 점수를 올리면 그애는 환호했다. 선밸리가 득점했을 때는 환호하지 않았다. 내 안에서 어떤 안도감이 느껴졌다.

그러나 그 느낌은 오래 가지 못했다. 우리가 지고 있었던 것이다. 그해 들어 처음으로 우린 1쿼터가 끝나갈 때쯤 뒤지고 있었다. 21대 9로 맥없이 끌려가는 중이었다. 이유는 간단했다. 선밸리나 우리나 실력은 그만그만했지만, 선밸리 팀에는 우리 팀에 없는 것이 하나 있었다. 바로 론 코백이라는 슈퍼스타였다. 그는 키가 6피트 8인치나 됐고, 경기당 평균 30득점을 기록했다. 우리 팀 선수들은 골리앗에 맞서서 팔다리를 마구 휘젓고 있는 다섯 명의 다윗 같아 보였다.

2쿼터 중반에 이르자 선밸리는 19점이나 앞서 나갔다. 시끌벅적했던 우리 학교 팬들은 망연자실한 나머지 침묵에 빠졌고 일이 터진 건 바로 그때였다. 코트 중앙에서 공이 루스 볼이 되었다. 양 팀에서 여러 선수들이 그 공을 잡기 위해 달려들었다. 순간, 코백이 달려드는 선수들을 피하려고 뛰다가 자신의 오른발로 공 위에 엎어져 있는 한 선수의 운동화를 밟으며 균형을 잃었다. 사실 이건 다음 날 신문에 보도된 내용이고, 당시에는 순식간에 일이 벌어져 제대로 본 사람이 없었는데, 몇몇 사람만 나뭇가지가 뚝 하고 부러지는 듯한 끔찍한 소리를 들었다고 했다.

그저 우리가 목격한 것은 갑자기 골리앗이 코트 바닥에 나뒹굴며 비명을 질러대고, 그의 오른발이 크게 잘못된 것 같아 보였으며 선밸리 감독과 트레이너 그리고 선수들이 코트를 가로질러 전속력으로 뛰어갔다는 것이다. 그러나 그들이 먼저가 아니었다. 어찌 된 영문인지 스타걸이 벌써 거기에 가 있었다.

코백 자신의 학교 치어리더들은 놀란 입을 다물지 못한 채 벤치에 주저앉아 있었던 반면 스타걸은 코트 바닥에 무릎을 꿇고 다른 사람들이 코백의 부러진 다리에 신경을 쓰는 동안 그의 머리를 자기 무릎으로 받치고 있었다. 그애의 두 손이 그의 얼굴과 이마를 쓰다듬고 있었다. 그애는 코백에게 뭐라고 말하고 있는 듯했다. 그가 들것에 실려 나가자 그애도 따라갔다. 양편 모두 일어서서 박수갈채를 보냈다. 선밸리 치어리더들은 코백이 이제 막 점수라도 낸 것처럼 뛰어올랐다. 구급차 불빛이 높이 달린 창문 너머로 번쩍거렸다.

난 내가 왜 박수를 보냈는지 알고 있었지만 다른 마이카 팬들에 대해선 어느 정도 의구심이 들었다. 그들은 진정 경의를 표하려고 일어섰던 것일까 아니면 그가 빠지게 된 것이 기뻐서였을까?

경기는 다시 시작되었다. 스타걸도 치어리더의 자리로 돌아왔다. 코백이 없는 선밸리는 식은 죽 먹기였다. 경기 후반 초반부터 앞서 나가기 시작한 우리는 낙승을 거두었다.

이틀 후 우린 글렌데일에게 졌다. 또다시 우린 경기의 전반부가 진행되는 동안 멀리멀리 뒤처져 갔다. 그러나 이번엔 어떤 반전도 후반부에 일어나지 않았다. 이 경기에서 일렉트론즈는 그들보다 한 수 위인 선수를 한 명도 아니고 다섯 명이나 만났던 것이다. 우리 가운데 몇몇은 절박한 심정에서 은근히 바랐을 게 틀림없지만, 이번엔 상대 팀 누구의 발목도 부러지지 않았다.

우리는 충격을 받았다. 믿을 수가 없었다. 4쿼터의 종료를 재촉하는 초침이 째깍거리기 시작해서야 우리는 믿게 되었다. 체육관 반대편의 응원 소리가 우리의 거대한 망상을 꿰뚫는 화살이 되어 일제히 날아오는 것 같았다.

어찌 그리 어리석을 수 있었을까? 자신들이 속한 삼류 리그에서나 무패였을 뿐인 보잘것없는 마이카 고등학교가 정말로 대도시의 최우수 팀들과 맞설 수 있으리라 생각했단 말인가? 우린 어리석은 과대망상에 사로잡혔던 것이었다. 완전히 속고 말았다. 엄청난 충격이었다. 승자가 되는 것은 너무나도 멋졌는데, 너무나도 우리에게 적격이었는데. 어느새 승리는 우리의 운명이라고 믿게 되었건만.

그런데 이젠…….

글렌데일 감독이 우리를 마지막으로 쓸어 버리기 위해 후보 선수를 기용하자 마이카 여학생들은 울음을 터뜨렸다. 남자아이들은 욕을 하고 야유를 퍼부었다. 어떤 아이들은 심판 탓을 했다. 아니면 바스켓의 그물, 그도 아니면 조명등에까지 책임을 돌렸다. 치어리더들은 치어리더답게 계속 응원을 했다. 그들은 눈물이 어려 반짝거리는 눈으로 마스카라 자국이 양 볼에 선명한 채 우리를 올려다보았다. 팔을 위아래로 흔들고 소리를 지르며 치어리더들이 해야 할 모든 동작들을 빠짐없이 다 하고 있었지만, 그들의 몸짓은 마음이 들어 있지 않은 공허한 움직임에 불과했다.

스타걸만 예외였다. 주의 깊게 스타걸을 쳐다보니 그애는 다르다는 것을 알 수 있었다. 그애의 볼은 말라 있었다. 울음 섞인 목소리도 아니었고 어깨가 처지지도 않았다. 경기의 후반부가 시작되면서부터 줄곧 그애는 한 번도 앉질 않았다. 그리고 경기는 절대 보지도 않았다. 코트에는 등을 돌린 채 그애는 우리만 바라보고 서서 체육관 반대편의 축제 분위기엔 전혀 아랑곳하지 않았다. 1분을 남겨두고 우린 30점 차로 지고 있었지만, 그앤 우리에게 역전의 기회라도 있는 양 계속 응원을 했다. 내가 한 번도 본 적 없는 사나움으로 그애의 눈은 빛나고 있었다. 그애는 우리에게 주먹을 휘둘렀다. 침울해하는 우리에게 반항의 펀치를 날렸던 것이다.

그런데 그때, 스타걸의 얼굴이 피범벅이 되었다.

글렌데일 선수 하나가 막 덩크슛을 쏘았을 때인데 케빈이 내 무릎을 주먹으로 쳐 대는 바람에 내가 스타걸의 얼굴을 쳐다보니 갑자기 그애 얼굴이 피투성이였다. 난 '안 돼!'라고 소리치며 자리에서 벌떡 일어섰다.

그러나 그건 피가 아니었다. 토마토였다. 누군가가 잘 익은 토마토를 던져 정통으로 그애 얼굴을 맞힌 것이었다. 이제 시계는 멈추었고 글렌데일 팬들이 코트로 쏟아져 나오는데 스타걸은 걸쭉하게 뭉개진 핏덩이 같은 토마토를 뒤집어쓴 채 우리를 그 큰 눈으로 쳐다보며 어쩔 줄 모르고 서 있었다. 쓴웃음이 우리들 사이에서 터져 나왔고, 몇 명은 손뼉을 치며 환호하기까지 했다.

다음 날 아침 집에서 난 카드를 발견했다. 며칠 동안 펼쳐보지 않은 게 분명한 학교 공책 안에 끼어 있었다. 초등학교 3학년생들이나 주고받을 만한 그런 유치한 그림이 그려진 밸런타인 카드였다. 얼굴이 빨개진 소년과 귀여운 구두를 신은 소녀 그리고 그들 사이에 커다랗고 빨간 하트가 그려져 있었고 '난 널 사랑해'란 말이 씌어 있었다. 그리고 3학년짜리 아이들 — 고등학생들도 더러 그러긴 하지만 — 이 종종 그러는 것처럼 보내는 사람의 사인을 암호로 대신하고 있었다.

15

그애가 학교의 모든 아이들에게 카드를 줬구나. 처음에 난 그렇게 생각했다.

학교에서 케빈을 만났을 때 그도 받았는지 물어보려다가 이내 그만두었다. 점심때까지 기다리기로 했다. 난 무심결에 물어보는 것처럼 하기 위해 그날의 유일한 화젯거리에 슬쩍 카드 얘기를 끼워 넣었다. 학교는 완전 초상집이었다. 전날 밤 경기, 패배, 토마토, 아 참, 스타걸에 대해 얘기하다 보니 생각났다는 듯.

"너 혹시 카드 받았냐?"

그가 별 웃기는 놈 다 보겠다는 표정으로 쳐다보며 말했다.

"자기 반 아이들한테 돌렸다는 얘긴 들었어."

"알아, 나도 들었어. 근데 그게 다래? 다른 사람한텐 하나도 안 줬나?"

그가 어깨를 으쓱하며 말했다.

"적어도 난 아냐. 왜? 넌 받았냐?"

케빈이 샌드위치를 먹으며 식당 저쪽을 바라보고 있는데도 난 그가 날 심문이라도 하는 것처럼 느껴졌다. 머리를 가로저으며 대답했다.

"무슨, 그냥 궁금해서."

사실 그때 난 카드를 엉덩이 밑에 깔고 앉아 있었다. 청바지 뒷주머니에 들어 있었기 때문이었다.

케빈과 내가 이런 얘기를 나누는 동안 식당 안의 모든 눈은 일제히 스타걸을 향해 있었다. 다들 아직도 그애 얼굴에 빨간 토마토의 흔적이 남아 있는 건 아닌가 하는 표정들이었다. 그애는 자신이 늘 앉는 자리에 도리 딜슨 그리고 몇 명 다른 친구와 앉아 있었다. 그애는 다소 태도가 누그러져 있었다. 우쿨렐레를 치지도 않았고 주머니쥐를 갖고 장난치지도 않았다. 그저 식사나 하면서 자기 테이블의 아이들과 얘기를 나누고 있었다.

점심시간이 끝나갈 무렵 그애가 일어서더니 곧장 출구 쪽으로 향하지 않고 방향을 돌려서 내가 앉은 테이블로 걸어왔다.

너무나 당황스러웠던 나는 자리를 박차고 일어나 내 물건들을 움켜쥔 뒤 "가 봐야겠어"라고 불쑥 말하고는 무슨 영문인지 몰라 입을 다물지 못하는 케빈을 남겨둔 채 자리를 떴다.

그러나 속도가 충분치 못했다. 문을 향해 반쯤 갔을 때 등 뒤로 그애가 "안녕, 리오." 하는 소리가 들렸다.

얼굴이 달아올랐다. 모든 눈이 나를 향하고 있을 게 뻔했다. 바지 주머니에 들어 있는 카드를 다들 보고 있는 것만 같았다. 나는 시계를 보는 척했다. 급한 볼일이 있는 척하며 난 식당에서 달려 나왔다.

그날 오후 내내 학교에서 죽은 듯이 지냈다. 방과 후에는 곧장 집으로 왔다. 내 방에만 틀어박혀 있다가 저녁 먹을 때만 나왔다. 부모님께는 숙제할 게 있어서 그런다고 말씀드렸다. 방안을 서성거렸다. 침대에 누워 천장을 쳐다보았다. 창밖을 내다보았다. 카드를 책상 위에 올려놓았다. 그걸 집어 들어 읽고 읽고 또 읽었다. 머릿속에서는 '안녕, 리오'라는 말이 계속 반복되고 있었다. 문 뒤에 달려 있는 다트 게임 판에 다트를 던졌다.

아버지가 내 방에 들려 "숙제가 뭔데? 다트 게임이었냐?" 했다.

나는 밖으로 나왔다. 픽업트럭을 몰고 한 바퀴 돌았다. 스타걸이 사는 동네까지 갔다. 그애네 집 바로 전 사거리에서 차를 돌렸다.

오랫동안 달빛을 이불 삼아 누워 있었다. 그애 목소리가 밤을 가르며 달빛으로부터, 별빛으로부터 들려왔다.

안녕, 리오.

이튿날 아침 케빈과 나는 매주 토요일마다 있는 화석 결사대 모임에 참석하러 아치네 집으로 갔다. 한 열댓 명쯤 모였는데 모두 다 화석 목걸이를 하고 있었다. 아치는 자기 손에 들고 있던 에오세 지층에서 발굴된 두개골에 대해 토론하고자 했지만 아이들은 농구 경기 외에는 안중에도 없었다. 아이들이 아치에게 토마토에 대해 말하자 그의 눈썹이 약간 치켜 올라간 것 외에는 그의 얼굴에 아무 변화가 없었다. *이건 그에게 뉴스거리가 아니구나, 그는 이미 알고 있는 거야.* 라는 생각이 들었다.

아치는 수업 내내 그런 식이었다. 고개를 끄덕이고 미소 짓고 눈썹을 치켜올리고. 우리는 우리의 실망감, 패배가 가져다준 그 참담한 느낌을 그에게 다 쏟아 냈다. 그는 거의 말이 없었다. 우리의 얘기가 끝났을 때 그는 자신의 무릎 위에 놓인 두개골을 내려다보고 그것을 쓰다듬으며 말했다.

"글쎄, 여기 있는 이 녀석도 자신의 게임에서 지고 말았지. 천만년 정도의 세월 동안 계속 이기다가 그의 주변으로 초기 풀들이 자라나기 시작하자, 그는 다른 부류들 속에 있게 된 자신을 발견하게 된 거야. 할 수 있는 한 거기서 버텨 보았어. 점수도 냈지. 하지만 그는 자꾸자꾸 뒤로 처져만 갔어. 상대편이 더 낫고, 더 빠르고, 더 열심이었던 거야. 챔피언십 경기에서 우리의 주인공은 전멸당했어. 다음 날 수업에 나타나지 않은 것은 물론 그걸로 끝이었지. 사람들은 그를 다시는 보지 못했어."

아치는 입 부분이 돌출된 여우 머리 크기만 한 두개골을 자기 얼굴과 나란히 들어 올렸다. 1분이 족히 지나도록 아무 말도 하지 않음으로써 그는 우리들이 우리 자신의 생각 속으로 빠져들게 만들었다. 얼굴들이 쳐다보고 있는 얼굴들을 쳐다보고 있는 얼굴들. 애리조나라고 불리는 한 지역의 어느 거실 안에 있는 얼굴 위로 흐르는 천만년의 세월.

16

월요일, 점심시간.

스타걸이 식당을 나가는 길에 내가 앉은 테이블을 향해 왔지만 난 이번엔 그냥 있었다. 그애를 등지고 앉아 있었던 나는 그애를 좇는 케빈의 눈이 그애가 가까이 올수록 점점 더 커지는 걸 볼 수 있었다. 그러고는 그의 눈이 더는 움직이지 않았고 그의 입가로 짓궂은 미소가 번지기 시작했다. 부엌에서 나는 그릇 부딪는 소리만 빼곤 정말이지 모든 것이 멈춘 것만 같았고, 내 목덜미는 불에 타는 듯했다.

"원, 천만에요, 별말씀을."

그애가 거의 노래하듯 말하는 소리가 들렸다.

뭐가 천만에요라는 거지? 생각하다가 난 그게 무슨 말인지 알았다. 그리고 내가 어떻게 해야 하는지도 알았다. 몸을 돌려 그애에게 말을 해야 한다는 것 그리고 내가 그렇게 하기 전까진 그애가 거기 계속 서 있으리라는 것을 난 알고 있었다. 이건 바보 같고 유치한 일이었다. 이렇게 그애를 무서워하는 것은. 도대체 뭘 두려워하는 거지?

난 몸을 돌렸다. 마치 물속에서 움직이고 있는 것처럼, 특이한 이름을 가진 10학년짜리 여자아이가 아니라 훨씬 엄청난 누군가를 대면하고 있는 것처럼 몸과 마음이 무거웠다. 스타걸의 캔버스 천 가방에 박혀 있는 손으로 그려 넣은 듯한 그 화려한 해바라기가 보였고, 마침내 나의 두 눈은 그애의 눈 속으로 빠져들었다.

내가 말했다.

"카드 고마웠어."

그애의 미소에 비하면 해바라기 따위는 아무것도 아니었다. 그애는 가 버렸다.

케빈이 머리를 절레절레 흔들며 웃고 있었다.

"그애는 사랑에 빠진 거야."

"허튼소리 마."

내가 말했다.

"그앤 엄청난 사랑에 빠진 거라고."

"그앤 엉뚱해, 그게 다야."

벨이 울렸다. 우린 짐을 챙겨 들고 그 자리를 떴다.

그날 나머지 수업 시간 내내 난 안절부절못했다. 그애의 미소가 야구 방망이보다도 더 세게 나를 강타한 것이었다. 나는 열여섯 살이었고 그동안 얼마나 많은 미소가 나를 향했었겠는가? 그런데 왜 그애의 미소가 난생처음 받아 본 미소처럼 느껴졌을까?

수업이 다 끝난 뒤 나의 발은 나를 그애네 반 교실로 이끌었다. 몸이 후들거리고 가슴은 쿵쾅쿵쾅 뛰고 있었다. 막상 그애를 보면 어떻게 해야 할지 아무 생각이 없었다. 그저 가지 않을 수 없다는 것만 알았다.

그애는 없었다. 서둘러 복도를 찾아보다가 밖으로 뛰어나갔다. 스쿨버스는 아이들을 태우고 있었고, 자가용들은 시동을 켠 채 부릉거리고 있었다. 수백 명의 아이들이 뿔뿔이 흩어지고 있었다. 지난 몇 달 동안은 그애가 어디서나 보였는데 지금은 아무 데도 없었다.

그애의 이름이 들렸다. 그애의 이름. 1년 내내 들어온 세 글자의 그 이름이. 그런데 갑자기 그 세 음절의 소리가 순은이 내는 듯한 핑 소리와 함께 나의 귀를 파고들었다. 엿듣기 위해 옆쪽으로 비켜섰다. 몇몇 여자아이들이 버스를 타러 가면서 떠들고 있었다.

"언제?"

"오늘, 학교 끝나고. 그러니까 바로 지금이네!"

"믿을 수 없어!"

"그렇게 오래 걸렸다는 게 믿기질 않는다, 난."

"내쫓는다고? 그래도 된대?"

"물론이지. 왜 안 되겠어? 그앤 여길 자기 학교로 생각도 안 하는데."

"나 같으면 벌써 오래전에 쫓아냈을 거야. 그건 배신행위였어."

"정말이지, 속 시원하다."

그 아이들이 무슨 얘길 하고 있는 건지 난 알았다. 며칠 동안 소문이 돌고 있었다. 스타걸이 치어리더 팀에서 쫓겨났다는 것이었다.

"안녕, 리오!"

여자아이들이 한목소리로 내 이름을 불러 댔다. 돌아다보았다. 그들은 해를 등지고 서 있었다. 햇빛에 부신 눈을 손으로 가렸다. 그들은 합창을 했다.

"스타보이!"

그리곤 깔깔 웃어 댔다. 난 손을 들어 보이고 서둘러 집으로 왔다. 누가 내게 물어 왔다면 절대로 인정할 수 없었겠지만 사실 난 짜릿함을 느꼈다.

그애가 사는 집은 우리 집에서 2마일 떨어진 곳에 있었다. 열 개의 상점이 들어서 있는 자그마한 쇼핑센터 뒤라고 아치가 가르쳐 준 적이 있었다. 나는 걷기로 했다. 차를 타고 가고 싶진 않았다. 속도를 좀 늦추고 싶었다. 한 걸음 한 걸음 다가가고 있는 나 자신을 느끼고 싶었고 탄산수병 속에서 쏴 하며 거품이 일듯 솟아나는 긴장감을 느끼고 싶었다.

그애를 보면 내가 무슨 행동을 할는지 알 수 없었다. 떨리고 두려운 마음뿐이었다. 한 명의 사람으로보다는 획기적인 사건으로

서의 스타걸이 난 더 편했다. 그런데 갑자기 난 스타걸의 모든 것이 너무나도 알고 싶어졌다. 그애가 아기였을 때의 사진이 보고 싶었다. 그애가 아침을 먹는 모습, 그애가 선물을 포장하는 모습, 그애가 잠든 모습을 보고 싶었다. 지난 9월부터 스타걸은 고등학교라는 무대 위에 선 한 명의 독특하고 엄청난 배우였다. 그애는 쿨한 것과는 정반대였다. 숨김없이 다 보여 주었다. 꽃으로 장식한 학교 책상에서부터, 웅변대회에서의 연설과, 풋볼 경기장에서의 공연에 이르기까지 그애는 모두가 볼 수 있도록 거기 그렇게 있었다. 그러나 난 여태껏 주의 깊게 보아 온 것이 아니라는 느낌이 들었다. 중요한 무엇인가를 놓쳐 버린 기분이었다.

스타걸은 팔로 베르데가에 살았다. 그렇게 특이한 사람인 것치고 그애네 집은 적어도 애리조나 기준에서는 놀라울 정도로 평범한 집이었다. 진흙빛 파이프 타일 지붕에 엷은 색깔의 어도비 벽돌로 지어진 단층집으로 작은 앞마당에는 풀 한 포기 없는 대신 배럴 선인장과 프리클리 페어 선인장 그리고 크고 작은 돌무덤이 있었다.

거기 도착했을 땐 내가 의도했던 대로 날이 어두워져 있었다. 난 반대편 거리를 서성거렸다. 내가 동정을 살피는 좀도둑처럼 보일지도 모르겠다는 생각이 들어 동네를 한 바퀴 돌았다. 로마 딜라이트 피자집에 들어가 피자 한 조각을 시켜 급하게 반만 먹고는 서둘러 나왔다. 그애 집이 시야에서 사라지면 안절부절못했다. 눈앞에 있어도 편치 않긴 마찬가지였지만.

처음엔 그저 그 집을 보는 것만으로도 충분했다. 그런데 이젠 그애가 집 안에 있는 건지 알고 싶어졌다. 그애가 도대체 뭘 하고 있을지 궁금했다. 창문이란 창문에는 다 불이 켜져 있었다. 차고 진입로에 차 한 대가 세워져 있었다. 주변을 어슬렁거리면 어슬렁거릴수록 더 가까이 가 보고 싶어졌다. 난 길을 건너 그 집 앞을 쏜살같이 지나갔다. 지나가면서 앞마당에 있는 돌멩이 하나를 집어 들었다. 그 길을 따라 쭉 올라간 뒤 몸을 돌려 멀리 보이는 그애 집을 바라다보았다.

별이 총총한 하늘에 대고 속삭였다.

"저기가 스타걸 캐러웨이가 사는 집이야. 그앤 날 좋아해."

다시 그애 집을 향해 걸어갔다. 거리엔 차도 사람도 뜸했다. 돌멩이가 내 손 안에서 따뜻하게 느껴졌다. 이번엔 천천히 집으로 접근해 갔다. 이상한 기분이 들었다. 커튼이 쳐진 창에서 새어 나오는 삼각형 불빛에 시선이 멈추었다. 노란 벽 위로 비치는 그림자를 보았다. 내 몸이 불빛 속으로 둥둥 떠내려가는 것 같았다.

갑자기 현관문이 열렸다. 나는 진입로에 세워져 있는 차 뒤로 뛰어들어 뒤 범퍼 옆에 몸을 웅크렸다. 문 닫히는 소리가 났다. 발소리가 들렸다. 진입로에 드리워지는 긴 그림자의 움직임과 발소리가 일치했다. 난 숨이 멎어 버렸다. 그림자도 멈춰 섰다. 그 차 옆에 웅크리는 것이 그 순간의 나를 위해 삶이 정확하게 준비해 두었던 것인 양 완벽하게 몸을 숨긴 나는 우스꽝스럽기도 하고 기묘하단 느낌도 들었다.

스타걸의 목소리가 그림자 너머로부터 들려왔다.

"어느 날 학교 끝나고 네가 날 사막까지 쫓아온 거 기억해?"

터무니없게도 난 대답을 해야 하나 말아야 하나 고민했다. 대답을 한다는 건… 나의 정체를 단박에 드러내는 거였는데 말이다. 범퍼의 매끈한 철제물 위로 몸을 기댔다. 일어서서 내 모습을 보여 준다는 것은 생각할 수 없는 일이었다. 몇 시간처럼 느껴지는 긴 시간이 흐른 뒤 나는 마침내 쉰 목소리로 대답했다. "응."

"그때 왜 돌아서서 가 버렸어?"

진입로의 차 뒤에 웅크리고 있는 사람들과 매일 밤 대화를 나누는 게 일이라는 듯 그애의 말투는 평상시와 똑같았다.

"기억이 안 나는데."

"겁났던 거야?"

"아니."

난 거짓말을 했다.

"네가 길을 잃고 헤매게 놔두진 않았을 거라는 건 너도 알지."

"알지."

작은 그림자가 큰 그림자로부터 떨어져 나왔다. 그 그림자는 자갈이 깔려 있는 진입로 위로 비틀거리며 나를 향해 다가왔다. 꼬리가 있었다. 그림자가 아니었다. 그건 주머니쥐 시나몬이었다. 시나몬은 내 한쪽 운동화 끝에 멈춰 서서 나를 올려다보았다. 자기 앞발을 내 운동화 위에 올려놓더니 운동화 끈 속으로 코를 박았다.

"시나몬과 친해지는 중?"
"어느 정도는."
"거짓말하고 있는 거지?"
"어느 정도는."
"쥐를 무서워해?"
"어느 정도는."
"너 내가 귀엽다고 생각하니? 또 어느 정도는, 이라고 하면 시나몬한테 너 물어 버리라고 한다."
"응."
"응이라니, 뭐가 응인데?"
"네가 귀엽다고 생각한다고."
'어느 정도는'이란 말을 그저 재미로 덧붙일까 하다가 그만뒀다.
"시나몬도 귀엽다고 생각하니?"
쥐는 이제 완전히 내 운동화 위로 올라와 있었다. 그것의 무게를 느낄 수 있었다. 떨어내 버리고 싶었다. 쥐의 꼬리가 진입로 위로 길게 늘어져 있었다.
"노코멘트"
내가 말했다.
"맙소사. 들었지, 시나몬? 노코멘트래. 자기가 널 귀엽다고 생각하는 걸 사람들이 아는 게 싫은가 봐."
"너 쥐한테 넋이 좀 나간 것 같다."

“그러면 얼마나 좋아. 넋이 나갈 정도로 뭐에 빠지는 것만큼 재미있는 건 없거든. 하룻밤 동안 시나몬 데리고 갈래? 남의 집에 가서 자는 거 좋아하는데.”

그애가 말했다.

“고맙지만 사양하겠어.”

“흥.”

그애는 토라진 척하며 말했다.

“후회 않을 자신 있어? 귀찮게 안 하는데. 자리도 거의 안 차지해. 먹이라곤 밀로 만든 꼬마 시리얼만 주면 되고. 아니면 포도 두 알. 네 방에 똥을 싸지도 않을 거야. 그치, 시나몬? 자자, 일어서서 쟤한테 안 그럴 거라고 말해 봐. 일어섯, 시나몬.”

시나몬이 내 운동화 위에 섰다. 두 눈이 까만 진주처럼 빛났다.

“시나몬 귀 좀 봐. 최고로 귀엽지 않니?”

누가 쥐의 귀까지 눈여겨본단 말인가? 그런데 다시 보니 그애 말이 맞았다.

“그래, 그런 것 같다.”

“귀 뒤를 간지럽혀 봐. 되게 좋아하거든.”

난 침을 꿀꺽 삼켰다. 두 집게손가락을 뻗어 그 끝으로 쥐의 귀 뒤쪽 잔털로 덮인 부위를 간지럽혔다. 좋아서 그러는 건지 쥐가 꼼짝도 하지 않았다. 그러고 나서 나 스스로 놀랍게도 내가 한 손가락을 쥐의 코앞으로 가져갔고 쥐가 그것을 핥았다. 쥐가 그렇게 할 수 있다고는 생각해 본 적이 없었다. 쥐의 혀는 크기가 내

새끼손톱의 반만 했다. 고양이의 혀처럼 거칠 거라고 생각했는데 그렇지가 않았다. 매끈했다.

이제 쥐는 더는 내 발 위에 있지 않았다. 내 어깨 위에 있었다. 난 비명을 질렀다. 손으로 쳐서 떨어뜨리려 했지만 손톱으로 내 셔츠를 꽉 붙잡고 있었다. 그러는 동안 스타걸은 배꼽이 빠져라 웃어 댔다. 그림자가 흔들리는 걸 볼 수 있었다.

"내가 맞혀 볼까?" 그애가 말했다.

"시나몬이 네 어깨 위로 올라갔구나, 그렇지?"

"제대로 맞혔어."

"그리고 너는 어떻게 쥐가 사람 목에까지 기어오를 수 있나, 뭐 그런 생각하고 있었지?"

"그런 건 아니지만 네가 말을 꺼냈으니 말인데……."

난 손으로 목덜미를 감쌌다. 귓속에 뭔가가 느껴졌다. 수염이었다. 난 다시 비명을 질렀다.

"내 귀를 물어뜯고 있잖아!"

스타걸이 다시 깔깔거리며 말했다.

"입을 비벼대고 있는 거야. 널 좋아하나 봐. 네 귀가 특히 좋은가 보다. 좋아하지 않는 귀는 절대 건드리지 않거든. 다 끝나면 네 귀는 아주 깨끗해져 있을걸. 특히나 거기에 먹다 남은 땅콩버터가 있었다면 말이지."

난 내 왼쪽 귀의 갈라진 틈새를 물걸레질하고 있는 작은 혓바닥을 느낄 수 있었다.

"간지러워 죽겠어!"

다른 뭔가가 느껴졌다.

"이빨이잖아!"

"시나몬이 널 위해 뭔가를 긁어내고 있는 것뿐이야. 딱딱한 뭔가가 귓속에 들러붙어 있는 게 틀림없어. 최근에 귀를 닦기는 한 거야?"

"네가 상관할 바 아니지."

"미안. 나쁜 뜻에서 한 말은 아니었어."

"용서해 줄게."

내 귀에서 킁킁대는 소리만 빼고는 한동안 모든 게 조용했다. 쥐가 숨 쉬는 소리조차 들을 수 있었다. 꼬리는 내 셔츠의 앞주머니 안으로 늘어져 있었다.

"이제 고백할 마음이 드니?"

"뭘 고백해?"

내가 물었다.

"네 귓속에서 쥐가 콕콕 쪼아대는 게 사실상 좋아지기 시작했다는 거."

웃음이 났다. 쥐의 코를 잠깐 동안 떼어 내면서 나는 고개를 끄덕였다.

"고백하지."

더욱 깊어진 정적 속에서 내 귀 안의 작은 숨소리만이 들렸다.

"자," 마침내 스타걸이 말했다.

“이제 우린 들어가야겠어. 인사해. 시나몬.”

안 돼, 가지 마. 마음속에서 그렇게 말하고 있었다.

“나, 귀 하나 더 있는데.” 내가 말했다.

“그 귀까지 청소하고 나면 너와 절대 헤어지려 하지 않을걸. 그러면 내가 질투 나지. 자, 시나몬. 이제 잘 자라고 인사할 시간이야.”

시나몬은 계속 킁킁거렸다.

“내려오지 않고 있는 거지, 그치?”

“응.”

“그러면 그냥 집어서 땅에 내려놔.”

난 그렇게 했다. 내려놓자마자 쥐는 자동차 배기관 밑으로 급히 움직이더니 차 반대편으로 사라졌다.

그림자가 저만치 물러갔다. 현관문이 열리는 소리가 들렸다. 불빛이 환하게 쏟아져 나왔다.

“잘 자, 리오.”

“잘 자.”

내가 소리쳤다.

그 자리를 뜨고 싶지 않았다. 할 수만 있다면 진입로 위에서 새우잠이라도 자고 싶은 심정이었다. 너무 오랫동안 웅크리고 있었는지 일어서기도 힘이 들었다. 겨우 제대로 걷게 되니 벌써 집까지 반은 와 있었다.

17

스타걸이 내 이름을 알고 있다는 걸 고작 이주 전에서야 알아냈던 내가 이젠 사랑에 빠져 제정신이 아니었다. 난 둥둥 떠다녔다. 내 침대 시트를 적시는 하얀 빛을 타고 올라가 달 위에서 잠을 잤다. 학교에서 난 실없이 웃으면서 이 교실 저 교실 위를 둥둥 떠다니는 노란 풍선이었다.

내 풍선 끈을 잡아당기는 희미한 느낌이 있었다. 저 밑에서 케빈이 '자식, 너 사랑에 빠졌구나!'라고 소리치고 있었다. 난 그저 미소를 지어 보이고 꿈을 꾸듯 두둥실 창밖으로 날아갔다.

이런 상태가 점심때까지 지속되다가 갑자기 정신이 들기 시작했다. 학교 안의 모든 사람들이 알고 있다는 확신이 들었다. 그들이 나를 기다리고 있다가 내가 식당에 들어서면 고개를 돌려 날 응시할 것 같았다. 늘 그랬듯이 난 스포트라이트를 받는 것이 불편했다. 케빈이 전면에 나서게 하고 난 카메라 뒤에 있는 것이 좋았다.

그래서 난 35분의 점심시간 동안 체육 장비실에 숨어 있었다. 둘둘 말아 세워 놓은 레슬링 매트 꼭대기에 올라앉아 반대편 벽에다 대고 배구공을 튕기면서 말이다. 먹을 게 아무것도 없었고 잠시 사 올까 생각도 했었지만 사실 배가 고프지도 않았다.

방과 후 일부러 찾지 않았는데도 우린 서로를 발견했다.

스타걸은 가방에서 시나몬을 꺼내어 자기 어깨 위에 올려놓았다.

"리오와 발로 악수해, 시나몬."

시나몬과 난 인사를 나누었다.

"너 마법에 걸린 장소가 있다는 걸 믿니?"

"나한테 얘기하는 거야, 아님 쥐한테 얘기하는 거야?"

그애가 웃었다. 그애가 눈부시게 빛났다.

"너."

"모르겠어. 그런 거 생각해 본 적이 없어서."

내가 말했다.

"그럼 내가 한 군데 보여 줄게."

"내가 안 보고 싶다면 어쩔 건데?"

"너한테 선택권이 있는 줄 아나 보네?"

그애가 내 손을 움켜잡더니 커다랗게 소리 내어 웃으며 거의 날 잡아끌다시피 했다. 우리는 온 세상이 다 볼 수 있게 잡은 손을 앞뒤로 흔들면서 학교 운동장을 가로질러 빠르게 달렸다.

우린 몇 마일을 걸었다. 상가도 지나쳤고, 마이카트로닉스와 골프장도 지나서 사막으로 접어들었다.

"와 본 것 같지?"

그애가 말했다.

어느새 시나몬이 내 어깨 위에 올라타 있었다. 그리고 난 우쿨렐레를 들고 가면서 아무렇게나 치고 있었다.

"그날 우리가 왔던 데구나."

내가 말했다.

그애가 코웃음을 치며 말했다.

"우리라고? 내가 여기로 오고 있었고 너는 반 마일 뒤에 있었지."

그애가 내 어깨를 쿡 찔렀다.

"몰래 날 따라왔으면서."

그애가 다시 한 번 나를 찔렀는데, 이번에 강도가 셌다. 하지만 그애의 눈은 반짝거리고 있었다.

"날 스토킹했잖아."

난 어이가 없고 마음이 상한 듯 굴었다.

"스토킹? 스토킹한 건 아니었어. 그냥 조금 뒤처져 걷고 있었던 거지. 그게 다야."

"날 따라오면서 말이지."

어깨를 으쓱하며 내가 말했다.

"그래서 뭐?"

"왜 그랬는데?"

이유가 백만 가지는 되는 것 같았지만 표현할 길이 없었다.

"나도 모르겠어."

"넌 날 좋아했던 거야."

난 웃었다.

"나한테 푹 빠졌던 거지. 내 미모에 말문이 막혔던 거야. 이만큼 매혹적인 사람은 이제껏 본 적이 없었거든. 눈만 뜨면 내 생각이고 꿈에도 내가 나타나니 배겨 낼 도리가 없었던 거지. 그렇게 멋진 내가 시야에서 사라지게 놔둘 수 없어서 날 따라와야만 했던 거라고."

난 시나몬에게로 몸을 돌렸다. 쥐가 내 코를 핥았다.

"너무 자신만만하게 그러지 말지. 내가 따라갔던 건 네 쥐였으니까."

그애가 웃었고 사막은 노래했다.

사막이면 다 황량한 모래 언덕일 거라고 생각하는 사람에게 소노라 사막은 놀라움의 대상임에 틀림없다. 모래 언덕도 없을 뿐 아니라 모래도 없다. 적어도 당신이 해변에서 찾을 수 있는 그런 모래는 없다. 땅 색깔은 모래색 또는 회색이지만 당신의 발이 푹푹 빠지지 않는다. 다져져서 굳어진 것처럼 딱딱하고 자갈투성이다. 그리고 — 뭐가 또 있더라 — 돌비늘(마이카)로 반짝거린다.

하지만 당신 눈에 땅은 별로 보이질 않는다. 당신 눈에 들어오는 건 사와로 선인장이다. 동부에서 처음 온 사람에게 사막은 그만큼 단순하다. 당당한 사와로 선인장의 배경이 되어 주는 게 유일한 목적인 마르고 가시 많은 관목이 갈색 황무지를 이루고 있는 듯 보이는 게 사막이다. 그러다가 점차로 사막의 식물들은 그들의 정체를 드러내기 시작한다. 가시 돋친 유카, 비버테일 선인장과 프리클리 페어 선인장과 배럴 선인장, 사슴뿔 선인장과 악마의 손가락 선인장, 하늘을 찌를 듯 키가 큰 오코틸로 덩굴손.

우리는 식물 주위를 이리저리 돌아다녔고 여울과 도랑을 따라 걸어 다녔다. 멀리 마리코파 산이 희미한 보랏빛을 띠고 있었다.

그애가 말했다.

"네가 그날 돌아서서 뛰어갈 때 내가 뒤에서 불렀는데……."

"정말?"

"속삭였지."

"속삭여? 그래 놓고 내가 듣길 바랐다고?"

"나도 모르겠어. 그냥 네가 들을 거란 생각이 들더라."

난 우쿨렐레를 쳤다. 어깨를 똑바로 폈다. 쥐를 어깨에 태우고 가자니 자세가 좋아질 수밖에 없었다.

"너 부끄럼 많이 타지?"

그애가 말했다.

"뭘 보고 그렇게 생각하는 거야?"

그애가 웃었다.

"오늘 학교 끝나고 내가 널 잡아끌 때 당황스러웠지? 아이들이

다 쳐다보고 있어서?"

"아니."

"거짓말이지?"

"응."

그애가 웃었다. 그애를 웃게 만드는 재주가 내게 있는 것처럼 느껴졌다.

뒤를 돌아다보았다. 큰길이 보이지 않았다.

"너 시계 가졌어? 지금 몇 시지?"

내가 물었다.

"아무도 시간을 가질 순 없어."

그애가 말했다.

"시간은 소유될 수 있는 게 아니거든."

그애가 팔을 쭉 뻗더니 여러 색이 섞여 있는 그애 치마가 소용돌이무늬 사탕처럼 보일 때까지 제자리에서 빙글빙글 돌았다.

"시간은 누구에게나 공짜다!"

"괜히 물어봤군."

내가 말했다.

그애는 해바라기 무늬 가방을 선인장 가지에 걸어 놓고 마리코파 산을 향해 옆으로 재주넘기를 했다. 미친 듯이 나도 같이하고 싶어졌다. 내겐 우쿨렐레와 쥐가 있어서 안 된다고 스스로를 타일렀다. 난 그애의 가방을 집어 들고 따라갔다.

그애가 다시 정상적인 인간처럼 걷기 시작했을 때 넌 참 별나기도 하다라고 말해 줬다.
그애는 멈춰 서서 내 쪽을 향하더니 정중하게 절을 하며 말했다.
"고맙습니다, 훌륭하신 선생님."
그러고는 우리가 어디 산책로라도 거닐고 있는 것처럼 나와 팔짱을 끼며 말했다.
"소리 질러 봐, 리오."
"뭐라고?"
"그냥 네 머리를 한껏 뒤로 젖히고 모든 걸 다 쏟아내 봐. 귀가 떨어져 나갈 정도로 소리 질러 보라고. 들을 사람 아무도 없으니까."
"왜 내가 그래야 하는 건데?"
그애가 놀란 눈으로 날 돌아다보았다.
"어떻게 그러고 싶지 않을 수가 있지?"
난 시나몬을 가리키며 말했다.
"시나몬이 먼저 소리 지르면 나도 하지."
그리고 난 화제를 바꿨다.
"마법에 걸린 장소라는 데 가기는 가는 거야?"
물으면서도 이런 말을 하고 있는 내가 바보 같단 생각이 들었다.
"조금만 더 가면 돼."
그애의 장단에 맞춰 주는 의미로 다시 물었다.

“어떤 장소를 만나면 그게 마법에 걸린 장소라는 걸 어떻게 알아보는데?”

“곧 알게 될 거야.”

그애가 내 손을 꼭 쥐며 말했다.

“어떤 곳을 ‘마법에 걸린 장소’라고 공식적으로 지정하는 나라가 있는 거, 너 알고 있었니?”

“아니. 거기가 어딘데? 오즈?”

“아이슬란드.”

“상상력 하난 끝내준다.”

“빈정거려도 상관없어. 그 나라를 지금 여기다 갖다 놓으면 정말 멋질 텐데. 걸어 다닐 수도 있고 차를 타고 다닐 수도 있겠지. 그리고 거기엔 비석이 하나 서 있고 그 위 동판에는 이렇게 씌어 있는 거야. ‘마법에 걸린 장소. 미 국무부.’”

“우리가 난장판으로 만들어 버리는 거지.”

내가 이렇게 말하자 그애가 날 물끄러미 쳐다보았다. 미소는 사라지고 없었다.

“우리가?”

내가 뭔가를 망쳐 버린 것 같아 기분이 안 좋았다.

“꼭 그런다는 건 아냐. ‘쓰레기를 버리지 마시오’ 표지판이 없다면 말이야.”

얼마 후에 그애가 멈춰 섰다.

“다 왔어.”

둘러보니 평범하기 그지없는 곳이었다. 유일하게 눈에 띄는 것은 한 묶음의 불쏘시개처럼 보이는 키 크고 초라한 사와로 선인장 한 그루였는데 아치네 집에 있는 사와로 선생님보다도 더 볼품이 없었다. 나머지는 회색빛 관목과 회전초 그리고 몇 그루의 프리클리 페어 선인장이 다였다.

"좀 다를 거라고 생각했는데."

내가 말했다.

"특별나게? 장관이라도 이룬다거나?"

"응."

"종류가 다른 풍경이지. 신을 벗어 봐."

그애가 말했다.

우린 신발을 벗었다.

"앉아."

우린 다리를 포개고 앉았다. 시나몬이 내 팔에서 재빨리 기어 내려와서 땅 위에 올라섰다. 스타걸이 비명을 질렀다.

"가면 안 돼!"

쥐를 집어 올려서 자기 가방에 넣었다.

"부엉이랑 독수리에 거기다 뱀까지. 맛 좋은 먹잇감 아니겠어."

"그런데, 마법은 언제 시작되는 거야?"

내가 말했다.

우리는 산을 바라보며 나란히 앉아 있었다.

"지구가 태어났을 때 이미 시작되었지."

그애 눈은 감겨 있었다. 석양을 받은 그애 얼굴이 금빛으로 빛났다.

"한 번도 멈춘 적이 없어. 늘 한결같지. 지금 여기에 있는걸."

"그래서 우린 뭘 하는 건데?"

그애가 미소 지으며 말했다.

"그건 비밀이야."

그애의 깍지 낀 두 손이 무릎 위에 놓여 있었다.

"아무것도 안 해. 달리 말하자면 가능한 한 존재하지 않음에 가까워지는 거야."

계속 눈을 감은 채 그애가 자기 얼굴을 천천히 내 쪽으로 돌렸다.

"아무것도 안 하고 있어 본 적 없어?"

난 웃으며 말했다.

"우리 엄만 내가 늘 그런다고 생각하시지."

"내가 그랬다곤 말하지 마. 근데 그건 너네 엄마가 틀리신 거야."

그애는 다시 해를 향해 몸을 돌렸다.

"완전히 아무것도 안 하기란 정말 어려운 일이거든. 이렇게 그냥 여기 앉아 있어도 우리 몸은 끊임없이 돌아가고 있고 우리 정신도 가만있질 않지. 우리 안에서 전체적인 움직임이 계속 일어나고 있는 거야."

"그게 나빠?"

내가 말했다.

"나쁘지. 우리가 우리의 밖에서 무슨 일이 일어나고 있는지를 알고자 한다면 말야."

"그걸 아는 데는 눈과 귀만 있으면 되잖아?"

그애가 고개를 끄덕였다.

"대부분의 경우엔 별문제 없어. 그런데 가끔씩은 방해가 되기도 하거든. 지구가 우리에게 말을 걸고 있는데 우린 우리의 감각들이 만들어 내는 그 모든 소음들 때문에 들을 수가 없는 거야. 때때로 우린 그 소음들을 지워 내고, 우리의 감각들을 지울 필요가 있어. 그러면 아마도 지구가 우리와 접촉하게 될 거야. 우주가 말을 걸고 별들이 속삭이겠지."

태양은 이제 오렌지 빛깔로 타오르며 보랏빛 산마루에 걸려 있었다.

"그러면, 이렇게 존재하지 않는 상태가 되려면 어떻게 해야 하지?"

"나도 확실히는 몰라. 한 가지 답만 있는 건 아니니까. 너만의 방식을 찾아야 해. 때때로 난 나 자신을 지워 버리려 애를 쓰지. 분홍색의 커다랗고 부드러운 비누 지우개를 떠올리고 그게 왔다 갔다 하는 걸 상상하는 거야. 내 발가락에서부터 시작해서 앞뒤로 왔다 갔다 움직이면 쓱, 내 발가락이 없어져. 그러고 나서 내 발 그러고는 발목. 근데 그건 쉬운 편이지. 어려운 건 내 감각들을 지우는 거야. 내 눈, 내 귀, 내 코, 내 혀. 그리고 마지막으로 갈 곳은 내 뇌지. 내 생각, 기억들, 내 머리 안에 들어 있는 모든 목소리들. 내 생각을 지우는 거 그게 제일 어려운 일이야. 바로 이 호박이 문제인 거지."

자기 머리를 가리키면서 그애는 작은 소리로 킥킥거렸다.

"그러고 나면, 내가 일을 잘만 했다면, 난 지워진 거야. 사라진 거지. 난 존재하지 않아. 그렇게 되면 세상은 비어 있는 그릇에 흘러드는 물처럼 자유롭게 내 안으로 들어오는 거야."

"그리고?"

"그리고… 난 보고 또 듣지. 하지만 눈과 귀론 아니야. 난 더는 내 세계의 밖에 있지 않아. 그렇다고 그 안에 있는 거라고도 볼 수 없어. 요는 더는 나와 우주 사이에 아무런 차이가 없다는 거야. 경계가 사라진 거지. 내가 우주고 우주가 나고. 난 한 개의 돌, 한 개의 선인장 가시인 거야. 난 빗물이기도 해."

스타걸이 꿈을 꾸듯 미소 지었다.

"그게 제일 좋아, 비가 되는 거."

"여기 데려온 거 내가 처음이니?"

그애는 대답이 없었다. 햇빛에 물든 산을 바라보고 있는 그애의 얼굴은 내가 이제까지 보아 왔던 얼굴들 중 가장 조용하고 평화로운 얼굴이었다.

"스타걸—"

"쉿!"

이후로 오랫동안 우린 아무 소리도 내지 않았다. 메뚜기처럼 무릎을 세우고 서쪽을 향해 나란히 앉아 있었다. 난 두 눈을 감았다. 완벽하게 가만히 있어 보려 했으나 곧 그애 말이 맞다는 걸 알았다. 내 팔과 다리를 움직이지 않을 수는 있었지만, 나의 내면은 피닉스 중심가의 러시아워였다. 뱃속에서 꾸르륵거리는 소리들은 관두고라도 내 숨소리와 심장 뛰는 소리를 그렇게 또렷이 인식해 보기는 처음이었다. 그리고 나의 머리는 도대체 닫히지가 않았다. 모든 질문들, 모든 쓸데없는 생각들이 돌고 돌아 내 머릿속으로 들어와서는 기웃거리며 나의 신경을 긁어 댔다.

그래도 난 노력했다. 지우개를 시도해 봤지만 엄지발가락조차 없애지 못했다. 내가 바람에 날려 없어지는 톱밥이라고도 상상해 봤다. 고래에게 삼켜졌다고도 상상해 보고 물에 녹는 약처럼 녹아 없어지는 상상도 해 봤다. 소용없었다. 나 자신을 사라지게 만들 수가 없었다.

난 슬쩍 엿보았다. 그래선 안 된다는 걸 알고 있었지만 그랬다. 분명히 그애는 자신을 지워 버린 상태였다. 그애는 사라지고 없었다. 그애는 평온함이었다. 그애 입술은 희미하게 웃고 있었다. 금빛 피부, 타오르는 머리카락, 햇빛에 몸을 담갔다가 말리려고 여기 앉아 있는 것 같았다.

난 질투심에 괴로웠다. 내 옆에 앉아 있으면서 그것을 인식하지 않을 수 있다니. 그애는 최고로 멋진 어떤 곳에 있는데 난 거기에 있지 못한 것에도 질투가 났다.

그때 쥐가 눈에 들어왔다. 어느새 가방에서 기어 나와 있었다.

쥐도 우리만큼이나 오랫동안 거기 앉아 있었던 셈이었다. 너무나 사람 손 같이 생겨서 자꾸만 조그마한 손처럼 여겨지는 쥐의 앞발이 대롱대롱 매달려 있었다. 쥐 역시 석양을 향해 미동도 없이 앉아 있었다. 그의 몸은 1센트짜리 새 동전처럼 구릿빛이었고, 말린 후추 열매 같은 눈은 활짝 뜨여 있었다.

그애가 가르쳐 온 어떤 속임수임에 틀림없다고 생각했다. 어쩌면 흉내 내기를 좋아하는 설치 동물 특유의 행동 양식일 수도 있었다. 하지만 나는 여전히 그 이상의 뭔가가 있다는 생각을 지울 수가 없었다. 수염 달린 이 작은 친구는 — 만약 스타걸의 걱정이 현실이 되면 동물의 배 속에서 소화되는 것까지도 포함할 수 있는 — 그 자신만의 고유한 경험을 하고 있는 중이었다. 나는 가능한 한 조용히 팔을 뻗어 시나몬을 들어 올려 두 손으로 감싸 안았다. 버둥대거나 꿈틀거리기는커녕 내 집게손가락에 작은 턱을 괴더니 다시 석양을 바라다보았다. 손가락 끝에서 심장 박동이 느껴졌다. 해로운 동물이라도 가까이 올까 싶어 쥐를 내 가슴 쪽으로 더 가까이 끌어당겼다.

심호흡을 하고 눈을 감으며 난 다시 한번 마법에 걸리기를 시도했다. 성공했다고 생각하지는 않는다. 시나몬이 나보다 더 훌륭한 지우개였다고 생각한다. 애는 써 봤다. 너무나 열심히 애를 쓴 나머지 가까스로 성공하는 듯했으나 결국 난 나 자신을 떠날 수는 없는 듯이 보였고, 우주도 나를 찾아오지 않았다. 몇 시쯤 되었을까 하는 궁금증을 떨쳐 버릴 수가 없었다.

그러나 무슨 일이 일어나긴 일어났다. 아주 작은 일이. 내가 선을 하나 넘어서 미지의 어떤 영역으로 한 걸음 들어서는 것을 인식했다. 그것은 평화의 영역, 고요의 영역이었다. 한 번도 그렇게 완전한 고요, 그러한 정적의 상태를 경험해 보지 못했었다. 내 몸 안의 움직임은 계속되고 있었지만 누군가가 내 몸의 다이얼을 돌려놓은 것처럼 볼륨이 줄여져 있었다. 그리고 섬뜩한 일이 일어났다. 나 자신에 대한 의식을 결코 완전하게 내려놓지는 못했던 데 반하여 시나몬을 말하자면 잃어버렸었다고 믿는다. 더는 내 손 안에서 그의 맥박도, 그의 존재도 느끼지 못했다. 우리는 더는 분리되어 있지 않고 하나인 것 같았다.

해가 산 뒤로 뉘엿뉘엿 넘어가자 미약한 냉기가 얼굴에 느껴졌다.

눈을 감은 채로 얼마 동안 있었는지는 모르겠다. 내가 눈을 떴을 때 그애는 사라지고 없었다. 놀라서 주위를 두리번거렸다. 그애가 저쪽에 떨어져 서서 웃고 있었다. 이미 밤이었다. 내가 눈을 감고 있는 동안 어슴푸레한 보랏빛 산그늘은 사막 저편으로 날아가 버린 모양이었다.

우린 신을 신고 큰길로 향했다. 내게 질문을 해오리라 기대했으나 그애는 그러지 않았다. 한순간 달이 사라졌다가 다음 순간 다시 나타나고는 밝은 별 하나가 떴다. 우리는 손을 잡고 사막을 가로질러 걸었다. 아무 말도 하지 않았다.

18

우리 둘뿐이었다. 학교 안에는 우리만 존재했다.

적어도 며칠간은 그래 보였다.

나는 내 일상생활 속에서 그애의 일상을 느꼈다. 난 건물 저 멀리 다른 편에 있는 그애의 존재, 그애의 움직임까지도 느낄 수 있었다. 수업과 수업 사이에 복도를 걸어가면서 그애가 내 눈앞에 없어도 난 그애가 있다는 걸 알았다. 내 앞을 걸어가고 있는 아이들 속에 섞여 보이지는 않지만 다섯 개의 교실을 지나면 나타나는 모퉁이를 지금 막 돌려고 하고 있다는 것을 알 수 있었다. 난 그애의 미소라는 유도 불빛을 향해 곧장 걸어갔다. 우리가 서로에게 가까워지면 가까워질수록 우리 주위의 소음과 학생들은 다 녹아 없어지고 온전히 우리 둘만 남았다. 서로를 지나치면서 우리가 미소 짓고 서로에게서 눈을 떼지 못할 때 복도 바닥과 벽은 사라지고 우리는 별이 떠 있는 우주 공간 속의 두 사람이 되었다.

그러던 어느 날 나는 내가 꿈꿔 왔던 것 이상으로 우리가 우리 둘뿐이라는 걸 발견하기 시작했다.

그날은 목요일이었다. 보통 목요일에는 3교시가 끝나면 스타걸과 내가 2층 교사 휴게실 근처에서 서로를 지나치게 되어 있었다. 우린 웃으며 인사를 나누고 각자의 교실로 걸어가곤 했었다. 그런데 그날만큼은 충동적으로 내가 그애 옆으로 다가서며 말했다.

"에스코트해 드릴까요?"

그애가 장난스럽게 웃으며 말했다.

"저 말씀이신가요?"

우리는 새끼손가락을 맞댄 채 걸어갔다. 그애의 다음 수업이 1층이어서 우린 가장 가까운 층계로 내려갔다. 우리는 나란히 걸어가고 있었다. 내가 알아챈 건 그때였다.

아무도 우리에게 말을 걸지 않았다.

고개를 끄덕여 인사하는 사람도 없었다.

아무도 우리에게 미소 짓지 않았다.

아무도 우리를 쳐다보지 않았다.

사람으로 혼잡한 층계에서 어깨가 부딪치지도 소매가 스치지도 않았다.

학생들은 난간이나 벽에 붙다시피 몸을 돌린 채 층계를 올라가고 있었다. 내 귀에 대고 재잘거리는 스타걸을 제외하곤 평소와 같은 소란스러운 대화도 없었다.

가장 내 눈에 띈 건 그들의 눈이었다. 층계를 올라오고 있는 얼굴들은 위를 향하고 있었지만 그들의 눈은 결코 우리와 연결되어 있지 않았다. 감마선이라도 되는 것처럼 그들의 시선은 우리를 통과해 지나갔다. 아니면 그들이 우리의 귀를 차단한 채 벽과 벽 사이사이에서 전혀 다른 눈빛들을 하고 떠들어 댔거나. 내가 거기 있다는 걸 확인하기 위해 나 자신을 내려다보고 싶은 충동을 느낄 지경이었다.

점심때 케빈에게 말했다.

"아무도 날 보지 않아."

그는 자신의 샌드위치를 바라보고 있었다.

"케빈! 지금 네가 그러고 있단 말야."

내가 날카로운 목소리로 말했다.

그가 웃으며 고개를 들었고 내 눈을 똑바로 보며 말했다.

"미안."

평소 같으면 테이블에 다른 아이들도 있었다. 오늘은 우리 둘뿐이었다. 난 내 식판 건너로 몸을 기울이며 물었다.

"케빈, 무슨 일이 일어나고 있는 거야?"

케빈이 내게서 눈을 뗐다가 다시 날 보며 말했다.

"안 그래도 네가 언제쯤 눈치채려나 궁금해하던 중이야. 눈치 못 챘으면 하는 마음도 있었고."

"눈치채다니, 뭘?"

그는 참치 샐러드 샌드위치를 한 입 베어 먹으면서 시간을 벌고 있었다. 그는 천천히 씹었다. 빨대로 오렌지에이드를 마신 뒤 그가 말했다.

"먼저 말해 둘 건 네가 아니라는 거야."

난 몸을 뒤로 젖히며 손을 내밀었다.

"내가 아니라니, 도대체 무슨 말이야?"

"네가 같이 다니는 애지."

난 그저 앉아서 눈을 깜박이며 그를 바라다보았다.

"스타걸?"

그가 고개를 끄덕였다.

"알겠어. 그런데?"

그가 나를 좀 더 바라보더니 입에 든 것을 씹어 삼키고, 에이드를 한 모금 마시고 나서 시선을 돌렸다가 다시 나를 보며 말했다.

"그들은 그애한테 말을 안 하고 있어."

도통 알아들을 수가 없었다.

"도대체 무슨 말이야? '그들'이 누군데?"

그는 머리로 식당 안의 테이블과 거기에 앉아 먹고 있는 사람들을 가리키며 말했다.

"저 아이들."

"누구 저 아이들?"

제대로 말이 꼬였지만 웃을 기분은 아니었다.

케빈이 입술에 침을 바르며 말했다.

"저 아이들 전부."

그가 어깨를 으쓱하고는 덧붙였다.

"글쎄, 거의 다."

그의 눈길이 내 어깨 너머를 향했다.

"아직도 그애랑 앉아 있는 여자애들이 두 명 있긴 하네."

나는 돌아다보았다. 스타걸의 인기가 한창일 땐 아이들이 다른 테이블에서 의자를 끌어와서 그애 주위에 끼어 앉기도 했다. 이제는 스타걸과 도리 딜슨 그리고 한 명의 9학년생뿐이었다.

"그래서, 정확히 무슨 일이 벌어지고 있는 건데?"

내가 물었다.

그가 빨대로 에이드를 홀짝거렸다.

"그앨 완전히 무시하고 있는 거야. 아무도 그애한테 말을 하지 않음으로써."

여전히 무슨 말인지 이해가 안 갔다.

"아무도 그애한테 말을 하지 않는다니, 그게 무슨 소리야? 아니 모두들 체육관에 모여 회의하고 표결이라도 했다는 거야, 뭐야?"

"그렇게 공식적인 건 아냐. 그저 그렇게 된 거야. 화를 내고 있는 거지."

난 멍청히 입을 벌리고 그를 보았다.

"언제? 언제 시작됐지? 어떻게? 왜?"

내 목소리가 날카로워지기 시작했다.

"나도 정확히는 모르겠어. 농구 경기 사건 이후부터일 거야. 그때 정말 많은 아이들이 화가 났거든."

"농구 경기 건이라 이거지."

그가 고개를 끄덕였다.

"농구 경기라……."

난 바보처럼 되뇌었다.

그가 샌드위치를 내려놓았다.

"리오, 내가 무슨 말을 하고 있는 건지 모르겠다는 듯이 굴지 좀 마. 다른 학교를 응원한다고? 넌 그걸 사람들이 귀엽게 봐줄 거라고 생각했니?"

"그게 그애야, 케빈. 악의는 없었잖아. 이상하긴 하겠지만 악의가 있어 그랬던 건 아니잖아. 스타걸은 그런 애야."

그가 천천히 고개를 끄덕였다.

"그래, 좋아. 나도 네 말에 전적으로 동의해. 근데 걔가 한 행동 하나만 갖고 그러는 게 아냐. 몽땅 다 문젠 거지. 전혀 몰랐다느니 이딴 소리 하지 마. 너도 그 토마토 사건 기억하잖아?"

"케빈, 몇 달 전만 해도 그애가 웅변대회에서 우승했을 때 강당에서 모두 다 일어나서 환호했잖아."

"야, 리오."

그가 방어적인 몸짓을 하면서 말했다.

"나한테 그러지 말고 쟤들한테 그래."

"그 토마토도 한 사람이 던졌을 뿐이야. 딱 한 사람."

케빈이 킬킬 웃으며 말했다.

"그래, 그리고 나머지 천 명도 그러고 싶어 했지. 그 일이 일어났을 때 아이들이 환호하던 거 너도 봤지? 아이들은 그애 탓을 하는 거야. 우리 팀이 진 거에 대해서. 패배라곤 모르던 우리 팀이 변기에 처박히게 된 탓을 그애한테 돌리는 거지."

케빈이 여전히 '그들'에 대해 말하고 있는지조차 확신이 안 갔다.

"케빈." 애원하다시피 말했다.

"그애는 그저 한 명의 치어리더였을 뿐이라고."

"리오."

그가 날 가리키며 말했다.

"네가 먼저 나한테 무슨 일이 일어나고 있는 거냐고 물어봤고, 그래서 내가 얘기해 준 거잖아."

그가 일어서더니 식판을 반납 창구로 가져갔다.

그가 돌아올 때까지 나는 그의 빈 의자를 응시하고 있었다.

"케빈… 생일 축하 노래며 밸런타인 카드, 그애가 아이들에게 해 준 그 모든 멋진 일들… 그런 건 아무 소용없는 걸까?"

벨이 울렸다.

그가 일어서서 책을 주섬주섬 챙기고는 어깨를 으쓱하며 말했다.

"아마 그럴걸."

그날 오후 내내 그리고 다음 날, 또 그다음 날에도 난 점점 더 편집증 환자 같아졌다. 학교 안과 학교 주변을 그애와 걸으면서 나는 우리 둘만이라는 느낌의 본질이 변해 버렸다는 걸 뼈저리게 느꼈다. 그건 더는 포근한 사랑의 터널 속 달콤함이 아니라 냉랭한 고립이었다. 우리는 방향을 틀거나 다른 사람을 위해 길을 비켜 줄 필요가 전혀 없었다. 모두가 우릴 위해 길을 내주었다. 복도의 아이들은 우리로부터 멀리 피해 다녔다. 힐러리 킴블만은 예외였다. 우리가 그녀를 지나칠 때마다 그녀는 회심의 미소를 얼굴 가득 머금은 채 우릴 향해 몸을 기울였다.

스타걸로 말하자면 그앤 아무것도 모르는 것 같았다. 그앤 끊임없이 내 귀에 대고 재잘거렸다. 그애에게 웃어 주고 고개를 끄덕이는 동안 난 목덜미가 서늘해지는 것을 느꼈다.

19

"펜실베이니아주의 아미시들 사이에는 그런 걸 가리키는 말이 있지."

"그게 뭔데요?"

내가 물었다.

"셔닝, 즉 따돌리기야."

난 아치네 집에 있었다. 누군가와 얘기를 해야만 했다.

"글쎄, 바로 그런 일이 일어나고 있어요."

"소위 따돌림을 당하는 사람은 교회에서 난처한 입장에 빠져서 파문을 당한 사람이지. 지역 사회 전체가 동참을 하는 거야. 그가 참회하지 않는 한 그의 남은 인생 동안 아무도 그에게 말을 걸지 않는단다. 그의 가족조차도 말야."

"가족도요?"

"그렇단다. 그의 가족까지도 말을 하지 않지."

"부인은요?"

"부인, 아이들, 모두 다."

그의 파이프 담배가 꺼져 있었다. 그가 성냥으로 다시 불을 붙였다.

"내 생각에 그건 그 사람을 쫓아내려는 의도인데, 그래도 어떤 이들은 남아서 농장 일도 계속하고 함께 식사도 하고 그러지. 그런데 그가 자기 부인에게 소금을 건네주면 부인은 그걸 무시하는 거야. 만약 주교가 파문을 당하면 돼지나 닭들까지도 그를 못 본 체할 정도로 심하다고 하는데 마치 없는 사람처럼 취급하는 거지."

난 고개를 끄덕이며 말했다.

"어떤 기분인지 잘 알아요."

우리는 뒤 베란다에 있었다. 난 사와로 선생님을 물끄러미 쳐다보았다.

"네가 그애랑 같이 있지 않을 때도 그런 일이 일어나니?"

아치가 물었다.

"아니요. 적어도 제 생각엔 아닌 거 같아요. 하지만 제가 그애랑 있을 때면 저도 그 대상이 되는 거 같거든요."

자그마한 파이프 연기가 아치 입가에서 피어오르고 있었다. 그가 서글프게 웃으며 말했다.

"가여운 돌고래 신세구나, 참치 잡는 그물에 걸려들었어."

나는 팔레오세 설치 동물의 두개골인 바니를 집어 들었다. 지금으로부터 6천만 년 후 누군가가 시나몬의 두개골을 이렇게 들고 있는 건 아닐까 생각했다.

"그러니, 전 어떻게 해야 하죠?"

아치가 손을 내저으며 말했다.

"뭐 글쎄, 그건 쉬운 부분이지. 그애로부터 떨어져. 그러면 그 길로 너의 문제는 깨끗이 해결될 테니."

난 빈정거리며 대꾸했다.

"굉장한 충고시네요. 그게 그렇게 쉽지 않다는 걸 아시면서."

물론 그도 알고 있었다. 하지만 내 입으로 그 말을 하길 바라는 마음에서 그런 식으로 말했던 것이었다. 그에게 난 밸런타인데이와 어느 날 밤 그애네 집 진입로에서 있었던 일 그리고 사막에서의 산책에 대해 말했다. 그때 바보 같은 질문 하나가 떠올라 머릿속을 맴돌았다.

"마법에 걸린 장소가 있다고 믿으세요?"

그는 입에서 파이프를 떼어 내고 날 똑바로 쳐다보며 말했다.

"믿고말고."

난 혼란스러웠다.

"하지만 교수님은 과학자시잖아요. 과학을 연구하시는 분이 어떻게……?"

"유골 연구가지. 유골 연구에 깊이 빠져들다 보면 마법에 걸린 장소를 믿지 않을 수 없게 돼."

난 바니를 들여다보았다. 손가락 끝으로 2인치 정도 되는 딱딱

한 턱선을 따라가 봤다. 고양이의 혓바닥처럼 거칠었다. 6천만 년의 세월이 내 손 안에 있었다. 아치를 보며 말했다.

"그애는 도대체 왜……."

그가 나 대신 끝을 맺었다.

"…남들같지 않냐고?"

그가 일어서서 베란다에서 내려와 사막으로 올라섰다. 발굴용 연장을 보관하는 창고를 뺀 나머지 뒷마당은 사막 그대로였다. 자연이 조경을 맡은 정원인 셈이었다. 난 바니를 내려놓고 그에게로 갔다. 우린 사와로 선생님에게로 천천히 걸어갔다.

"남들같이 되라는 건 아니에요. 딱히 그런 건 아니죠. 완전히 그러라는 건 아닌데. 하지만… 아치……."

난 걸음을 멈췄다. 그도 멈췄다. 난 몸을 돌려 정면으로 그를 바라보았다. 거칠게 서로 대립하는 생각과 감정들로 머릿속은 뒤죽박죽이었다. 오랫동안 바보처럼 그를 쳐다본 후 난 불쑥 말했다.

"그애는 다른 학교를 응원한다고요!"

내 말의 의미를 곱씹어 보려는 듯 아치는 물고 있던 파이프를 빼냈다. 그러고는 한 손가락을 공중으로 들어 올리며 진지하게 고개를 끄덕였다.

"아, 그러는구나."

우리는 다시 걷기 시작했다.

연장 창고도 지나쳤고 사와로 선생님도 지나쳤다. 가끔씩 난 돌을 집어서 보랏빛 마리코파 산을 향해 던졌다.

아치가 거의 속삭이듯 얘기했다.

“그애는 뭐라 말로 표현하기가 쉽지 않지, 안 그래?”

난 고개를 끄덕였다.

“보기 드문 애야. 처음부터 알 수 있었어. 그애의 부모님은 좋은 분들로 더할 나위 없이 평범하시지. 그런데 어떻게 이런 딸이 나올 수 있었느냐? 나 역시 스스로에게 이 질문을 하곤 했어. 어떤 때는 그애가 날 가르치고 있는 거란 생각도 들더라. 그앤 우리 모두가 놓치고 있는 뭔가와 연결되어 있는 것 같아.”

동의를 구하는 표정으로 그가 날 쳐다보았다.

난 고개를 끄덕였다.

그는 들고 있던 파이프를 거꾸로 하더니 손가락 끝으로 둥근 머리 부분을 톡톡 쳤다. 죽은 메스킷 풀덤불 위로 담뱃재가 작은 시내를 이루며 쏟아져 내렸다.

그가 파이프대로 날 가리키며 말했다.

“알다시피 우리 모두가 거하는 곳인데 우리가 그것에 대해 별로 생각을 안 하는 그런 곳이 있지. 우리가 거의 의식하지 못하는 곳이고 하루에 채 일 분도 안 되는 짧은 시간 동안만 있다가 사라지는 곳.”

“그게 뭔데요?”

“우리 대부분에게 그건 아침에 존재해. 우리가 잠에서 깨어날 때, 그런데 아직 완전히 깨지는 못한 그 몇 초간 바로 그때야. 그 몇 초 동안 우린 잠에서 완전히 깨어난 뒤의 우리에 비하면 더욱

원시적인 어떤 것이지. 우린 우리로부터 가장 먼 조상들이 자고 있는 그 잠에서 이제 막 깨어난 거고 그래서 그들과 그들 세계의 어떤 것이 여전히 우리에게 달라붙어 있는 셈이랄까. 그 짧은 순간 동안 우린 미숙하고 야만적이지. 우린 우리가 우리 자신으로 알고 있는 그 사람이 아직 아닌 거고, 건반 악기보다는 앞으로 그 건반 악기를 만드는 데 쓰일 나무 한 그루와 더 조화를 이루는 생명체인 거야. 우리는 제목도 없고, 이름도 아직 붙여지지 않은 자연 그대로의 존재로서 과거와 미래 사이에 매달려 있는 거고, 개구리가 되기 전의 올챙이요, 나비가 되기 전의 애벌레인 거지. 그 짧은 순간만큼은 우리는 무엇이든 다 될 수 있어. 그러고 나서……."

그는 담배쌈지를 꺼내서 파이프를 다시 채웠다. 체리 향이 피어올랐다. 그가 성냥을 켰다. 파이프의 둥근 머리 부분이 어떤 약탈자나 유혹자처럼 불꽃을 끌어당겼다.

"그러고 나서… 우리가 눈을 뜨면 하루가 우리 앞에 놓여 있고, 그리고……."

그가 손가락을 한 번 탁, 튕기고 나서 말했다.

"우린, 우리 자신이 되는 거지."

아치의 다른 많은 말들처럼 이 말도 내 귀를 통해 들어오는 것이 아니라 내 살갗 위에 내려앉는 것 같았다. 거기서 그 말이 아주 작은 알처럼 숨어서 나의 성장이라는 비가 오기를 기다리다가 부화하면 나는 마침내 그 말을 이해하게 될 것이었다.

우리는 침묵 속을 걸었다. 노란 꽃들이 선인장에 피어 있었는데 어떤 이유에선지 그 모습이 날 믿을 수 없을 정도로 슬프게 만들었다. 수채화 물감을 풀어놓은 듯 산은 보랏빛으로 물들었다.

"아이들이 그애를 미워해요."

내가 말했다.

그가 멈춰 서서 나를 뚫어져라 쳐다보았다. 그가 나를 돌려세웠고 우린 오던 길로 되돌아갔다. 그가 내 어깨에 팔을 두르며 말했다.

"사와로 선생님과 의논해 보자꾸나."

곧 우린 황폐해져 버린 거인 앞에 섰다. 금방이라도 쓰러질 것처럼 속이 다 보이는 해골 같은 몸통과 벗겨진 반바지처럼 밑동 근처에 우스꽝스럽게 떨어져 있는 나무 껍데기 등을 생각해 볼 때 어떻게 이 선인장이 기품을 넘어서 장엄한 느낌까지 전달하는 것인지 결코 알 수가 없었다. 아치가 선인장에게 말을 걸 때는 마치 판사님이나 시찰 나온 고위 관리에게 하듯이 항상 격식을 갖춰 정중하게 말했다.

"안녕하십니까, 사와로 선생님."

그가 말하기 시작했다.

"선생님께서는 제 친구이자 화석 결사대 창립 멤버인 벌록 씨를 알고 계시리라 생각합니다."

그리곤 귀엣말로 내게 속삭였다.

"좀 서툴긴 해도 이제 스페인어로 말해야겠어. 미묘한 사안에 대해 얘기할 땐 선생님께서 그걸 더 선호하시거든."

그가 다시 선인장을 향했다.

"파레세 세뇨르 벌록 아퀴 에 라 빅티마 데 엉 '셔닝' 데 수 꼼빠녜로 에스트디안테 엔 엘 리세오. 엘 오브제토 프린시팔 델 '셔닝' 에라 에나모라다 델 세뇨르 벌록 누에스트라 프로피아 세뇨리타 니나 에스트렐라. 엘 에스타 엥 부스케다 드 프레군타스."

말을 하면서 아치는 난쟁이올빼미가 살고 있는 구멍을 올려다보았다. 그리고 나를 돌아다보고 낮게 속삭였다.

"내가 질문들을 주십사고 부탁드렸다."

"질문이요? 답이 아니라요?"

나도 속삭였다.

하지만 그는 내게서 몸을 돌리고 자신의 머리를 거대한 선인장 쪽으로 기울이더니 손가락을 자기 입술에 대며 '쉿' 하고는 눈을 감았다.

난 기다렸다.

마침내 그가 고개를 끄덕이고 내게로 몸을 돌렸다.

"존경하는 선생님께서 단 한 가지 질문만을 주시는구나."

"그게 뭔데요?"

"내가 선생님 말씀을 정확히 해석하고 있는 거라면 결국 이 모든 일의 본질은 네가 누구의 애정을 더 소중하게 생각하는지, 그 애의 애정인지 아니면 다른 아이들의 애정인지, 이 질문에 들어 있고, 앞으로 일어날 일들도 여기에 달렸다고 하신다."

나는 아치의 말을 절반밖에는 이해하지 못했지만 아무 말도 하지 않고 집에 왔다. 그날 밤 침대에 누워 달빛이 턱밑에까지 차올랐을 때 난 내가 사실상 그 질문을 완벽하게 이해했음을 깨달았다. 난 단지 그 질문에 대답하길 원치 않았던 것뿐이었다.

20

한 주에 두 번씩 애리조나주 농구 토너먼트의 결과가 학교 운동장 길달리기새 게시판에 나붙었다. 살아남은 팀들은 이제 지역 예선에 참가하게 되고, 그다음엔 본선 그리고 맨 마지막까지 남은 두 팀이 최대 이벤트인 애리조나주 챔피언십에서 맞붙는 것이었다. 우리가 참패를 당했던 글렌데일이 토너먼트에서 승승장구하며 올라가자 씁쓸한 자기학대성 관심이 글렌데일의 스코어를 게시판에 대문짝만하게 써 붙이는 걸로 표출됐다.

한편 스타걸은 웅변대회라는 자기 혼자만의 토너먼트에 참여하게 되었다. 마이카 고등학교 교내 대회 우승자로서 스타걸은 지구 대회에 나갈 자격이 있었다. 대회는 레드락 고등학교 강당에서 열렸는데 이게 웬일, 스타걸이 또 우승을 했다. 다음 관문은 4월 셋째 금요일에 피닉스에서 열릴 주 결선 대회였다.

스타걸이 지구 대회에서 우승했다는 교내 방송 공고를 듣고 난 교실에서 거의 환호성을 지를 뻔하다가 겨우 멈췄다. 몇몇 아이들은 야유를 했다.

결선 대회를 준비하면서 스타걸은 나를 앞에 두고 연습했다. 대개의 경우 우리는 사막으로 갔다. 그애는 메모를 보면서 하지도 않았고 그렇다고 외워서 하는 것 같지도 않았다. 연설을 할 때마다 그 내용이 달랐다. 그앤 새로운 소재가 머리에 떠오르면 곧바로 연설에 집어넣는 것 같았다. 적절한 단어들을 찾아 완벽하게 조화시켰기 때문에 그애의 연설은 결코 연설이 아니었고, 까마귀의 울음소리나 한밤중에 들리는 코요테의 울부짖음만큼이나 자연스러운 야생의 한 생명체 목소리였다.

난 땅바닥에 다리를 포개고 앉았고, 시나몬은 내 위에 앉았다. 우리는 황홀감에 빠져 경청했고, 엉겅퀴며 선인장, 사막 그리고 산등성이까지 온통 다 이 긴치마 소녀의 말을 경청하고 있는 것 같았다. 그애의 연설을 대회 일정표에 끼워 넣어 강당 의자에 줄지어 앉은 사람들에게 들려준다는 건 정말이지 안타까운 일로 생각됐다. 한 번은 그애가 연설을 하고 있는 데서 10피트가 채 안 되는 곳에 서 있는 사와로 선인장 꼭대기로 난쟁이올빼미 한 마리가 내려앉더니 놀랍게도 족히 1분 동안 꼼짝 않고 있은 후에야 구멍을 찾아 들어갔다.

물론 우린 다른 것도 했다. 산책도 했고 대화도 나눴고 자전거도 탔다. 난 운전을 할 수 있었지만 그애와 같이 타려고 싸구려 중고 자전거를 한 대 샀다. 어떤 때는 그애가 앞장을 섰고 어떤 땐 내가 앞장을 섰다. 가능하면 나란히 타려고 애썼다.

스타걸은 구부러지는 긴 목을 가진 전등이었다. 그앤 내 하루의 구석구석을 두루 비추었다.

그앤 나에게 한껏 즐기고 경탄하도록 가르쳤다. 그앤 내게 웃는 것을 가르쳤다. 내게도 남들만 한 유머 감각은 늘 있었지만 소심하고 내성적인 나는 거의 나타내질 않았다. 난 미소 정도만 짓곤 했었는데 그애 앞에서 난생처음으로 고개를 뒤로 젖힌 채 커다란 소리로 웃을 수 있었다

그애는 많은 것들을 보았다. 이 세상이 그렇게나 많은 볼거리들로 차 있는지 미처 몰랐다.

그애는 끊임없이 내 팔을 잡아끌며 말했다.

"저기 좀 봐!"

난 둘러보지만 아무것도 보지 못하기 일쑤였다.

"어디?"

그러면 그애가 손가락으로 가리키곤 했다.

"저기."

처음에 난 여전히 보지 못했다. 그애가 출입구를 가리켰을 수도 있고 사람이나 하늘을 가리켰을 수도 있다. 하지만 그런 것들은 내 눈에 너무나도 평범하고 특별날 게 없어서 '아무것도 아닌 것'으로 여겨지기 십상이었다. 난 아무것도 아닌 것들로 차 있는 회색빛 세상 속을 걷고 있었던 것이다.

그런데 그애는 멈춰 서서 우리가 지금 지나가고 있는 집의 현

관문이 파란색이라고 지적하곤 했다. 그러곤 지난번 우리가 그 집을 지나갔을 때는 그 문이 초록색이었다고 말하는 것이었다. 그리고 자기가 살펴본 바로는 그 집에 살고 있는 사람이 1년 사이에 몇 번씩 현관문을 다른 색으로 칠한다는 거였다.

아니면 그애는 튜더빌리지 쇼핑센터 벤치에 홀로 앉아 있는 노인이 보청기를 손에 쥐고 있고, 웃고 있으며, 어디 특별한 데라도 가는 것처럼 코트를 입고 넥타이를 맸는데, 옷깃에 꽂혀 있는 건 아주 작은 미국 국기라고 내게 속삭이곤 했다.

또는, 그애는 땅에 꿇어앉고 나도 그 옆으로 끌어 앉힌 뒤, 개미들을 보여 주곤 했는데, 한번은 그중 두 마리가 자기들 몸뚱이의 스무 배나 되는 크기의 땅에 떨어져 있던 벌레 다리를 인도를 가로질러 질질 끌고 가고 있었다. 그건 마치 두 남자가 그 개미들만큼이나 힘이 장사라는 가정하에 아름드리 통나무를 마을의 한쪽 끝에서 다른 쪽 끝으로 들고 가는 것과 같은 말도 안 되는 광경이었다.

어느 정도 시간이 지나자 난 좀 더 잘 보게 되었다. 그애가 '저길 좀 봐!'라고 말하고 내가 그애가 가리키는 손가락을 따라가면 나도 볼 수 있었다. 결국엔 누가 먼저 보나 하는 경쟁이 되었다. 마침내 내가 '저기 좀 봐!'라고 말하며 손가락으로 가리키고 그애 옷소매를 잡아끄는 일을 해냈을 때, 난 별표가 쳐진 시험지를 받아든 초등학교 1학년생처럼 의기양양해 했다.

그런데 그애가 보는 행위에는 그 이상의 뭔가가 있었다. 그앤 자기가 보는 것을 느끼기도 했다. 그애의 눈은 곧바로 그애의 마음과 통했다. 예를 들어 벤치에 앉아 있는 노인은 그 아이를 울게 만들었다. 벌목꾼처럼 일을 하고 있는 개미들은 그애를 웃게 만들었다. 다양하게 색이 바뀌는 현관문은 스타걸을 호기심에 넘치는 흥분 상태에 빠뜨려서 내가 그애를 끌고 오다시피 해야 했다. 그앤 그런 문을 두드려보기 전까진 도저히 발길을 옮길 수 없는 것 같았다.

그애는 자기가 마이카 타임스 신문의 편집자라면 어떻게 신문을 제작할 것인지 얘기했다. 범죄 기사는 10면으로 보내고, 개미와 노인 그리고 페인트칠한 현관문으로 1면을 장식할 거라 했다. 그애는 다음과 같은 헤드라인을 작성했다.

개미가 괴물처럼 거대한 짐을 끌고
광대하고 텅 빈 인도를 가로지르다

신비의 미소 : 튜더빌리지 쇼핑센터에서
꾸벅꾸벅 졸고 있는 노인

현관문이 애원하다 : 나를 두드리세요!

난 TV 프로그램 PD가 되고 싶다고 말했다. 그애는 실버런치 트럭의 운전기사가 되고 싶다고 했다.

"뭐라고?"

"알다시피 사람들이 아침 내내 일하다가 12시만 됐다 하면 비서들도 사무실 문을 나서고 건축 현장의 일꾼들도 헬멧과 망치를 내려놓잖아. 모두들 배가 고파서 고개를 드는 건데 그때 거기에 내가 있는 거야! 그들이 어디에 있든지 무슨 일을 하든지 간에 내가 거기에 있는 거지. 실버런치 트럭 부대 하나를 내가 통째로 소유하고 트럭들을 각지로 보내면 돼. '점심 식사가 당신들을 찾아오게 하라!' 그게 나의 슬로건이 될 거야. 내 실버런치 트럭을 보기만 해도 사람들은 기분이 좋아지는 거지."

그애는 자기가 트럭 옆면의 차양을 말아 올리면 맛있게 피어오르는 음식 냄새에 다들 기절하고 말 거라고 했다. 따뜻한 음식, 찬 음식, 중국 음식, 이탈리아 음식 등 가리지 않고 뭐든 말만 하면 대령한다는 것이었다. 심지어 샐러드바까지도.

"믿을 수 없을 만큼 많은 음식들을 트럭에 채우는 거야. 그리고 거기가 어디든 사막 한가운데든, 산중이든, 심지어 광산의 저 갱도 아래까지도 실버런치 서비스를 원하기만 하면 배달을 하는 거지. 무슨 수를 써서라도."

난 그애의 임무 수행에 따라다녔다. 하루는 그애가 잡화점에서 99센트에 파는 작은 식물 하나를 샀다. 플라스틱 화분에 심겨 있는 아프리카 바이올렛이었다.

"누구 주려고?"

내가 물었다.

"나도 정확히는 몰라. 마리온가에 사는 어떤 사람이 수술을 받기 위해 병원에 입원 중이라는 것만 알아. 그래서 누구든 집에 돌아왔을 때 그 화분을 보고 기분이 좀 좋아지라고."

"이런 걸 어떻게 다 알아내는 거야?"

장난기 가득한 미소를 지으며 그애가 말했다.

"다 방법이 있지."

우린 마리온가에 있는 집으로 갔다. 그앤 자기 자전거 안장 뒤에 달린 주머니에 손을 집어넣더니 리본을 한 다발 끄집어내었다. 그러고는 작은 바이올렛 꽃송이와 잘 어울리는 엷은 보라색 리본을 고른 뒤 나머지 리본들을 다시 주머니에 넣었다. 그리고 화분에 보라색 리본을 맸다. 그애가 화분을 현관문 앞에 갖다 놓는 동안 난 그애 자전거를 붙들고 있었다.

자전거를 타고 돌아오면서 내가 말했다.

"네 이름이 적힌 카드나 쪽지 같은 거라도 남기지 그래?"

내 말이 그애를 놀라게 했다.

"왜 그래야 하지?"

그애의 질문이 날 놀라게 했다.

"글쎄, 잘은 모르겠지만 다들 그렇게 하지 않나? 사람 마음이란 게 선물을 받으면 어디서 온 건지는 알고 싶은 거니까."

"그게 중요한 거야?"

"응, 내 생각엔……."

그 순간 난 생각이고 뭐고 간에 일단 바퀴가 덜덜거릴 정도로 자전거를 급정거시켰다. 앞서가던 그애도 멈춰 섰다. 그러고는 후진해 와서 날 쳐다보며 말했다.

"리오, 무슨 일이야?"

난 머리를 절레절레 흔들며 활짝 웃었다. 그리곤 그애를 가리키며 말했다.

"너였구나."

"내가 뭐?"

"2년 전, 내 생일날 말야. 현관 층계에서 상자를 하나 발견했고, 포큐파인 넥타이가 들어 있었는데 누가 준 건지 도저히 알아낼 수가 없었다 이거지."

그애는 자기 자전거를 내 것과 나란히 끌며 걸었다. 그애도 활짝 웃으며 말했다.

"수수께끼 같은 일이군."

"어디서 포큐파인 넥타이를 구했니?"

"나도 못 구했어. 우리 엄마한테 만들어 달라고 했지."

그앤 더는 그 얘길 하고 싶지 않은 듯했다. 그애가 자전거 페달을 밟기 시작했고 우린 계속 자전거를 달렸다.

"무슨 얘기하고 있었더라?"

그애가 물었다.

"남이 알아주는 거."

내가 말했다.

"그러면 어떤데?"

"글쎄, 알아주면 기분이 좋지 뭐."

그애 자전거 뒷바퀴의 바큇살이 그애가 입은 긴치마 사이로 빙빙 돌아가고 있었다. 100년 전 사진에서 튀어나온 사람 같아 보였다. 그애는 깜짝 놀란 눈으로 날 돌아다보며 말했다.

"그래?"

21

주말이나 저녁 식사 이후 시간을 이용해서 우린 바이올렛 화분을 여러 개 배달했다. 그리고 '축·하·합·니·다!'라고 씌어 있는 풍선들도. 또 경우에 맞는 다양한 카드들도. 스타걸은 카드를 직접 만들었다. 미술에 소질이 있는 건 아니었다. 사람들이 다 막대기 모양이었다. 여자아이는 하나같이 세모난 치마에 머리는 양 갈래로 묶었다. 그애가 그린 카드를 홀마크 회사 카드로 혼동할 일은 절대 없겠지만 나는 그보다 더 진심이 우러나는 카드는 본 적이 없다. 초등학교 꼬마가 직접 만든 크리스마스카드가 의미 있게 느껴지는 것과 마찬가지로 그 카드들도 그랬다. 물론 그애는 절대 자기 이름을 남기지 않았다.

내가 끈질기게 물어보며 괴롭히자 결국에는 그애가 사람들에게 일어나는 일들을 어떻게 알아내는지 말해 주었다. 간단하다고 하면서 그앤 일간 신문을 읽는다고 했다. 헤드라인이나 1면 기사, 스포츠 소식, 만화, TV 프로그램, 할리우드 동정란 따위를 보는 것은 아니었다. 그애가 읽는 것은 대부분의 사람들이 안 보고 지나치는 곳, 헤드라인이나 사진도 없는 부분으로 신문에서 제일 외진 한 귀퉁이에나 나는 기사였다: 병원 입원 소식, 부음, 생일이나 결혼 공고, 경찰의 사건 기록부, 각종 이벤트 일정.

무엇보다도 그애는 메꿈용 기사를 읽었다.

"난 메꿈용 기사가 진짜 좋더라!"

그애가 소리쳤다.

"메꿈용 기사라니?"

메꿈용 기사란 이야기가 풍부한 하나의 기사로 작성되거나 헤드라인을 붙일 만큼 중요하게 여겨지지 않는 소소한 일들에 대한 기사로 결코 한 칼럼 이상의 폭을 차지하지도 1~2인치 이상 길지도 않다고 그애가 설명했다. 그런 기사들은 대개 사람의 눈길이 좀처럼 닿지 않는 안쪽 페이지 하단에서 발견된다. 편집자 마음 같아서는 절대 메꿈용 기사를 사용하고 싶지 않겠지만 가끔씩 기자가 기사를 공간에 맞도록 쓰지 못해서 기사가 그 페이지의 맨 밑에까지 채워지지 못하는 경우가 생긴다. 그러면 신문에 빈 공간이 있을 수 없으므로 편집자는 그 여백에 메꿈용 기사를 턱하니 끼워 넣는 것이다. 그런 메꿈용 기사는 '새 소식'일 필요가 없다. 중요할 필요도 없다. 심지어 읽힐 필요도 없는 이런 기사의 역할은 그저 공간을 차지해 주는 것이다.

메꿈용 기사는, 전형적인 한 중국인이 평생 동안 몇 파운드의 쌀을 소비하는가에서부터 수마트라에 서식하는 딱정벌레에 관한 이야기까지 세계 어느 곳, 어느 것에 관해서나 다 가능했다. 아니면 동네의 그렇고 그런 얘기들, 이를테면 누구누구네 고양이가 없어졌다거나 누구누구는 골동품 구슬을 수집해 놓았다는 얘기 등도 다루어졌다.

"난 광산 시굴자가 금맥을 찾는 것처럼 메꿈용 기사를 샅샅이 뒤지지."

그애가 말했다.

"그래서 그게 다야? 신문을 읽어서 알아낸다?"

"아니, 그게 다는 아니야. 내가 머리를 자르는 미용실도 있지. 거기서 난 늘 얘기를 주워듣거든. 게시판도 있고. 너 우리 동네에 게시판이 몇 개나 되는 줄 아니?"

"물론이지. 매일 세고 다니는걸."

난 농담조로 말했다.

"나도 그래."

그애는 농담이 아니었다.

"이제까지 센 걸로는 41개야."

난 학교 운동장에 서 있는 길달리기새 게시판을 빼고는 사실 그 순간 한 개도 생각나질 않았다.

"게시판에선 뭘 알아내는 거지?"

"음… 누군가가 막 가게를 시작했다는 거, 누군가가 개를 잃어버렸다는 거, 또 누군가는 말동무를 필요로 한다는 거."

"누가 말동무를 구한다는 광고를 다 내? 그렇게까지 말동무를 필요로 하는 사람이 있단 말야?"

내가 물었다.

"외로운 사람들, 노인들. 그들에겐 그저 잠시만이라도 그들 곁에 앉아 있어 줄 누군가가 필요하거든."

난 스타걸이 어떤 어두운 방 안에 한 늙은 여자와 앉아 있는 모습을 머릿속에 그려 보았다. 똑같은 상황에 있는 나 자신의 모습은 그려지지가 않았다. 가끔 그애가 너무나 멀게만 느껴졌다.

우리는 피사 피자집을 지나가고 있었다.

"저 안에도 게시판이 있어."

스타걸이 말했다.

게시판은 문 바로 안쪽에 있었다. 명함과 쪽지들로 도배가 되어 있었다. '심부름센터 ― 마이크에게 맡기세요, 이 번호로 전화주세요'라고 씌어 있는 쪽지를 가리키며 내가 물었다.

"그럼, 이 광고 보고 넌 무슨 생각이 드는데?"

내가 의도한 것보다 더 도전적인 목소리였다.

그애가 읽어 보고는 말했다.

"글쎄, 마이크가 정규직 일자리를 잃었는데 다른 일자리를 못 구해서 밥벌이에 나선 것일 수도 있겠고, 아니면 정규직은 있는데 생활비가 늘 적자라서 낸 광고일 수도 있겠지. 깔끔하지 못한 사람이거나 아니면 종이 한 장도 아쉬운 처지인가 봐. 이건 신문에 낸 광고를 오린 거네."

"그래서 넌 그 사람을 위해 뭘 할 건데?"

"나도 잘 모르겠어. 어쩌면 우리 부모님에게 해결해야 할 잔 심부름거리가 있을 수도 있겠지. 아니면 나한테 그런 일이 있을 수도 있고. 아니면 그저 그 사람에게 카드나 하나 보내든가."

"어떤 종류의 카드를 그 사람이 받게 되는 건데?"

"용기를 잃지 말라는 그런 내용의 카드."

그애가 날 쿡 찌르며 말했다.

"너, 카드 게임 할래?"

포커 게임을 말하는 건 아니란 걸 느낌으로 알 수 있었다.

"그러지 뭐."

그앤 자기가 발명한 게임이라고 했다.

"너의 두 눈과 다른 사람 한 명만 있으면 할 수 있는 게임이야. 길거리나 쇼핑몰, 가게 등등 어디에서건 사람 하나를 골라잡고 그 사람을 따라가는 거야. 그냥 그 사람이 여자라고 치자. 이제 넌 그 여잘 15분 동안 따라다니는 거야. 1분도 더 안 돼. 스스로 시간을 잘 재야 해. 게임은 그렇게 딱 15분 동안 그 여자를 지켜본 후에 어떤 종류의 카드가 그 여자에게 필요할지를 추측해 보는 거야."

"하지만 어떻게 네가 그 여자에게 카드를 준다는 거야? 넌 그 여자가 어디 사는지도 모르면서."

"물론 그래. 거기까지가 다야. 그러니까 게임이지. 그냥 재미로

하는 건데 뭐."

스타걸이 내게 바싹 다가서며 내 귀에 대고 속삭였다.

"해 보자."

난 그러지 뭐, 했다.

우선 쇼핑몰에 가야 했다. 난 마이카 몰에는 가지 않기로 했다. 거기엔 우리를 없는 사람 취급하는 마이카 고등학교 아이들이 너무나 많이 돌아다녔으니까. 우린 10마일을 차를 몰아 레드스톤 몰로 갔다. 토요일 오후였다.

우린 한 여자를 골랐다. 라임색의 짧은 치마바지에 하얀 샌들을 신고 있었다. 나이는 40대 초반 가량 돼 보였다. 그 여자는 앤티앤스에서 소금이 뿌려진 소프트 프레첼을 사고 있었다. 그러고는 프레첼을 작고 하얀 종이 봉지에 담아 들고 다녔다. 선코스트 비디오 가게에 들어가는 여자를 따라 우리도 가게로 들어갔다. 그 여자가 「해리가 샐리를 만났을 때」 비디오가 있는지 물어보는 소리가 들렸다. 가게엔 그 비디오가 없었다. 그 후 여자는 소노마 앞을 지나갔다가 되돌아와선 그 가게 안으로 들어갔다. 여자는 이리저리 둘러보며 한 손가락 끝으로 도자기 그릇을 만지며 표면의 감촉을 확인하고 있었다. 그 여자가 정찬용 접시 앞에 멈춰 섰다. 그리고 프랑스 카페가 무늬로 새겨진 접시 하나를 집어 들었다.

"반 고흐 그림이야."

스타걸이 속삭였다. 그 여자는 눈까지 지그시 감고 그 접시에 대해 생각해 보는 듯했고, 마치 어떤 떨림을 느끼는 것처럼 두 손으로 접시를 잡고 가슴에 댄 채 서 있었다. 그러나 다음 순간 접시를 내려놓더니 가게를 나가 버렸다.

여자는 시어즈 백화점에 들어갔다. 란제리 코너에도 가고 침구 코너에도 갔다. 주름이 너풀거리는 것들이 쌓여 있는 선반 뒤에서 스파이 노릇을 하고 있자니 꽤나 어색했다. 정해진 시간이 다 됐을 때 그 여자는 잠옷을 들춰 보는 중이었다.

스타걸과 나는 통로에서 의견을 교환했다.

"좋아, 넌 어떻게 생각하니?"

그애가 물었다.

"스토커가 된 기분이야."

내가 말했다.

"착한 스토커지."

그애가 말했다.

"너부터 얘기해 봐."

내가 말했다.

"글쎄, 그 여잔 이혼녀고 외로워. 결혼반지가 없더라고. 자신의 인생에 누군가 들어와 주길 바라고 있지. 가정생활을 원하는 거야. 그 여잔 자기가 샐리라면, 그래서 자기의 해리가 나타나 주면 좋을 텐데, 라고 생각하지. 그러면 그에게 저녁도 지어 주고 밤에는 그와 함께 포근하게 지낼 텐데 하는 거야. 그 여잔 저지방 음식만 먹으려 애를 써. 여행사에서 일하는데 작년엔 공짜 크루즈

여행도 했어. 하지만 배에서 만난 사람들은 다 형편없는 사람들 뿐이었지. 그 여자의 이름은 클라리사인데 고등학교 때 클라리넷을 불었고 그 여자가 제일로 좋아하는 비누는 아이리시 스프링이야."

난 너무 놀라 어안이 벙벙했다.

"도대체 그걸 다 어떻게 아는 거야?"

그애가 웃으며 말했다.

"아냐 그냥 추측해 보는 거야. 그게 바로 이 게임의 묘미거든"

"그래서 넌 카드를 보낸다면 어떤 카드를 그 여자한테 보낼 건데?"

그애가 손가락을 입술에 갖다 대고 잠시 생각에 잠겼다.

"흠… 클라리사에게는 **해리를 기다리는 동안 스스로에게 친절하기** 카드가 좋겠어. 넌?"

"나라면……."

곰곰이 문구를 생각하다가,

"**당신이 손가락 튕기는 걸 해리에게 들키지 않도록 하세요** 카드"라고 말했다.

이번엔 그애가 어안이 벙벙해질 차례였다.

"뭐라고?"

"너 그 여자가 선코스트에서 코 후비는 거 못 봤어?"

내가 말했다.

"못 본 거 같은데. 그 여자가 손을 자기 코로 가져가서 긁었던

가 하여간 그 비슷한 걸 하는 것 같긴 했지만."

"그래, 그 비슷한 거 그게 바로 후비는 거였어. 정말 빠르고 감쪽같았어. 진짜 프로였다니까."

그애가 장난스레 날 떠밀며 말했다.

"농담이지?"

두 손을 들어 올리며 내가 말했다.

"진짜야. 그 여자가 코미디 비디오 코너에 서 있을 때였는데, 그 여자 손가락이 콧속으로 들어갔다가 다시 나올 때엔 뭔가가 붙어 있었거든. 그런데 그러고 한 1분가량 돌아다니더라. 그러고는 선코스트 비디오 가게를 나오면서 아무도 보고 있지 않는다 싶었는지 손가락을 튕기는 거야. 어디에 떨어졌는지는 나도 못 봤어."

그애가 나를 빤히 쳐다보았다. 난 오른손을 들어 올리고 왼손은 내 가슴에 댄 채 선서하듯 말했다.

"절대 거짓말 아님."

그애가 웃음을 터뜨렸다. 어찌나 크게 웃어 댔는지 내가 당황스러울 지경이었다. 그애는 쓰러지지 않기 위해 두 손으로 내 팔을 꽉 잡기까지 했다. 몰 안을 걸어 다니던 사람들이 우릴 쳐다보았다.

그날 우린 두 명의 또 다른 사람들을 대상으로 카드 게임을 했다. 하나는 게임 시간 15분 동안 내내 가죽 재킷을 만지작거리던 여자로 우린 그 여잘 베티라고 불렀고, 다른 하나는 목젖(Adam's apple)이 유난히도 커서 우리가 아담이라고 이름을 붙여 준 남자였다. 그 남자의 큰 목젖은 아담의 사과 대신 아담의 호박이라고 이름을 바꿔 줬다. 둘 다 코를 후비고 튕기는 사람들은 아니었다.

그리고 난 정말 재미를 느꼈다. 재미가 게임 때문이었는지 아니면 단순히 스타걸과 같이 있다는 데서 비롯된 건지는 알 수 없었다. 분명한 건 단 15분 동안만 그들을 지켜본 것뿐인데도 그 15분 뒤에 클라리사와 베티와 아담이 내게 놀랍도록 가깝게 느껴졌다는 것이다.

하루 종일 스타걸은 돈을 떨어뜨리고 다녔다. 여기에 1센트 동전, 저기에 5센트 동전 하는 식이었다. 인도에 던져 놓기도 하고 선반이나 벤치 위에 올려놓기도 했다. 심지어 25센트 동전까지도.

"난 잔돈이 싫더라."

그애가 말했다.

"너무… 짤랑거리잖아."

"그러면 일 년에 얼마나 많은 돈을 버리게 되는 건지 알기나 해?"

내가 말했다.

"너, 꼬마애가 길거리에서 1센트 동전을 발견했을 때의 표정 본 적 있어?"

그애가 말했다.

그애의 동전 지갑이 텅 비게 되었을 때 우린 마이카로 돌아왔다. 돌아오는 차 속에서 그애가 자기네 집 저녁 식사에 날 초대했다.

22

캐러웨이 부부는 지극히 정상적인 사람들이라고 아치가 말했지만, 난 여전히 스타걸이 평범한 가정에서 자랐다고는 상상할 수가 없었다. 사랑을 주장하고 전쟁을 반대하던 1960년대 히피의 후예 정도를 기대했던 것 같다. 긴치마를 입고 머리엔 꽃을 꽂은 그애의 엄마. 양고기 모양의 구레나룻을 기른 얼굴로 '멋지군!'과 '옳소!'를 연발하는 그애의 아버지. 지금은 고인이 된 유명 인사들의 포스터로 도배된 벽. 사이키델릭한 램프 갓.

그래서 난 놀랐다. 그애의 엄마는 짧은 바지에 탱크톱을 입고 맨발로 재봉틀 페달을 밟고 있었다. 덴버에서 공연될 연극에 필요한 러시아 농부 의상을 만드는 중이었다. 캐러웨이 씨는 발판 사다리 위에 서서 창틀을 페인트칠하고 있었다. 구레나룻은커녕 머리카락도 별로 없었다. 집 자체가 너무도 평범했다. 광택이 나는 흰 목재 가구와 원목 마루 위에 깔려 있는 러그, 거기에다 남서부 지역 특산품인 아나사지 스타일의 결혼식 꽃병과 조지아 오키프의 그림 한 점까지. '자, 봤지? 그애가 바로 이런 곳에서 자란 거야'라고 할 만한 건 아무것도 없었다.

스타걸 방도 마찬가지였다. 파란색과 노란색이 섞인 판자로 만들어진 시나몬의 집이 한쪽 구석에 있는 거 빼고는 여느 여고생 방과 다를 바가 없었다. 난 문간에 서 있었다.

"왜 그래?"

"놀라워서."

"뭐가 놀랍다는 거야?"

"네 방은 좀 다를 거라 생각했거든."

"어떻게 달라?"

"나도 몰라. 좀 더… 너다운 방이랄까."

그애가 빙그레 웃었다.

"메꿈용 기사 뭉치가 쌓여 있는 방? 카드 만드는 작업대가 있고?"

"뭐, 그 비슷한 거."

"그건 내 작업실이지."

그애는 시나몬을 집 밖으로 내놓았다. 시나몬은 그애 침대 밑으로 재빨리 기어 들어갔다.

"여긴 내 방이야."

"작업실이 있다고?"

"그럼."

그애는 자기 발을 침대 밑으로 집어넣었다. 발이 다시 나왔을 때는 시나몬이 그 위에 올라앉아 있었다.

"내가 작업을 하러 갈 수 있는 나만의 장소를 갖고 싶었거든. 그래서 하나 얻었지."

시나몬이 날쌔게 방에서 나갔다.

"거기가 어딘데?"

그애가 입술에 손가락을 대며 말했다.

"비밀."

"어딘지 알고 있는 사람 한 명은 나도 아는 사람 같은데."

내가 확신에 차 말했다.

그애가 미심쩍은 표정으로 "아치구나" 하고는 이내 웃었다.

내가 말했다.

"아치가 너에 대해 말씀해 주셨어. 널 좋아하시더라."

그애가 말했다.

"그분은 내게 있어 이 세상과도 같은 분이야. 내 친할아버지로 여길 정도지."

그애 방을 수사관처럼 살펴본 결과 두 개의 흥미로운 물건을 발견했다. 하나는 둥근 나무 그릇이었는데 모래색 머리카락으로 반쯤 채워져 있었다.

"네 머리카락이니?"

내가 물었다.

그애가 고개를 끄덕였다.

"둥지 지을 재료를 찾는 새들을 위한 거야. 봄이 되면 그 그릇을 밖에 내놓지. 내가 아주 어렸을 때부터 그래 왔어. 북쪽 지방에 살 땐 여기에서보다 일이 더 많았지."

다른 하나는 책꽂이 위에 놓여 있는 내 주먹 크기만 한 작은 손수레였다. 나무로 만들어져 있었는데 골동품 장난감쯤 돼 보였다. 수레엔 조약돌이 높이 쌓여 있었고 바퀴 근처에도 조약돌 몇 개가 놓여 있었다. 수레를 손으로 가리키며 내가 물었다.

"돌을 수집하기라도 하는 거야?"

"그건 내 행복의 손수레야. 사실 불행의 손수레라고 불릴 수도 있겠지만 난 행복의 손수레가 더 좋아."

"그게 다 무슨 소리야?"

"내 기분에 관한 건데, 말하자면 뭔가가 날 행복하게 하면 난 수레에 조약돌을 넣는 거야. 불행하면 돌을 꺼내는 거고. 조약돌은 다 합해서 스무 개지."

선반 위의 돌을 세어보니 세 개였다.

"그럼 수레 안에는 열일곱 개가 있겠군, 맞아?"

"맞아."

"그렇다면 네가 꽤나 행복하단 소리네?"

"또 맞았어."

"이제까지 수레 안에 조약돌이 가장 많았을 때가 몇 개였는데?"

그애가 장난기 어린 웃음을 지으며 말했다.

"네가 지금 보고 있잖아."

이제 그건 더는 단순한 돌무더기로 보이지 않았다.

"대개는 균형을 이루지. 열 개를 사이에 두고 이쪽에 한두 개 더 갔다가 또 저쪽에 한두 개 더 가고 그래. 이리저리 왔다 갔다 하는 거지. 우리 삶처럼."

"가장 많이 수레가 비었을 때는 몇 개까지 떨어졌는데?"

"음……."

그애가 얼굴을 천장으로 향하더니 눈을 감고 말했다.

"한 번은 세 개까지 갔었어."

충격적인 숫자였다.

"정말? 네가?"

그애가 날 쳐다보며 말했다.

"왜, 난 그러면 안 돼?"

"넌 그런 타입이 아닌 거 같아서."

"그런 타입이 어떤 타입인데?"

"나도 잘 모르겠어……."

적절한 말을 찾기 위해 머리를 굴려 보았다.

"세 개 조약돌 타입?"

그애가 제안했다.

난 어깨를 으쓱해 보였다.

그애가 선반에서 조약돌 한 개를 집어 들더니 웃으면서 그것을 수레 안으로 떨어뜨렸다.

"자, 저를 미스 예측 불가라고 불러 주세요."

난 그애 가족과 함께 저녁 식사를 했다. 세 명은 미트 로프를 먹었다. 네 번째 사람 — 누구긴 누구겠는가 — 은 철저한 채식주의자였다. 그애는 두부 요리를 먹었다.

그애 부모님은 그애를 '스타걸' 또는 '스타'라고 불렀는데 그 이름이 제니퍼라도 되는 것처럼 아무렇지도 않게 불렀다.

식사 후 우리는 현관 앞 층계에 앉았다. 스타걸은 카메라를 가지고 나왔다. 세 명의 꼬마가 길 건너 차고 진입로에서 놀고 있었는데 두 명은 여자아이였고 한 명은 남자아이였다. 그애는 그 꼬마들의 사진을 몇 장 찍었다.

"왜 찍어?"

내가 물었다.

"빨간 모자 쓴 남자아이 보이지? 걔 이름이 피터 신코위즈야. 다섯 살이지. 난 그애의 일대기를 만들고 있어."

스타걸은 그날에만 벌써 열 번째로 날 깜짝 놀라게 만들었다.

"일대기라고?"

피터 신코위즈는 바퀴가 넷 달린 바나나 모양의 플라스틱 자전거를 타고 있었다. 두 여자아이가 그의 뒤를 따라 뛰어가며 소리 지르고 있었다.

"왜 일대기를 만들고 싶은 건데?"

그애가 찰칵 사진을 한 장 찍었다.

"넌 오늘이라도 당장 누군가가 너한테 와서는 '리오 벌록의 생애'란 제목의 스크랩북을 한 권 건네줬으면 하고 바라지 않니? 일기장처럼 네가 어렸을 적 이러이러한 날짜에 뭐를 했었나에 대한 기록 말야. 이제는 더는 기억할 수 없는 시절의 기록들. 그리고 거기엔 사진들이 있고 심지어 네가 떨어뜨렸거나 사탕 껍질처럼 버렸던 물건들까지 있다면. 그리고 그 모든 게 길 건너에 사는 어떤 이웃이 한 일이고 넌 그 사람이 그렇게 하고 있는 걸 몰랐던 거고. 네가 쉰 살이 되고 예순 살이 되면 거금을 주고라도 그런 물건을 갖고 싶을 거 같지 않니?"

난 생각해 보았다. 내가 여섯 살 꼬마였던 때로부터 십 년의 세월이 흘렀다. 한 세기는 지난 것 같았다. 한 가지만은 그애 말이 맞았다. 난 그 시절에 대해 별로 기억나는 게 없었다. 하지만 별 상관없는 것 또한 사실이었다.

"아니. 그럴 거 같지 않은데. 그리고 어쨌거나 그 꼬마의 부모가 그렇게 하고 있을 거란 생각 안 들어? 가족 사진첩이니 뭐 그런 것들 말야."

여자아이들 중 한 명이 바나나 자전거를 피터 신코위즈로부터 가까스로 떼어 놓는 데 성공했다. 피터는 악을 쓰기 시작했다.

"물론 그러겠지."

그애가 또 다른 사진을 위해 셔터를 누르며 말했다.

"하지만 그런 사진에 찍히는 순간들은 포즈를 취하며 웃고 있는 순간들이지. 그 사진들은 내가 찍고 있는 이 사진만큼 살아 있지 않아. 먼 훗날 저 아인 딴 여자아이가 자기 장난감을 타고 달아나는 동안 고함을 치고 있는 자신의 모습이 담긴 이 사진을 사랑하게 될걸. 난 우리가 클라리사를 따라다닌 것처럼 저 아이를 따라다니진 않아. 그냥 저 아일 지켜보다가 일주일에 두세 번 정도 그날 내가 본 저 애의 행동을 메모하는 거지. 몇 년 더 계속하다가 저 아이 부모에게 주려고 그래. 저 애가 그것의 진가를 알 만큼 컸을 때 저 애에게 주라고 하면서."

그애가 의아해하는 표정을 짓더니 팔꿈치로 날 쿡 찌르며 말했다.

"왜 그래?"

"응? 뭘?"

내가 말했다.

"정말로 이상하게 날 쳐다보고 있잖아. 뭔데?"

불쑥 말이 나와 버렸다.

"성인군자 나셨네."

말이 내 입술을 떠나자마자 그 말을 한 게 후회스러웠다. 그애는 상처받은 눈길로 날 쳐다볼 뿐이었다.

"불쾌하게 들렸다면 미안해. 그런 뜻으로 말한 건 아니었어."

"어떤 뜻으로 한 소린데?"

"놀랍다 뭐 그 정도."

"뭐가 놀라워?"

난 웃으며 말했다.

"뭐라니? 너지."

난 다시 웃었다. 그리고 난 그애를 마주 보며 층계 앞쪽에 선 채로 말했다.

"너를 한번 봐봐. 오늘은 토요일이고, 난 하루 종일 너랑 있었는데 넌 다른 사람을 위한 일만 하며 하루를 다 보냈잖아. 아니면 다른 사람들에게 관심을 기울이거나 그들을 따라다니고, 그러지 않으면 다른 사람 사진이나 찍어 대고……."

그애가 날 올려다보았다. 상처는 눈에서 사라졌지만 곤혹스런 표정은 여전했다. 그애가 눈을 깜박이며 말했다.

"그래서?"

"그래서… 나도 내가 무슨 말을 하고 있는 건지 모르겠다."

"내가 다른 사람들에게 병적으로 집착한다고 말하고 있는 거 같은데. 아니야?"

아마도 각도 때문이었겠지만 나를 올려다보고 있는 사슴 눈 같은 그애의 눈이 그 어느 때보다도 커 보였다. 그 눈 속으로 빠져들지 않도록 균형을 잡기 위해 무진 애를 써야만 했다.

"넌 달라. 그것만은 확실하지."

내가 말했다.

그애가 눈을 깜박거리며 경박한 미소를 머금은 채 말했다.

"달라서 좋지 않다는 거야?"

"물론 좋아하지."

내 대답이 너무 빨랐던 것 같다.

갑자기 뭔가를 발견한 것 같은 표정과 함께 그애 얼굴이 밝아졌다. 그애가 발을 쭉 뻗어서는 내 운동화를 톡톡 치며 말했다.

"네 문제가 뭔지 알겠어."

"정말? 뭔데?"

"넌 질투를 하고 있는 거야. 내가 모든 관심을 다른 사람들에게만 쏟고 너한테 충분히 안 쏟으니까 화가 난 거지."

"맞아."

콧방귀를 뀌며 내가 말했다.

"피터 신코위즈를 질투한다, 내가."

그애가 일어섰다.

"넌 그저 나의 전부가 너 자신에게 향하길 바라는 거야, 안 그래?"

그애가 내게 바짝 다가섰다. 우리의 코끝이 맞닿았다.

"안 그래요, 리오 씨?"

그애가 팔을 내 목에 둘렀다.

우리는 남들이 다 보는 그애 집 앞 인도 위에 서 있었다.

"뭐 하는 거야?"

내가 말했다.

"너에게 관심을 기울이고 있는 거야."

그애가 달콤하게 속삭였다.

"관심을 바랐던 거 아니었어?"

균형을 잡으려던 내 노력이 허사가 될 것 같았다.

'모르겠어'라고 나 자신이 말하는 소리가 들렸다.

"넌 정말 바보야."

그애가 내 귀에 대고 속삭였다.

"바보라고?"

"그래. 내 손수레에 조약돌 열여덟 개가 왜 들어 있다고 생각해?"

그러고는 우리 입술 사이에 남아 있던 마지막 공간이 사라졌고 나는 저녁 식사 후 바로 거기 팔로 베르데 길 위에서 그애의 눈 속으로 빠져들고 말았다. 그리고 난 당신에게 말할 수 있다. 내게 입맞춤한 사람은 결코 성인군자가 아니었다는 것을.

23

그 시간들, 학교 아닌 다른 곳에서 우리 둘이서만 있던 그 시간들이 최고였다. 우린 동네 여기저기를 걸어 다니거나 사막으로 가서 그애의 마법에 걸린 장소에 머물곤 했다. 또 공원 벤치에 앉아 사람들을 구경했다. 난 그애에게 딸기 바나나 스무디를 먹어 보게 했다. 픽업트럭을 빌려 타고 레드락이나 글렌데일에 가기도 했다. 주말에는 아치네 집에 갔다. 그 집 뒤 베란다에서 파이프 담배 연기 속에 파묻힌 채 수많은 것들에 대해 웃고 떠들다가 피자를 먹었다. 그애는 연습 삼아 사와로 선생님 앞에서 웅변대회 연설을 했다. 우린 따돌리기에 대해선 전혀 얘기하지 않았다. 난 주말이 좋았다.

하지만 일요일 뒤에는 항상 월요일이 돌아오기 마련이었다.

그리고 그 따돌리기 — 이제 그것은 명백했다 — 가 내게도 찾아왔다. 그애에 비하면 내겐 좀 덜했지만 따돌리기는 있었다. 내 눈길을 피하는 그들의 눈에서, 행여라도 맞닿을까 돌려 버리는 어깨에서, 전보다 덜 왁자지껄한 내 주위에서 그것을 볼 수 있었다. 난 그것과 싸웠다. 그것의 한계를 시험해 보았다. 학교 운동장에서, 수업 사이사이 복도에서, 그리고 식당에서 난 다른 사람들을 큰 소리로 부르곤 했는데 순전히 그들이 반응을 하나 안 하나 보기 위해서였다. 누군가가 돌아보고 고개를 끄덕이면 기분이 좋았다. 누군가가 내게 말을 하면 특히나 내가 먼저 말한 것도 아닌데 말을 걸어오면 눈물이 다 날 지경이었다. 나 자신의 존재를 확인하기 위해서 내가 남들의 관심을 얼마나 많이 필요로 하는지 예전엔 결코 알지 못했다.

난 이 따돌리기가 스타걸에게보다는 내게 더 괴로운 일이라고 생각했다. 그애는 스스로 너무 바빠서 자기가 무시당하고 있다는 사실조차 알아차리지 못할 거라 여겼다. 그리고 실제로 그애는 생일을 맞은 사람에게 우쿨렐레 세레나데를 계속했고, 자신의 책상을 장식했으며, 여러 가지 친절들을 나눠 주고 있었다. 그리고 설사 눈치챈다 해도 그애는 상관하지 않을 거라 믿었다.

난 왜 이런 일이 내게 일어나고 있는 건지 알았다. 아이들 눈에는 그애가 내 정체성의 일부였다. 난 '그애 남자친구'였다. 난 미스터 스타걸이었다.

아이들은 여러 얘기들을 했다. 나한테 대고 직접적으로 하진 않았지만, 내가 옆에 있어도 마치 없는 것처럼 굴면서 나 들으라는 듯 얘기했다. 그들은 그앨 보고 스포트라이트 받는 것에 목을 매는 자기중심적인 아이라고 말했다. 또 그애는 자기가 성인군자쯤 되는 걸로 생각하고 — 이 대목에선 내가 찔끔했다 — 우리들 모두보다 자기가 더 훌륭하다고 여긴다는 것이었다. 남들이 다 자기만큼 친절하고 훌륭하지 못한 것에 죄의식을 느끼길 그애가 바라는 거라고도 했다. 그애는 가식덩어리라는 거였다.

무엇보다도 아이들은 마이카 일렉트론즈가 애리조나주 농구 챔피언이 되지 못한 것이 스타걸 때문이라고 했다. 케빈이 했던 말이 맞았다. 스타걸이 다른 학교 팀들을 응원하기 시작했을 때 그앤 우리 학교 팀에 뭔가 해로운 짓을 한 거였다. 우리 편 사람들 중 하나가 상대편의 기를 살려 주고 있는 것을 보는 것은 오랜 연습으로도 극복할 수 없는 우리 팀의 사기 저하를 가져왔던 것이다. 그리고 마지막 결정타는 — 모두가 같은 생각인 것 같았는데 — 스타걸이 선밸리 농구 팀 스타였던 코백을 간호하기 위해 코트를 가로질러 뛰어갔던 선밸리 고등학교와의 게임이었다.

이 모든 얘기들은 우리 팀 스타 아슬리에 의해 확인되었는데, 그는 마이카 치어리더 한 명이 적을 간호하는 것을 보는 순간 낙심해 맥이 빠지고 말았다고 했다. 자기들이 그다음 게임에서 글렌데일에게 그렇게 비참하게 진 이유가 바로 그애 때문이라는 것이었다. 팀원들은 그 일로 인해 그애를 증오하며 절대로 용서하지 않을 거라고 했다.

스타걸과는 달리 나는 현관 밑에 우글대는 뱀처럼 들끓고 있는 아이들의 지속적인 분노를 인식하고 있었다. 사실 인식했을 뿐만 아니라 때로는 그 아이들 관점이 이해되기도 했다. 심지어 내 안에 움츠려 있던 어떤 사소한 느낌들이 그들의 생각과 일치하는 순간도 있었다. 그러나 곧이어 그애의 미소를 보고, 그애의 눈 속으로 풍덩 빠져들고 나면 그런 안 좋은 순간은 순식간에 사라지곤 했다.

난 보았다. 난 들었다. 난 이해했다. 난 괴로웠다. 그런데 도대체 누굴 위해서 내가 괴로웠던 걸까? 난 계속 사와로 선생님의 질문을 생각했다. 너는 누구의 애정을 더 소중하게 생각하는가, 그애의 애정인가, 아니면 다른 아이들의 애정인가?

난 화가 났다. 선택해야만 한다는 게 싫었다. 선택하기를 거부했다. 그애가 없는 나의 삶과 다른 친구들이 없는 나의 삶을 상상해 보았지만 둘 다 싫었다. 항상 이런 식은 아닐 거라 짐짓 믿었다. 밤에 내 침대에 드리워진 황홀한 달빛 속에 누워 그애는 좀 더 다른 아이들처럼 되고, 다른 아이들은 좀 더 그애처럼 되어서 마침내는 내가 둘 다를 가질 수 있게 되는 상상도 해 봤다.

그런데 그애가 이런 허황된 상상마저도 불가능하게 만드는 어떤 일을 벌이고 말았다.

24

"길달리기새"

아무도 나에게 그 단어를 직접적으로 말하진 않았지만, 어느 날 학교에 가니 줄곧 들리는 소리가 그 단어였다. 길거리에서 그애와 입맞춤을 한 지 며칠이 지난 때였다. 그 단어는 입에 올려진다기보다는 아이들이 걸어가는 뒤로 흘려지는 것 같았고, 따라서 난 그 단어 속으로 계속 걸어 들어가는 느낌이었다.

"길달리기새"

길달리기새 게시판에 내가 읽어야 할 뭔가가 붙어 있다는 말인가?

셋째 시간이 자습이었으므로 그때 봐야지 했다. 둘째 시간은 스페인어 시간이었다. 내 자리로 가면서 운동장을 향하고 있는 창문 밖을 내다보았다. 게시판에 뭔가가 씌어 있는 게 사실이었고 그걸 읽으러 나갈 필요도 없게 되었다. 교실에서도 읽을 수가 있었던 것이다. 낮게 날아가는 비행기에서도 보일 지경이었다. 하얀 종이 — 아니, 그건 침대 시트였다 — 가 새 모양인 게시판 전체를 덮고 있었다. 그리고 그 위에 굵은 붓놀림으로 그려져 있는 것은 다음과 같은 말이 담긴 빨간색 밸런타인 하트였다.

스타걸은
리오를
사랑한다

순간적으로 난 스페인어 선생님을 창가로 잡아끌며 '보세요! 그애가 절 사랑한대요!'라고 말하고 싶은 충동에 사로잡혔다. 하지만 밖으로 뛰어나가 그 하트 그림을 떼어 버리고 싶은 또 다른 충동이 이내 나를 사로잡았다.

이제까지 내가 스타걸의 과도한 공개적 행동의 표적이 된 적은 한 번도 없었다. 갑자기 힐러리 킴블에게 야릇한 동료애를 느꼈다. 힐러리가 왜 자기에게 생일 축하 노래를 부르지 말라고 스타걸에게 명령조로 말했는지 알 것 같았다. 텅 빈 무대 위에서 나 혼자 스포트라이트를 받고 있는 기분이었다.

수업이고 뭐고 전혀 집중을 할 수가 없었다. 혼란 그 자체였다.

그날 점심시간에 그애 보기가 두려웠다. 한 가지 다행스러웠던 것은 아직까지도 내가 그애와 매일 같이 앉을 용기는 내지 못했다는 사실이었다. 난 끊임없이 화젯거리를 찾아내 케빈과 얘기했다. 그애의 존재를, 그애의 눈길을 내 왼편 세 테이블 건너로부터 느낄 수 있었다. 여태 그애를 저버리지 않은 유일한 친구 도리 딜슨과 거기에 앉아 있다는 것을 나는 알고 있었다. 내 목덜미를 잡아끄는 그애의 시선을 어렴풋이 느낄 수 있었다. 마음과 달리 나의 고개가 저절로 돌아갔고 거기 그애가 있었다. 얼굴에 미소를 한가득 머금고 크게 손을 흔들며 그리고 — 으악! — 내게 키스를 날렸다. 난 고개를 홱 돌리고 케빈을 잡아끌며 식당을 나왔다.

내가 간신히 용기를 내어 운동장을 다시 봤을 땐 누군가가 그 하트 그림을 뜯어내 버린 후였다. 침대 시트의 네 귀퉁이로부터 찢어진 하얀 천 조각들만 게시판의 모서리에 압핀으로 박혀 있었다.

수업 사이사이 교실을 옮길 때도 딴 길로 감으로써 어떻게든 그애를 피해 보려 했다. 하지만 그애는 방과 후에 나를 찾아냈고 내가 슬금슬금 도망치려 하자 큰 소리로 내 이름을 부르며 따라왔다.

그애가 내게 뛰어오더니 숨 가빠하면서도 안달이 난 목소리로 말했다.

"너 그거 봤지?"

그애의 눈은 햇빛 속에서 반짝이고 있었다.

난 고개를 끄덕이곤 계속 걸었다.

"그래서?"

그애가 내 옆에서 깡충거리며 내 어깨를 툭툭 쳤다.

“어떻게 생각해?”

내가 뭐라고 말할 수 있었겠는가? 그애의 기분을 상하게 하고 싶진 않았다. 난 그저 어깨를 으쓱해 보였다.

“우와 인상적이던걸, 응?”

그애가 나인 척 흉내를 내고 있었다. 그애가 가방 속으로 손을 넣어 주머니쥐를 끄집어내고는 말했다.

“리오가 부끄러운가 봐, 시나몬. 어쩜 너한테는 그걸 본 순간 얼마나 짜릿했는지 말해 줄지도 모르지.”

그애가 시나몬을 내 어깨 위에 올려놓았다.

난 비명을 내지르며 시나몬을 어깨에서 털어 냈고 쥐는 공중을 날아 바닥으로 떨어졌다.

쥐를 주워 올려서 쓰다듬어 주는 내내 그애는 너무 놀라 말을 잊은 채 나를 쳐다보기만 했다. 난 그애를 마주 볼 수가 없었다. 몸을 돌려 혼자 걷기 시작했다.

그애가 뒤에서 소리쳤다.

“내가 연설 연습하는 거 들어주지 않을 거야?”

난 대답하지 않았다. 돌아보지도 않았다.

다음 날 나는 하트 그림의 엄청난 효력과 대면했다. 난 이제껏 스타걸 따돌리기의 간접적 여파로도 충분한 고통을 당했다고 생각했는데 이제 그 엄청난 급류가 정확히 내게로 향하자 여파로 인한 고통쯤은 아무것도 아니었다는 걸 알 수 있었다.

물론 고맙게도 케빈은 내게 말을 걸었다. 그리고 몇몇 다른 친구들도. 하지만 나머지 아이들은 침묵으로 일관했는데 내가 이미 '안녕'이란 말이 단비처럼 드문 사막 속에 살고 있던 상황에서 두 번째의 사막이 밀어닥친 격이었다.

수업 시작종이 울리기 전 학교 운동장에 들어섰을 때 내가 볼 수 있었던 건 아이들의 뒤통수뿐이었다. 아이들은 다른 아이들 이름을 부르면서 어깨로 밀치며 내 옆을 지나갔다. 문은 내 면전에서 닫혔다. 웃음소리가 나고 재미있는 일이 벌어져도 물수제비 뜨는 납작한 돌처럼 나를 건너뛰었다.

어느 날 아침, 선생님 심부름을 가는 길에 운동장을 가로질러 걸어오고 있는 렌쇼라는 애를 만났다. 난 그를 잘 알지 못했지만 그 순간 운동장엔 그와 나 둘뿐이었고, 말하자면 난 난로가 뜨거운 줄 알면서도 꼭 그걸 만져 봐야만 했다.

"렌쇼!"

내가 불렀다. 내 목소리만 들릴 뿐이었다.

"렌쇼!"

그는 결코 돌아다보지도 머뭇거리지도 걷는 속도를 늦추지도 않았다. 나로부터 계속 멀어져 갔고 문을 열더니 사라졌다.

그래서 뭐? 스스로에게 계속 물었다. 무슨 상관이야? 서로 말 한 번 나눈 적 없는 사이잖아. 렌쇼가 너한테 뭔데 그래?

하지만 난 상관했다. 상관할 수밖에 없었다. 그 순간 내가 이 세상 무엇보다도 가장 원했던 것은 렌쇼가 고개라도 한 번 끄덕여 주는 것이었다. 난 이제라도 문이 홱 열리고 그가 나타나 '미안해, 벌록. 못 들었어. 뭐라 그랬니?'라고 말해 주길 간절히 원했다.

그러나 문은 닫힌 채 그대로였고, 난 내가 사람들 눈에 보이지 않는 것이 어떤 느낌인지 알 수 있었다.

"내가 안 보이나 봐."

점심시간에 내가 케빈에게 말했다.

"아무도 내 말을 듣지 않아. 아무도 날 보지 않지. 난 빌어먹을 놈의 투명 인간이야."

케빈은 그저 자기 식판만 바라보며 머리를 절레절레 흔들었다.

"얼마나 오래 갈까?"

내가 물었다.

그가 어깨만 으쓱해 보였다.

"내가 도대체 뭘 어쨌다고 이래?"

생각보다 목소리가 커졌다.

케빈이 음식을 우물거리며 날 쳐다보았다.

마침내 그가 말했다.

"네가 한 일은 네가 알잖아."

미친 사람 쳐다보듯 케빈을 쳐다보았다.

난 괜히 애꿎은 케빈만 못살게 굴었다. 하지만 물론 그가 완벽하게 옳았다. 내가 무슨 일을 저질렀는지 나는 정확히 알고 있었다. 난 나 자신을 평판이 좋지 않은 한 사람과 연결시켰던 것이었다. 그게 내가 지은 죄였다.

25

며칠이 흘렀다. 난 계속 스타걸을 피했다. 난 그애를 원했다. 난 그들을 원했다. 양쪽을 다 가질 수는 없을 것 같았으므로 난 아무것도 하지 않았다. 난 달아나 숨었다.

그러나 그애는 날 포기하지 않았다. 날 찾아다녔다. 어느 날 방과 후에 그애가 TV 스튜디오에 있는 날 찾아냈다. 내 목덜미를 미끄러져 내려가던 손가락들이 내 옷깃을 잡더니 나를 뒤로 끌어당겼다. 방송반원들이 쳐다보고 있었다. 그애의 목소리가 들렸다.

"미스터 벌록, 우리 얘기 좀 해."

그애의 목소리로 보아 그애가 웃고 있지 않다는 걸 알 수 있었다. 그애가 잡았던 옷깃을 놓아주었고 난 그애를 따라 방 밖으로 나갔다.

운동장 팔메토 야자나무 밑 벤치에 다정스레 앉아 있던 남녀 학생 한 쌍이 우리가 오는 것을 보곤 도망치듯 가 버리는 바람에 거기에 우리가 앉게 되었다.

그애가 말했다.

"그래서, 우린 이미 끝난 거야?"

"그러고 싶은 건 아냐."

내가 말했다.

"그럼 왜 숨어 다니는데?"

억지로라도 그애를 대면하고 말을 할 수밖에 없게 되자 상황 대처 능력이 생기는 게 느껴졌다.

"뭔가 변화가 있어야 해. 그게 내가 아는 전부야."

"옷을 바꿔 입는 것처럼 말야? 아니면 타이어를 갈듯이? 내 자전거 타이어를 갈까? 그러면 되겠어?"

"하나도 안 웃기거든. 무슨 말인지 알면서 그래."

내가 화가 났다는 걸 그애도 알았다. 그애의 얼굴이 심각해졌다.

"사람들이 내게 말을 하지 않아."

내가 말했다. 난 그애를 빤히 쳐다보았다. 내 말이 그애에게 충분히 이해되길 바라면서.

"우리 집이 여기로 이사 온 이후 쭉 알고 지내던 아이들 말야. 그 아이들이 나랑 말을 하지 않아. 날 아예 보지도 않는 거야."

그애가 손을 뻗어 자신의 손끝으로 내 손등을 가볍게 쓰다듬었다. 그애의 눈이 슬퍼 보였다.

"사람들이 널 보지 않는다니 유감이야. 남에게 보이지 않는다는 거 재미없는 일이지, 안 그래?"

난 내 손을 잡아 뺐다.

"그래, 그게 어떤 건지 네 입으로 말하니까 묻는 건데, 아무도 너에게 말을 하지 않는 게 넌 괜찮니?"

그애에게 따돌리기에 대해서 대놓고 말을 하는 건 이번이 처음이었다.

그애가 웃으며 말했다.

"도리는 내게 말해. 너도 내게 말하고. 아치도 내게 말하지. 내 가족도 내게 말하고. 시나몬도 내게 말하고. 사와로 선생님도 내게 말하지. 나도 내게 말을 하지."

그애가 고개를 비스듬히 하고 나를 쳐다보며 응답의 미소를 기다리고 있었다. 난 웃지 않았다.

"너야말로 이제 나한테 말 안 할 거야?"

"그게 문제가 아니잖아."

"그럼 뭐가 문젠데?"

"문제는……."

난 그애의 표정을 읽어 보려 했으나 역부족이었다.

"넌 대체 왜 그렇게 튀냐는 거지."

"이제 난 탱탱볼이다!"

난 그앨 외면하며 말했다.

"봐. 너하곤 대화가 안 돼. 그저 농담으로만 받아넘기니까."

그애가 내 얼굴을 자신의 두 손으로 감싸 쥐고 자기를 향하게 했다. 아이들이 창문에서 우리를 보고 있지 않기를 바랐다.

"알았어. 이제 진지해질게. 자, 계속해 봐. 그 문제라는 거 다시 한번 말해 볼래? 아니면 다른 거 아무거나 말해 봐."

난 머리를 가로저었다.

"넌 관심이 없는 거야, 그렇지?"

내 말에 그애는 무척 당황했다.

"관심이 없다고? 리오, 어떻게 그렇게 말할 수가 있어? 여러 곳을 나랑 같이 다녀놓고선. 우린 카드도 배달하고 꽃도 배달하고 그랬잖아. 근데 어떻게……?"

"그런 말이 아니야. 내 말은 사람들이 어떻게 생각하는지를 네가 상관하지 않는다는 거야."

"난 네가 어떻게 생각하는지 상관해. 그리고 또……."

"나도 알아. 넌 시나몬과 사와로 선생님이 어떻게 생각하는지 상관하지. 근데 난 학교와 동네에 대해 얘기하고 있는 거야. 난 다른 모든 사람들에 대해 얘기하고 있는 거라고."

그애가 비웃는 어조로 반문했다.

"모든 사람들이라고?"

"그래. 넌 모든 사람들이 어떻게 생각하는지는 관심이 없는 것 같더라. 모두들 어떻게 생각하는지를 알지 못하는 것 같아, 넌……."

그애가 끼어들었다.

"넌 알아?"
난 잠시 생각했다. 그리고 세차게 고개를 끄덕이며 말했다.
"그럼, 알고말고. 난 알고 있다고 생각해. 난 모두와 통하거든. 난 그들 중 하나야. 어떻게 모를 수가 있겠어?"
"그게 중요한 거야?"
"물론 중요하지. 여기를 좀 봐."
난 우리 학교 전체를 손으로 가리키며 말했다.
"여기서 무슨 일이 일어나고 있는지 좀 보라고. 아무도 우리에게 말을 하지 않아. 다른 사람들이 어떻게 생각하든 전혀 신경 안 쓰고 살 수는 없어. 네가 다른 학교를 응원하고도 네가 속해 있는 학교가 널 좋아해 주길 바랄 순 없는 거라고."
몇 주 동안 생각하고 있었던 말들이 마구 쏟아져 나왔다.
"코백, 그래 그 코백 얘기 좀 제발 해 봐라. 도대체 왜 그런 거야?"
어리둥절한 표정을 지으며 그애가 말했다.
"코백이라니 누구 말야?"
"코백 몰라? 선밸리 고등학교 학생. 농구 스타 말야. 그 발목 부러진 애."
그앤 여전히 영문을 몰라 하는 표정이었다.
"걔가 뭐?"
"걔가 뭐? 너 말야, 너. 코트 바닥에서 그애 머릴 네 무릎에 올려놓고 뭘 하고 있었던 거야?"

"걔가 고통스러워했거든."

"걔는 적이었어, 스타걸! 수잔. 이름이 뭐든 간에, 걔는 적이었다고!"

그애가 멍하니 날 쳐다보았다. 그애는 '수잔'이란 호칭을 못 들은 척했다.

"거기엔 선밸리 사람들이 천 명은 있었어. 걔를 돌봐 줄 자기네 학교 사람들이 있었다고. 그 학교 팀 코치며 걔네 팀 동료들, 아니 그 학교 치어리더들은 무릎이 없다니? 그리고 너에겐 네가 걱정해야 할 우리 팀이 있었잖아."

난 악을 써 대고 있었다. 난 벌떡 일어나 저만치까지 갔다가 다시 돌아와 그애에게 상체를 굽히고 물었다.

"왜? 도대체 왜, 넌 걔가 그냥 자기네 학교 사람들에게 보살핌을 받도록 내버려 두지 않은 거야?"

그앤 오래도록 나를 쳐다보았다. 마치 내 얼굴에서 자신에 대한 설명을 찾을 수 있다는 듯이.

"나도 모르겠어."

마침내 그애가 기어들어 가는 목소리로 말했다.

"아무 생각 없이 그냥 그랬어."

난 몸을 일으켜 세웠다. 자, 이제 만족스럽니. 네가 한 행동 때문에 아이들이 널 미워하니 말야, 라고 말하고 싶었지만 용기가 없었다.

이제 난 그애가 안됐다는 생각이 들었다. 그애 옆에 다시 앉아서 그애 손을 잡았다. 난 미소를 지어 보였다. 그리고 가능한 한 부드럽게 말했다.

"스타걸, 넌 네 방식대로만 행동할 수 없어. 네가 이제껏 홈스쿨링 하면서 집에만 박혀 있었기 때문에 이해하기 힘들겠지만, 나만 좋으면 나머지 세상 사람들이 어떻게 생각하든 상관 안 한다는 식으로 살 수는 없단 말이지."

그애는 눈을 크게 뜨며 울음 섞인 아기 같은 목소리로 말했다.

"그러면 안 되는 거야?"

"은둔자가 되고 싶은 게 아니라면 그래선 안 되지."

그애가 자기 치맛단을 내 운동화에 대고 툭툭 치면서 더럽히고 있었다.

"근데 어떻게 하면 너처럼 세상에 대해 잘 파악할 수 있는 거지? 난 때때로 나 자신도 잘 파악이 안 되는데."

"그런 건 파악하고 말고 할 필요도 없는 거야. 세상과 연결되어 있으면 그냥 알게 돼."

땅바닥에 있던 그애의 가방이 약간 옆으로 움직였다. 시나몬이 움직이고 있었다. 스타걸의 얼굴에 여러 가지 표정이 교차되더니 결국에는 입을 삐죽거리며 갑자기 흐느끼는 목소리를 토해 냈다.

"난 연결되어 있지 않은 거구나!"

그애가 내게로 몸을 기대 왔고 우리는 학교 운동장 벤치에서 포옹을 한 뒤 함께 집으로 걸어갔다.

우리는 이 대화를 며칠 동안 계속했다. 난 그애에게 사람들의 일반적인 사고방식에 대해 설명했다. 넌 모두를 응원할 수 없어. 왜 안 돼? 사람은 한 집단에 속하는 거야. 모두에게 속한다는 건 불가능해. 그게 왜 불가능해? 더구나 전혀 모르는 사람의 장례식에 불쑥 끼어들다니 말도 안 돼. 왜 안 된다는 거지? 그냥 그럴 순 없는 거야. 왜? 왜냐하면 다른 사람의 사생활을 존중해야 하니까. 환영받지 못할 그런 일이 있는 거야. 자기에게 누가 우쿨렐레 연주와 함께 '생일 축하 노래'를 불러 준다고 해서 다 좋아하는 건 아니거든. 좋아하지 않는다고?

이 집단이라는 것은 매우 강해. 그건 아마도 본능에 속하는 걸 거야. 어디서든 볼 수 있거든. 가족 같은 작은 집단에서부터 동네나 학교 같은 큰 것도 있고, 한 국가처럼 정말로 큰 집단도 있지. 그러면 행성같이 정말로, 정말로 큰 것들도 있어? 뭐가 됐든 중요한 건 집단 안에선 모두가 아주 비슷하게 행동한다는 거야. 그것이 바로 집단이 흩어지지 않고 존재하는 방식인 거고. 모두가? 글쎄, 거의 대부분은 그래. 감옥과 정신 병원은 그래서 있는 거지, 집단의 유지를 위해서. 그럼 내가 감옥에 갇혀 있어야 한다는 거야? 난 네가 좀 더 우리와 같아지려 노력해야 한다는 거야.

왜? 그애가 말했다.

왜냐하면. 내가 말했다.

말해 줘. 그애가 말했다.

말하기 어렵다. 내가 말했다.

말해. 그애가 말했다.

왜냐하면 아무도 널 좋아하지 않으니까. 내가 말했다. 그게 이유야. 아무도 널 좋아하지 않아.

아무도? 그애가 말했다.

그애의 눈이 하늘처럼 나를 덮었다. 아무도?

모른 척 시치미를 떼 보려 했지만 잘 되지 않았다. 야, 날 보지 마. 우린 그들에 대해 얘기하고 있는 거야. 다른 아이들. 나 하나만 감당해서 될 일이라면 난 하나도 바꾸지 않을 거야. 너 있는 그대로도 난 괜찮아. 하지만 우리 둘만 사는 세상은 아니잖아? 싫든 좋든 우린 그들의 세상 속에서 살고 있는 거야.

난 그들을 물고 늘어졌다. 나 자신에 대해선 언급하지 않았다. 나를 위해 그러라고는 하지 않았다. 네가 바뀌지 않으면 나와는 끝일 수도 있다는, 결코 그런 말은 하지 않았다.

이틀 후 스타걸은 사라졌다.

26

보통은 수업 시작 전에 학교 운동장에서 그애를 보곤 했지만 그날은 보지 못했다. 점심시간 전에도 보통 때 같으면 수업 사이사이에 적어도 한두 번은 그애를 지나쳤지만 그날은 아니었다. 점심시간에 그애가 늘 앉는 테이블을 쳐다보았을 때도 거기엔 여느 때와 같이 도리 딜슨은 있었지만, 누군가 다른 사람이 함께 앉아 있었다. 스타걸은 보이지 않았다.

식당을 나오는데 내 뒤에서 웃음소리가 들렸다. 그리고 들려오는 목소리, 스타걸의 목소리였다.

"여기서 누군가의 주의를 끌려면 어떻게 해야 하는 거지?"

돌아다보았지만 그애가 아니었다. 내 앞에 웃으며 서 있는 여자아이는 청바지에 샌들을 신었고, 손톱과 입술은 붉었으며 짙은 눈 화장에 손가락은 물론 발가락에도 반지를 꼈고, 귀에는 내 주먹 하나가 들락거릴 만한 크기의 링 귀걸이가 달랑거렸는데, 머리는…….

학생들이 떼 지어 몰려 나가는 가운데 난 멍청히 바라보며 서 있었다. 그애가 광대 같은 미소를 지어 보였다. 어렴풋이 낯익어 보이기 시작했다.

"스타걸?"

머뭇머뭇 내가 속삭거리며 말했다.

그애가 초콜릿빛 속눈썹을 깜박였다.

"스타걸이라니? 무슨 그런 이름이 다 있어? 내 이름은 수잔이야."

그리고 바로 그렇게 스타걸은 수잔으로 대체되어 사라지고 없었다. 수잔 줄리아 캐러웨이. 내내 그렇게 살아올 수도 있었던 소녀.

난 그애로부터 눈을 뗄 수가 없었다. 그앤 자기 책들을 팔로 안고 있었다. 해바라기 캔버스 천 가방은 사라지고 보이지 않았다. 주머니쥐도 없었다. 우쿨렐레도 사라졌다. 놀라서 입이 딱 벌어진 채 말문이 막혀 훑어보고 있는 나를 위해 그애는 천천히 한 바퀴를 돌았다. 엉뚱한 구석이나 색다른 점은 보이지 않았다. 그애는 훌륭하고 멋지고 근사하게 평범했다. 그애는 마이카 고등학교에 다니는 수백 명의 다른 여자아이들과 아주 똑같아 보였다.

스타걸은 그 아이들의 바닷속으로 자취를 감춰 버렸고 난 전율했다. 그애는 껌 한 개를 입 속으로 밀어 넣더니 짝짝거리며 요란하게 씹어 댔다. 그애가 내게 윙크했다. 손을 내밀어 우리 할머니가 하듯이 내 볼을 잡아당기며 말했다.

"무슨 일이신가, 귀여운 양반?"

난 식당 밖으로 떼 지어 몰려 나가는 아이들 속에서 그애를 붙잡았다. 다른 아이들이 보든 말든 상관하지 않았다. 사실 그들이 보고 있기를 바랐다. 난 그애를 잡고 꼭 껴안았다. 내 인생에 그렇게 기쁘고 그렇게 의기양양한 적은 없었다.

한동안 모든 것이 순조로웠다. 우린 복도에서도 층계에서도 운동장에서도 손을 잡고 다녔다. 식당에서 난 그애를 우리 테이블로 끌고 왔다. 도리 딜슨도 데려올 생각이었지만 그앤 사라지고 없었다. 케빈과 수잔이 샌드위치를 먹으며 쓸데없는 얘기를 나누고 있는 동안 나는 미소 띤 얼굴로 앉아 있었다. 그들은 그애가 출연했던 그 끔찍했던 핫 시트에 대해 우스갯소리를 나누었다. 수잔이 조만간 나도 핫 시트에 출연해야 하는 거 아니냐고 하자 케빈은 내가 너무 수줍어서 안 된다고 하였고, 내가 이젠 더는 수줍어하지 않는다고 말해서 우리 모두 웃었다.

그리고 그건 사실이었다. 난 그냥 걸어 다니질 않고 으쓱대며 다녔다. 난 수잔 캐러웨이의 남자친구였다. 나야 나, 정말? 그 수잔 캐러웨이? 앙증맞은 머리핀을 꽂고 발 가락지 한 애? 맞아, 바로 그애가 내 여자친구야. 나를 미스터 수잔이라 불러 줘.

난 '나'라는 말 대신에 '우리'라는 말을 쓰기 시작했다. '우리랑 거기서 만나자' 또는 '우린 파히타를 좋아해'라고 말하는 식이었다.

기회만 있으면 난 그애의 이름을 큰 소리로 실없이 부르며 즐거워했다. 혼자 있을 때도 그 이름을 되뇌었다.

수잔…, 수잔…….

우린 함께 숙제를 했다. 우린 케빈과 어울려 다녔다. 알지도 못하는 사람들을 따라다니는 대신 우리는 영화를 보러 갔고, 6달러짜리 특대형 팝콘 통 속으로 함께 손을 쑤셔 넣었다. 아프리카 바이올렛을 사러 다니는 대신 우린 시나몬 롤을 사 먹으며 서로의 손가락에 묻은 하얀 설탕 가루를 핥아먹었다.

피사 피자집에도 들어갔다. 문 안쪽에 있는 게시판은 지나쳤다. 우린 반은 페퍼로니 토핑이고 반은 안초비 토핑인 피자를 나눠 먹었다.

"안초비는 역해."

내가 말했다.

"안초비가 뭐 어때서?"

"넌 어떻게 그런 걸 먹냐? 아무도 안초비는 안 먹어."

난 장난으로 말한 건데 그애 얼굴은 심각했다.

"아무도 안 먹는다고?"

"내가 아는 사람 중엔 없어."

그애는 자기 피자 조각에서 안초비를 골라내더니 자기 물컵에 넣어 버렸다.

"야—" 하며 내가 못 하게 하려 하자 그애가 내 손을 밀쳐 내며 말했다.

“난 남과 다르고 싶지 않아.”

가게에서 나오는 길에도 우린 게시판을 못 본 척했다.

그애는 쇼핑에 미쳐 있었다. 이제 막 옷이라는 걸 발견한 사람 같았다. 그앤 셔츠와 바지와 반바지와 싸구려 장신구와 화장품을 사들였다. 사는 옷마다 한 가지 공통점이 눈에 띄었다. 모두 디자이너의 이름이 잘 보이게 찍혀 있다는 것이었다. 그애는 색상이나 스타일이 아니라 디자이너 상표의 크기를 보고 옷을 사는 것 같았다.

그애는 내게 다른 아이들이라면 어떻게 하고 뭘 사고 뭐라고 말하고 어떻게 생각할지를 끊임없이 물어 왔다. 에블린 에브리바디라는 가공의 인물을 만들어 내고는 ‘에블린이 이걸 좋아할까?’, ‘에블린이라면 그렇게 할까?’ 하는 것이었다.

이따금 그애는 썰렁하게 굴었는데 웃음만 해도 그랬다. 며칠 동안 그애는 웃음보가 터져 있었다. 그냥 웃는 게 아니라 폭발을 했다. 식당에 있던 아이들이 모두 쳐다볼 지경이었다. 내가 한 마디 해 주려고 마음을 가다듬고 있는데 그애가 케빈과 나를 보면서 말했다.

“에블린도 이만큼 많이 웃을까?”

케빈은 자기 샌드위치만 쳐다봤고 난 얌전히 고개만 가로저었다. 웃음은 그쳤고 그 순간부터 그애는 샐쭉하게 토라진 십 대 소녀 흉내를 완벽하게 냈다.

모든 면에서 그앤 전형적이고 평범하고 어디서나 볼 수 있는 보통의 여고생으로 보였다.

그러나 그건 먹혀들지 않았다.

처음에 난 따돌리기가 계속되고 있다는 걸 알아채지도 못했고 관심도 별로 없었다. 내 눈엔 이제 그애가 우리 가운데 하나로 보였고, 난 그게 너무 기뻐서 정신이 없었다. 나의 유일한 안타까움은 지나간 농구 시즌을 되돌릴 수 없다는 것이었다. 난 그애가 자신의 그 놀라운 열의와 에너지를 온전히 일렉트론즈에게만 쏟는 장면을 마음속에 그려 보았다. 그애의 응원만으로도 우린 틀림없이 이길 수 있었을 텐데.

먼저 얘길 꺼낸 건 그애였다.

"아이들이 여전히 날 좋아하지 않아."

우린 방과 후 TV 스튜디오 밖에 서 있었다. 여느 때처럼 아이들은 우리가 거기 없는 듯이 지나갔다. 그애의 입술이 떨렸다.

"내가 뭘 잘못하고 있는 거지?"

눈물이 고인 그애의 눈은 더욱 커 보였다.

난 그애의 손을 꼭 잡아 주며 여유를 갖고 기다리라고 말했다. 토요일에 피닉스에서 주 챔피언 결정전이 열리는 사실을 상기시키면서 이제 농구 시즌이 끝나게 되면 그애의 응원 사건도 잊히게 될 거라고 했다.

그애 얼굴이 번진 마스카라로 엉망이었다. 그애가 슬퍼하는 걸 본 적은 전에도 여러 번 있었지만 그땐 항상 다른 누군가를 위해서였다. 이번엔 달랐다. 자기 자신에 대한 슬픔이었고 난 아무런 도움도 될 수 없었다. 치어리더를 기분 좋게 해 줄 방도가 내겐 없었던 것이다.

그날 밤 우린 그애 집에서 함께 숙제를 했다. 난 그애의 방에 살짝 들어가 행복 수레를 살펴보았다. 단 두 개의 조약돌만이 들어 있었다.

다음 날 등굣길에 학교 운동장 쪽에서 심상치 않은 동요가 느껴졌다. 학교에 도착한 학생들이 서성거리고 있었는데 몇몇은 여기저기 돌아다니기도 하고 또 몇몇은 무리 지어 서 있기도 했다. 그런데 운동장의 팔메토 야자나무 주변은 텅 비어 있는 것 같았다. 내가 그쪽을 어슬렁거리며 보니 모여 있는 아이들 사이로 누군가 벤치에 앉아 있는 것이 보였다. 수잔이었다. 그애는 똑바로 앉아서 웃고 있었는데 1피트 정도 길이의 효자손을 들고 있었다. 목에 걸어 늘어뜨린 소형 팻말에는 이렇게 씌어 있었다.

내게 말을 걸어 줘. 그러면 내가 너의 등을 긁어 줄게.

그애의 제안에 응하는 아이는 아무도 없었다. 그 누구도 반경 20피트 안으로 들어오지조차 않았다.

난 재빨리 눈길을 돌렸다. 그리곤 모여 있는 아이들 속을 뚫고 나가 오던 방향으로 되돌아 걸어갔다. 난 누군가를 찾는 척했다. 난 못 본 척했다. 그리고 시작종이 울리길 간절히 바랐다.

그날 아침 그애를 다시 보았을 때 그 팻말은 사라지고 없었다.

그것에 대해서 그앤 아무 말도 하지 않았다. 나 역시 아무 말도 하지 않았다.

다음 날 아침 그애가 학교 운동장에서 나를 향해 달려왔다. 요즘 들어 처음으로 그애의 눈이 반짝거리고 있었다. 그앤 양손으로 날 덥석 잡고 흔들어 대며 말했다.

"이제 다 괜찮아질 거야! 이제 끝이 날 거라고! 내가 환상을 봤거든!"

그애가 그것에 대해 내게 말해 주었다. 어제 저녁 식사 후에 마법에 걸린 장소에 갔는데 바로 거기서 그 환상이 떠올랐다는 것이었다. 그앤 자신이 애리조나주 웅변대회에서 승리하고 돌아오는 모습을 보았고, 자신이 주 전체에서 최고인 일등상을 탔다는 것이었다. 그애가 돌아왔을 때 그애는 영웅 대접을 받았다는 것인데, 지난 웅변대회 때 단체로 보았던 다큐멘터리에서처럼 전교생이 주차장에서 그애를 맞이하는 환상이었다는 것이었다. 펄럭이는 장식 리본과 함께 색종이 조각들이 날리고 카주 피리와 나팔 소리가 요란한 가운데 시장과 시의회 의장도 나오고, 여기저기서 축하 퍼레이드를 벌이는 사이 그애가 오픈카 뒷좌석에 올라서서 우승 트로피인 은빛 쟁반을 모두가 볼 수 있도록 들어 올리면 반 친구들의 행복한 얼굴들이 반짝거리는 트로피에 반사되는 광경. 그애가 내게 이렇게 말하고 팔을 들어 올리면서 소리쳤다.

"난 이제 인기를 얻게 될 거야!"

주 결선 대회는 일주일 뒤였다. 그애는 매일 연설 연습을 했다.

하루는 동네 꼬마 피터 신코위즈와 그의 친구들까지 불러 모은 뒤 자기네 집 현관 계단 위에 서서 연설을 했다. 나와 꼬마 친구들은 휘파람을 불어 대며 환호했다. 그애가 정중하게 인사했고 나 또한 그애의 환상을 보기 시작했다. 내게도 펄럭이는 장식 리본이 보였고 군중의 환호 소리가 들렸다. 그리고 난 믿었다.

27

"…그리고 우리 모두 수잔 캐러웨이에게 행운이 있기를 빕니다."

공고가 학교 로비에 울려 퍼졌고 우린 피닉스로 떠났다. 애리조나주 웅변 결선 대회에 마이카 고등학교의 선생님 대표로 가시는 맥쉐인 선생님이 운전을 했다. 수잔과 나는 뒷자리에 앉았다. 수잔의 부모님은 직접 차를 운전하고 와서 우리와 피닉스에서 만나기로 했다.

주차장을 빠져나오면서 그애가 내 얼굴에 대고 손가락을 흔들며 말했다.

"잘난 척 마세요, 아저씨. 두 명까지 친구를 초대할 수 있었고 내가 너한테만 같이 가자고 했던 건 아니니까."

"또 누구보고 같이 가자고 했는데?"

"도리."

"그러면 잘난 척해도 되겠는걸. 도리는 남자가 아니니까."
그애가 웃었다.
"그래, 도리가 남자는 아니지."
갑자기 그애가 안전벨트를 풀었다. 우린 각각 창가 자리에 앉아 있었다.
"맥쉐인 선생님, 리오와 더 가까이 앉을 수 있게 자리를 좀 옮길게요. 그애가 너무 귀여워서 어쩔 수가 없네요."
백미러에 비친 선생님 눈가에는 미소로 잔주름이 생겨 있었다.
"너 좋을 대로 해라, 수잔. 오늘은 너의 날이니까."
그애가 옆으로 미끄러져 와서 가운데 좌석의 안전벨트를 맸다. 그러곤 날 쿡 찌르며 말했다.
"들었지? 내 날이라시는 거. 내가 원하는 건 뭐든 다 할 수 있다고."
"그래서 도리 딜슨한테 가자고 하니까 뭐라든?"
"싫다고 하더라. 걔, 나한테 화나 있어."
"그런 것 같더라."
"내가 수잔이 되고 난 이후부터 계속 그래. 그앤 내가 나 스스로를 배반했다고 생각하거든. 인기를 얻는 것이 얼마나 중요한지를 그앤 이해하지 못해."
난 그것에 대해 뭐라고 얘기해야 할지 몰랐다. 약간 불안한 느낌이었다. 다행히도 두 시간 동안 차를 타고 가면서 무슨 말을 해야 할까 고민할 필요는 없었다. 왜냐하면 수잔이 예전의 스타걸처럼 가는 내내 떠들어 댔기 때문이었다.

"하지만 난 도리를 알아. 내가 한 가지는 말해 줄 수 있지."

그애가 말했다.

"그게 뭔데?"

"내일 우리가 돌아왔을 때 그애가 나를 환호하는 군중들 맨 앞에 있을 거라는 거."

나중에 안 일이지만 우리가 학교를 떠난 뒤 교장 선생님이 다시 한번 방송으로 우리가 토요일에 돌아올 걸로 예상되는 시간을 공지하고 우승을 하든 못하든 모두 학교에 나와 우리를 맞이하라고 했다는 것이다.

결국 우승을 못 하는 일 따윈 참가자인 그애에게 결코 일어나지 않았지만.

"내 부탁 하나만 들어줄래?"

그애가 말했다.

물론이라고 대답했다.

"우승자에게 돌아가는 그 커다란 은빛 쟁반 말인데, 난 집에서도 접시만 들었다 하면 덜렁이가 되거든. 그러니 군중들이 우리에게 몰려들 때 나 대신 그 쟁반 좀 들어줄래? 떨어뜨릴까 봐 겁나서 그래."

난 그애를 쳐다보았다.

"무슨 군중 말야? 몰려들다니?"

"우리가 내일 돌아왔을 때, 학교 주차장에서 말야. 금의환향하는 영웅에게는 늘 기다리는 군중이 있게 마련이지. 학교에서 보여 줬던 그 다큐멘터리 생각 안 나? 내가 봤다는 환상 기억하지?"

그애가 고개를 비스듬히 하고 내 눈을 가만히 들여다보았다. 그러고는 내 이마를 노크하듯 톡톡 두드리며 말했다.

"여보세요, 안에 누구 계세요?"

"아, 그 군중."

내가 말했다.

그애가 고개를 끄덕였다.

"맞아. 물론 우리가 차 속에 있는 동안은 안전하겠지. 하지만 일단 밖으로 나오면 어떤 일이 벌어질지 누가 알아. 군중은 굉장히 거칠어질 수 있거든. 그렇죠, 맥쉐인 선생님?"

선생님이 고개를 끄덕이며 말했다.

"그렇다고 하더라."

그애는 초등학교 1학년생을 가르치듯 내게 얘기했다.

"리오, 이런 일은 마이카 고등학교로선 한 번도 겪어보지 못한 일인 거야. 애리조나주 웅변대회 우승자를 바로 자기네 학교 학생 중에서 배출하다니 말야. 이 소식을 들으면 열광의 도가니가 되겠지. 그러고 나서 나와 그 트로피를 보게 되면…."

그애가 눈동자를 굴리며 휘파람을 불었다.

"걷잡을 수 없이 흥분하지만 않길 바랄 뿐이지."

"경찰이 제지할 거야. 주 방위군이 동원될지도 모르지."

내가 말했다.

그애 눈이 커졌다.
“정말 그럴까?”
그앤 내가 농담을 하고 있다는 걸 깨닫지 못했다.
“글쎄, 나 자신은 별로 겁나지 않아. 약간의 야단법석 정도는 걱정 안 해. 아이들이 정말 거칠게 서로 밀치고 그럴까요, 맥쉐인 선생님?”
백미러 속에서 선생님 눈이 우릴 향했다.
“알 수 없지.”
“아이들이 나를 목말 태우고 돌아다니고 싶어 한다면 그것도 괜찮겠지. 근데…….”
그애가 나를 손가락으로 찌르며 말했다.
“내 트로피만큼은 가만뒀으면 좋겠어. 그게 바로…….”
다시 한 번 날 찌르며 말했다.
“네가 트로피를 들고 있어야 할 이유야. 꽉 잡고 있어야 돼.”
난 선생님이 뭐라고 말씀 좀 해 주면 좋을 텐데 생각했지만 선생님은 아무 말도 하지 않았다.
“수잔, 병아리부터 세어 본다란 말 들어 봤지?”
결국 내가 말했다.
“알이 부화하기도 전에, 그 말?”
“그래 그거.”
“그러면 안 된다는 애기지?”
“그렇지.”

그애는 생각에 잠겨 고개를 끄덕였다.

"그 말이 내겐 별 의미가 없어. 내 말은 알이 부화할 거라는 걸 알고 있다면 세어 봐도 되는 거 아닌가?"

"알 수 없기 때문이지."

내가 말했다.

"장담할 수는 없는 거니까. 이런 말 하긴 정말 싫지만 너만 대회에 참가하는 건 아니잖아. 다른 누군가가 우승할 수도 있는 거라고. 네가 질 수도 있다는 거지. 가능한 일이라고."

그애는 내 말에 대해 잠시 생각해 보더니 고개를 가로저으며 말했다.

"아니. 가능하지 않아. 그러니까……."

그애가 팔을 쭉 펴면서 활짝 웃었다.

"기분 좋을 수 있는데 왜 기다려? 지금 축하하라. 그게 내 모토야."

그애가 내 쪽으로 바짝 다가와서 물었다.

"자네 모토는 뭔가, 젊은이?"

"병아리부터 세지 마라."

그애가 날 비웃는 듯이 몸서리를 쳤다.

"어휴, 넌 정말 똥고집이다, 리오. 맥쉐인 선생님, 선생님 모토는 뭐예요?"

"조심해서 운전할 것."

선생님이 말했다.

"차 안에 우승자를 태우고 있을지도 모르니까."

이 말에 그애가 환호성을 올렸다.

"맥쉐인 선생님, 전혀 도움이 안 되시네요."

내가 말했다.

"미안하구나."

난 그애를 쳐다보며 말했다.

"주 결선 대회에 참가하는 건데 조금도 떨리거나 그러진 않니?"

미소가 사라졌다.

"그럼, 떨리지. 엄청 떨려. 난 그저 우리가 학교로 돌아왔을 때 사태가 걷잡을 수 없게 되지 않길 바랄 뿐이야. 군중에게 떠받들어져 본 적이 한 번도 없어서 말야. 내가 어떤 반응을 보일는지 모르겠어. 자만하게 되지 않길 바랄 뿐이지. 제가 자만심이 강한 타입으로 보이나요, 선생님?"

내가 손을 들며 말했다.

"제가 대답해도 될까요?"

"뭐 그런 것 같진 않은데."

선생님이 말했다.

그애가 팔꿈치로 날 찌르며 말했다.

"들었지, 똑똑한 체하시는 양반?"

그애가 내게 의기양양한 표정을 잠깐 지어 보이고는 두 팔을 쭉 뻗으며 소리를 질렀다.

"아이들이 날 사랑하게 될 거야!"

선생님이 고개를 절레절레 흔들며 껄껄 웃었다. 난 조용히 포기했다.

그애가 창밖을 가리키며 말했다.

"봐, 사막조차도 축하를 하고 있어."

진짜 그런 거 같았다. 색상이 단조로운 게 보통인 선인장과 관목에 4월의 색깔들이 흩뿌려져 있는 것이 마치 어떤 위대한 화가가 붓 하나를 들고 여기는 노란색, 저기는 빨간색, 물감칠을 하며 지나간 것 같았다.

수잔이 안전벨트 밑에서 몸을 비틀며 말했다.

"선생님, 여기서 잠깐만 쉬었다 가면 안 될까요? 제발요."

선생님이 망설이자 그애가 덧붙였다.

"선생님이 오늘은 저의 날이라고 하셨잖아요. 제가 원하는 거 뭐든지 할 수 있다고요."

차는 자갈로 덮인 길가를 따라가다가 멈췄다. 어느새 차에서 내린 그애가 사막을 가로질러 뛰어가고 있었다. 가시 돋친 선인장들 사이에서 그애는 깡충깡충 뛰고 빙글빙글 돌고 옆으로 재주넘기도 했다. 유카 나무에 대고 절을 하는가 하면 사와로 선인장과 왈츠를 추기도 했다. 그애는 또 배럴 선인장에 핀 빨간 꽃을 꺾어서 자기 머리에 꽂았다. 그러고는 자신이 금의환향하면 환호할 군중에게 취할 행동을 연습하는 듯 미소를 지어 보이고 고개를 끄덕이고 처음엔 한 손만 흔들더니 나중엔 양손을 다 흔들었다.

그러더니 선인장 가시를 하나 뽑아 들고는 서커스단 광대의 몸개그 팬터마임처럼 그 가시로 이를 쑤시는 흉내를 냈다.

선생님과 나는 차에 기대서서 웃고 있었는데 갑자기 그애가 행동을 멈추더니 고개를 갸우뚱한 채로 다른 방향을 응시했다. 족히 2분 동안 그렇게 꼼짝 않고 있더니 갑작스레 몸을 돌려 차로 돌아왔다.

생각에 잠긴 얼굴이었다. 선생님이 차를 몰기 시작했을 때 그애가 물었다.

"선생님 멸종된 새 아무거나 아시는 거 있으세요?"

"나그네비둘기. 아마 그게 제일 잘 알려진 걸 거야. 한때는 그 수가 아주 많아서 그 비둘기들이 날아가면 하늘이 어두워질 정도였다고들 하지. 그리고 모아도 멸종된 새고."

"모아요?"

"아주 큰 새지."

"콘도르 독수리처럼요?"

내가 물었다.

선생님이 껄껄 웃었다.

"콘도르는 그 새의 무릎에도 못 미쳤을걸. 그 옆에선 타조도 작아 보였을 거야. 키가 12 내지 13피트는 되었지. 아마도 이제까지 새 중에선 제일 큰 새였을 거다. 날지를 못했어. 뉴질랜드에서 살았는데 수백 년 전에 멸종되었지. 사람들 손에 다 죽었어."

"몸집으론 그 새의 반밖에 안 되는 게 사람인데……."

수잔이 말했다.
선생님이 고개를 끄덕였다.
“그러게 말이다. 내가 초등학교 때 모아에 대해 조사하는 숙제를 했거든. 최고로 멋진 새란 생각이 들었지.”
수잔 눈이 반짝였다.
“모아가 어떻게 우는지는 아세요?”
선생님은 잠시 생각하더니 말했다.
“난 모르겠다. 아는 사람이 있을지 그것도 모르겠네.”
수잔이 차창에 스치는 사막을 내다보며 말했다.
“아까 사막에서 흉내지빠귀 우는 소릴 들었어요. 그러니까 아치가 이야기하셨던 게 생각나더라고요.”
“브러버커 씨 말이니?”
선생님이 말했다.
“네. 아치는 흉내지빠귀가 다른 새 흉내를 내는 것 이상의 일을 하고 있는 건지도 모른다고 하셨어요. 그러니까 다른 살아 있는 새의 흉내만 내는 게 아니라 더는 찾아볼 수 없는 새들의 울음소리도 흉내 내는 것일 수 있다고 생각하시는 거죠. 그는 멸종된 새들의 울음소리가 이 흉내지빠귀에서 저 흉내지빠귀로 세월을 따라 전해 내려오는 거라 여기세요.”
“흥미로운 생각인데.”
선생님이 말했다.
“한 마리의 흉내지빠귀가 노래를 할 때 어쩌면 그 새가 공중으로 화석을 던지고 있는 것일지도 모른다고 말씀하세요. 우리가 듣고 있는 게 고대 생물체의 노래인지 누가 아느냐고 하시죠."

아치 브러버커의 말이 차 안에 침묵을 가져왔다. 내 생각을 읽고 있기라도 하듯 선생님은 에어컨을 끄고 창문을 열었다. 희미한 메스키트 나무 향 사이로 머리카락이 휘날렸다.

얼마 후 난 수잔의 손길을 느낄 수 있었다. 그애는 자신의 손가락을 내 손가락에 끼웠다.

"선생님, 우리 뒷자리에서 손잡고 있어요."

그애가 소곤거렸다.

"어허, 호르몬 분비가 왕성한 십 대 아니랄까 봐."

"리오 너무 귀여운 거 같지 않아요, 선생님?"

"뭐 한 번도 생각해 본 적이 없어서 말이지."

선생님이 말했다.

"자, 보세요."

그애가 내 얼굴을 손으로 잡고는 앞으로 잡아당겼다. 선생님이 백미러를 통해 힐끗 나를 보고는 말했다.

"네 말이 맞다. 홀딱 반하게 생겼네."

수잔이 빨개진 내 얼굴을 놓아주었다.

"제 말이 맞죠? 사랑하지 않곤 못 배기겠죠?"

"난 그 정도까진 아닌데."

1분 후,

"맥쉐인 선생님……."

이번엔 귓속에서 뭔가가 느껴졌다.

"리오 귓속에 제 손가락을 넣고 있어요……."

이런 식의 실없는 장난은 우리가 메사 지대를 지나서 피닉스에 다 와 가고 있음을 알리는 지평선 위 갈색 안개를 보게 될 때까지 계속되었다.

28

그애 부모님과 우리는 우리가 그날 밤 묵을 호텔의 로비에서 만났다. 각각의 방을 잡은 뒤 우리 다섯은 호텔 식당에서 뷔페식 점심을 먹었다. 그러고는 수잔이 그애와 나머지 다른 참가자 열여덟 명을 태우고 피닉스 웨스트 고등학교로 갈 버스에 타는 것을 지켜보았다. 참가자는 모두 서른여덟 명이었는데 열아홉 명은 이미 아침에 연설을 마친 상태였다.

오후 마지막에 가서 결승전 진출자 열 명이 뽑히고 결승전은 당일 저녁에 열릴 예정이었다.

수잔이 결승전에 올라갔을 때 우리 중 놀란 사람은 솔직히 아무도 없었다. 그애는 믿을 수 없을 만큼 잘했다. 놀라운 건 그애의 연설 내용이 전혀 새로운 거라는 거였다. 그애가 마이카 고등학교에서 했던 연설이 아니었던 것은 물론 나와 피터 신코위즈 그리고 여러 그루의 사와로 선인장 앞에서 몇 주에 걸쳐 연습했던 그 연설도 아니었다. 바로 전날 내가 들었던 연설도 아니었다.

그러나 연설은 훌륭했다.

이전에 했던 연설의 요소들이 약간은 들어 있었지만 대부분이 새로웠다. 그애의 어휘들은 이미지에서 이미지로 나비처럼 팔락팔락 옮겨 다녔다. 그애는 아주 먼 옛날(아치의 팔레오세 설치 동물의 두개골 바니)에서부터 현재(시나몬)와 먼 미래(태양의 죽음) 사이를 넘나들었다. 또 가장 평범한 이곳의 이야기(튜더 빌리지 쇼핑센터 앞 벤치에서 졸고 있는 노인)를 했다가 가장 특별한 저곳의 이야기(우주 저 끝에서 새로이 발견된 은하계)를 했다. 그애는 실버런치 트럭과 디자이너 상표가 달린 옷과 마법에 걸린 장소에 대해서도 언급했으며, 그애가 자신의 가장 친한 친구가 자신의 애완용 쥐를 어깨에 태우고 다녔다는 얘기를 할 때엔 눈물이 핑 돌았다. 이 모든 게 아무렇게나 섞여서 뒤죽박죽이었지만 그애는 사막에서 노래하는 고독한 흉내지빠귀의 목소리를 이렇게 서로 다른 것들을 관통하는 주제로 삼아 용케도 그것들을 하나로 묶어 냈다. 그애의 연설 제목은 「나는 모아의 울음소리를 들었을지도 모르죠」였다.

강당은 반 정도 찼는데 대부분 각각의 학교에서 온 학생과 학부모로 이루어진 작은 그룹들이었다. 한 참가자의 연설이 끝나면 그 참가자의 지지자들은 자신들이 그렇게 하는 것이 심사 위원들에게 어떤 영향이라도 미칠 거라는 듯 휘파람을 불며 함성을 질렀다. 나머지 사람들은 정중한 박수갈채를 보냈다.

수잔이 연설을 마쳤을 때 우리 네 사람은 적당하게 응원을 보냈고 그게 다였다. 휘파람도 함성도 없었다. 연설자 당사자보다 우리가 더 소심하게 굴었다는 생각이 들었다.

호텔로 돌아와서 선생님과 나는 군중이 환호하듯 그애를 환호했다. 두 사람도 군중이 될 수 있다면 말이다. 그애의 부모님은 우리보다 침착했다. 함박웃음을 지으며 "잘했다" 했지만, 그애의 성공적인 결과에 대해 수잔만큼이나 안 놀라는 것 같았다.

어른들은 기념품 가게에 가고 그애와 나 단둘이 남았다.

"그 연설은 대체 어디서 나온 거야?"

그애가 미소 띤 얼굴로 말했다.

"좋았어?"

"물론이지. 근데 지난 한 달 동안 내가 들어왔던 그 연설이 아니잖아. 뭐야, 따로 비밀 연설이라도 연습하고 있었던 거야?"

미소가 더욱 커졌다.

"아니. 나도 처음 들은 연설이야."

난 그애를 물끄러미 쳐다보았다. 서서히 그애의 말이 이해되었다.

"확실하게 짚고 넘어가자. 그러니까 그 연설이 오늘 아침에 막 만들어 낸 거였단 말이니?"

"만든 것도 아니라고 말하고 있는 거야. 그냥 거기에 있었어. 내가 한 일이라곤 그저 내 입을 열고 쏟아져 나오게 한 게 다야."

그애는 양손을 앞으로 내밀고 마법사처럼 손가락을 튕겨 딱 소리를 내며 말했다.

"나와랏!"

난 입을 딱 벌리고 그애를 바라봤다.

"오늘 밤엔 무슨 얘길 할 건데?"

그애가 양손을 벌리며 말했다.

"글쎄, 누가 알겠어?"

우리 일행 다섯은 호텔 식당에서 이른 저녁을 먹었다. 그러고 나서 우린 수잔이 옷을 갈아입는 동안 로비에서 기다렸다. 그애가 복숭앗빛 바지 정장을 입고 엘리베이터에서 내리더니 우리 앞에서 모델처럼 폼을 재며 걸어 보였다. 그러곤 엄마 무릎에 걸터앉으며 그애가 말했다.

"내 개인 재봉사가 나를 위해 만든 옷이랍니다."

우린 가벼운 격려의 말과 함께 그애를 버스에 태워 보냈다.

저녁 결승전에는 일반인들도 초대되어 강당은 만원이었다. 뒤쪽에는 서 있는 사람도 있었다. 아래층 정면에선 한 고등학교 오케스트라가 존 필립 수자가 작곡한 분위기 띄우는 곡을 연주하고 있었다. 10명의 경쟁자가 무대 위에 앉아 있었고 그중 일곱 명이 남학생이었다. 경쟁자들은 모두 엄숙하고 긴장된 모습으로 마네킹처럼 꼿꼿이 앉아 있었는데 수잔만은 예외였다. 그애는 자기 옆에 앉은 남자애 귀를 잡아당기며 얘길 하고 있었고, 남자앤 가끔씩 고개를 끄덕이긴 했지만, 여전히 등을 꼿꼿이 한 채 눈길 한 번 돌리지 않는 것이 수잔이 제발 입 좀 다물어 줬으면 하고 바라고 있는 게 분명했다.

수잔의 부모님은 그애의 행동에 대해 그러면 그렇지, 하는 태도로 웃고 있었고, 난 솟아오르는 질투심을 애써 감추고 있었다.

경쟁자들이 차례차례 한 명씩 연설을 하기 위해 무대 중앙으로 걸어 나왔다. 사람들은 마음에서 우러나오는 환호를 모두에게 똑같이 보냈다. 하얀 주름치마를 입은 초등학교 여학생 한 명이 경쟁자들 각각에게 장미 꽃다발을 주었는데 여학생에게는 노란 장미였고, 남학생에게는 빨간 장미였다. 여학생들이 꽃다발을 소중히 안고 있는 반면 남학생들은 꽃다발이 수류탄이라도 되는 듯이 쳐다보았다.

수잔은 마지막에서 두 번째로 연설을 했다. 자신의 이름이 호명되자 그애는 의자에서 발딱 일어나 거의 뛰다시피 마이크 앞으로 갔다. 그러고는 발끝으로 멋지게 빙그르르 돌더니 정중하게 허리를 굽혀 인사하고 자동차 윈도 브러시가 움직이는 것처럼 좌우로 절도 있게 손을 흔들며 안녕하세요, 라고 말했다.

뻣뻣하고 경직된 경쟁자들을 보는 데 익숙해져 있던 관중들은 주저주저하며 킥킥대는 반응을 보였다. 우리가 개학 첫날에 그랬던 것만큼이나 그들도 판에 박히지 않고 자유롭게 행동하는 이십 대 소녀를 어떻게 생각해야 할지 알지 못했던 것이었다. 몇몇 대담한 사람들은 안녕하세요, 하며 손을 흔들어 답했다.

그앤 시작하지 않았다. 적어도 일반적인 의미에선 그랬다. 그럴 듯한 서론이 없었다. 그앤 그냥 거기에 선 채로 우리 모두가 그애 집 앞 베란다 흔들의자에 앉아 있는 듯 편안하게 잡담을 늘어놓았다. 술렁거리는 소리가 천장을 타고 퍼져 나갔다. 사람들은 그애가 시작하기를 기다리고 있었다. 이게 시작이고 자신들이 그걸 놓치고 있다는 것에 생각이 미치면서 술렁거림이 잦아들었고, 곧 강당은 쥐 죽은 듯 고요해졌다.

나는 연사보다도 관중에게 더 신경이 가 있었는데 그애 연설의 마지막 5분 동안엔 숨소리조차 들리지 않을 정도였다. 그애가 들릴락 말락 하게 들리세요? 라고 속삭인 뒤 손을 오므려 자신의 귀에 갖다 대고 몸을 기울인 채 연설을 마쳤을 때 천오백 명이나 되는 사람들이 들어 보려고 안간힘을 쓰느라 다들 몸이 몇 인치는 앞으로 기운 것 같았다. 10초간의 완벽한 정적이 흐른 뒤 그애가 불쑥 몸을 돌리더니 제자리로 돌아갔다. 여전히 아무런 반응이 없었다. 무슨 일이 벌어지고 있는 건지 알 수가 없었다. 그애는 의자의 앞부분에 걸터앉아서 손을 무릎에 가지런히 올려놓고 있었다.

바로 그때 갑자기 폭발적으로 마치 모두가 동시에 깨달았다는 듯 환호성이 터져 나왔다. 우리는 모두 일어서서 손뼉을 치고 소리를 지르고 휘파람을 불어 댔다. 어느새 난 흐느끼고 있었다. 농구 챔피언 결정전에서의 관중들 환호성만큼이나 격렬한 환호성이었다.

29

그애는 우승했다. 자신이 장담했던 대로.

그애가 받은 은쟁반이 은하수를 이룬 카메라 플래시 속에서 별처럼 반짝였다. TV 관계자 두 명이 그애에게 플래시 세례를 퍼부었고 무대 뒤에서 인터뷰가 진행됐다. 모르는 사람들이 그애를 둘러쌌고 피닉스 시민들은 자기들이 몇 년 동안 웅변대회를 보러 왔지만 이런 연설은 도무지 들어 본 적이 없다며 흥분하여 떠들어 댔다. 초등학생들은 사인을 받으려고 팸플릿을 그애 얼굴에 들이댔다. 모든 부모가 그애가 자기 딸이었으면 했고, 모든 선생님이 그애가 자기 제자였으면 했다.

그애는 너무나 행복해했고 너무나 흡족해했다. 우리를 보자 소리를 지르곤 울음을 터뜨렸다. 차례대로 우리를 껴안았는데 어찌나 꽉 껴안았는지 숨도 못 쉴 지경이었다.

호텔에 돌아오니 이미 모두가 알고 있는 듯했다. 도어맨, 프런트 매니저 그리고 로비와 엘리베이터 안에 있는 사람들까지. 갑자기 그애는 이 마법 같은 신기한 능력, 즉 그애에게 눈길을 주는 사람이면 누구든 미소 짓게 만드는 그런 능력을 갖게 된 것이었다. 그리고 언어가 한 개의 단어로 줄어들어 반복되고 또 반복되었다.

"축하합니다!"

우리는 넘쳐 나는 에너지를 주체하지 못해서 호텔 밖으로 나가 근처 길거리를 걸어, 아니 둥둥 떠다녔다.

호텔로 돌아오니 수잔과 난 아직 나이가 안 되는데도 나이트클럽에 초대되었다. 우리는 진저에일을 마셨고 할라페뇨 튀김을 주문했다. 최신 뉴스를 틀어 놓은 클럽 안 TV에 수잔의 얼굴이 나오는 동안 우리는 모두 컨트리 음악 밴드의 연주에 맞춰 춤을 추었다. 춤추는 플로어만이 그애가 자기의 은쟁반 트로피를 갖고 가지 않는 유일한 장소였다.

다음 날 아침 처음으로 만난 건 호텔 방문 밑으로 넣어져 있는 애리조나 리퍼블릭 신문 1면에 실린 사진 속의 그애였다. 침대에 걸터앉아 사진을 바라보고 있자니 내 안에서 그애에 대한 자랑스러운 마음이 솟아났다. 신문 기사에는 그애의 연설이 '청중을 매료하는 최면적인 힘이 있고 신비롭게 감동을 주는' 연설이었다고 씌어 있었다. 접힌 아침 신문이 배달 차에서 던져져서 마이카 전역의 현관 앞에 떨어지는 장면을 머릿속에 그려 보았다.

우리 일행은 아침 식사 뷔페에서 만났다. 식당 안 여기저기에서 사람들이 우릴 쳐다보고 고개를 끄덕이며 미소 짓는가 하면 '축하해요'라는 입 모양을 지어 보이기도 했다. 두 차가 나란히 집으로 향했다.

얼마 동안 수잔은 여느 때와 마찬가지로 재잘거렸다. 그애는 은쟁반을 맥쉐인 선생님 옆 좌석에 놓았다. 그러고는 선생님께 꼬박 10분 동안 거기에 놔둘 테니 마음껏 만져 보시라고 말했다. 자기한테 모아에 대해 얘기해 주신 것에 대한 보상이라고 하면서. 10분이 되자마자 그애는 즉시 쟁반을 가지고 왔다.

마이카에 가까워지면서부터 수다가 잦아들더니 마침내 조용해졌다. 마지막 몇 마일은 침묵 속에서 갔다. 그애가 내 손을 잡았다. 마이카에 가까워지면 질수록 손을 더 꽉 잡았다. 마이카 외곽으로 들어서자 그애가 나를 돌아다보며 말했다.

"나 괜찮아 보여?"

멋져 보인다고 말해 주었다.

내 말을 믿지 못하겠는지 그애는 은쟁반을 들어 올려서 거기에 비친 자기 모습을 살펴보았다.

그애는 다시 내게로 몸을 돌리고 얼마간 나를 쳐다보다가 말을 하기 시작했다.

"생각해 봤는데, 이렇게 하려고. 쟁반은 내가 들고 있을게. 알았지?"

난 고개를 끄덕였다.

"언제까지냐 하면… 음, 아이들이 나를 목말 태울 때까지. 그때 너한테 주는 거야, 알았지?"

나는 또 고개를 끄덕였다.

"그러니까 내 옆에 있어, 잠시도 떨어져 있으면 안 돼. 알다시피 군중이 너를 나한테서 떼어 놓으려 할 수도 있어. 가능한 일이야. 그러니까 꼭 내 옆에 붙어 있어. 알겠지?"

고개를 끄덕이며 말했다.

"알았어."

그애의 손은 뜨거웠고 땀에 젖어 있었다.

우리 차는 자신의 집 차고 진입로에 있는 한 남자를 지나치고 있었다. 그 남자는 빗자루같이 생긴 커다란 붓을 양동이에 담갔다가 꺼내서 까만 도료로 아스팔트를 칠하고 있었다. 그는 정오의 태양 아래서 몸을 구부린 채 자기 일에 열중하고 있었는데 어찌 된 영문인지 그 순간 난 어떤 일이 벌어질 것인지 알아챘고 눈앞에 그릴 수 있었다. 맥쉐인 선생님께 외치고 싶었다.

'안 돼요, 회전하지 마세요! 그쪽으로 가지 마세요!'라고.

그러나 선생님은 회전을 했다. 차가 회전해서 학교가 우리 앞에 나타났는데 그렇게 텅 빈 장소를 보기는 난생처음이었다. 현수막도 보이지 않았고 사람도 차도 없었다.

"아마 뒤쪽에들 있나 보다."

잠긴 목소리로 선생님이 말했다.

"주차장에 있나 봐."

우리는 빙 돌아 뒤편 주차장으로 갔고 — 그랬다 — 거기에 차가 한 대 그리고 또 한 대 서 있었다. 그리고 사람들, 다 해서 세 사람이 손으로 햇빛을 가리며 우릴 지켜보고 있었다. 두 명은 선생님이었고, 나머지 한 명은 학생이었는데 도리 딜슨이었다. 그녀는 선생님들과 떨어져서 아지랑이가 일렁거리는 까만 바다와도 같은 아스팔트 위에 혼자 서 있었다. 우리가 탄 차가 다가가자 그녀가 피켓을 치켜들었는데 농구 골대 백보드보다도 큰 거대한 마분지 피켓이었다. 스스로 그 뒤에 가려지면서 온몸으로 지탱하여 들어 올린 피켓에는 빨간 페인트로 다음과 같이 씌어 있었다.

잘했어
수잔
우린 네가 자랑스러워

차가 그 앞에 멈췄다. 피켓의 양옆을 쥐고 있는 도리 딜슨의 손가락만이 우리가 볼 수 있는 그녀의 전부였다. 우리는 이제 피켓이 떨리고 있는 게 보일 만큼 가까이 있었고, 나는 피켓 뒤에서 도리가 울고 있음을 알았다. 색종이 조각들도 없었고 카주 피리도 없었다. 아무것도 환호하지 않았다. 흉내지빠귀조차도.

30

우리가 도리 딜슨의 피켓 앞에서 너무 놀란 나머지 할 말을 잃고 맥없이 앉아 있을 때 수잔 부모님이 와서 수잔을 맥쉐인 선생님 차에서 데려갔다. 언제나 그랬듯이 그애 부모님은 눈앞에서 벌어지고 있는 사태에 대해 특별히 놀라거나 감정이 격해지지 않는 듯 보였다. 수잔은 망연자실한 표정이었다. 그애는 내 옆에 앉아 차 앞 유리를 통해 멍하니 피켓을 바라보고 있었다. 그애 손은 더는 내 손을 잡고 있지 않았다. 적당한 말을 찾기 위해 머리를 쥐어짜 보았지만 떠오르지 않았다.

그애 부모님이 오시자 그애는 순순히 따라갔다. 그애가 차에서 내릴 때 은쟁반이 그애의 무릎에서 미끄러져 아스팔트 위로 마치 죽음의 종소리 같은 소리를 울리며 떨어졌다. 그애 아버지가 그것을 집어 들었다. 나는 그걸 그애 아버지가 가져갈 거라 생각했는데, 그러는 대신 내가 앉아 있는 뒷좌석 쪽으로 몸을 들이밀고는 야릇한 미소와 함께 그것을 내게 주었다.

그 주말 내내 난 그애를 보지 못했다. 월요일이 되자 그애는 다시 스타걸로 되돌아와 있었다. 바닥까지 내려오는 스커트, 리본을 맨 머리, 바로 그 모습으로.

그애는 점심시간에 테이블 사이를 돌아다니며 스마일이 새겨져 있는 쿠키를 나눠 주었다. 힐러리 킴블에게도 쿠키 한 개를 주었다. 힐러리는 자기 신발을 벗더니 그걸 망치 삼아 테이블 위의 쿠키를 부숴 버렸다. 스타걸은 우쿨렐레를 치면서 신청곡을 요구하며 돌아다녔다. 시나몬이 그애 어깨 위에 앉아 있었는데 아주 작은 장난감 우쿨렐레를 메고 있었다. 그애가 입술을 거의 움직이지 않으면서 찍찍 소리를 내자 마치 시나몬이 그애와 함께 세레나데를 부르고 있는 것 같았다.

용감하게도 도리 딜슨이 일어서서 환호를 보냈다. 그애가 유일했다. 난 너무 놀라서 그러지 못했다. 그리고 너무나도 비겁했기에. 그리고 화가 나기도 했고 또 그애가 다시 스타걸로 돌아간 것에 대해 찬성하는 걸로 보이고 싶지 않은 것도 있었다. 대부분의 학생들은 눈길 한 번 주지 않았고 심지어 듣고 있는 것 같지도 않았다. 벨이 울려 식당을 나갈 때 뒤를 돌아다보니 쿠키로 테이블들이 어지럽혀져 있었다.

그날 방과 후 그애와 걸어가며 내가 말했다.

"포기하려는 거구나, 그렇지?"

그애가 날 보며 말했다.

"포기한다고? 뭘 말야?"

"인기 있어지는 거. 그러니까……."

어떻게 차마 말을 할 수 있었겠는가?

그애가 웃으며 말했다.

"보통이 되는 거?"

난 어깨를 으쓱했다.

"그래."

그애가 단호히 말했다.

"그래라니?"

"난 네 질문에 대답하고 있는 거야. 대답은 그래이고. 난 인기 있어지고 보통이 되려고 노력하는 걸 포기하는 중이야."

그애 얼굴과 몸짓은 그애 말과는 어울리지 않아 보였다. 그앤 명랑하고 생기가 넘쳐 보였다. 그애 어깨에 앉아 있는 시나몬도 그래 보였다.

"네가 한발 물러서야겠단 생각은 안 드니? 너무 세게 밀어붙이지 말고?"

그애가 내게 미소를 지어 보였다. 그러고는 팔을 뻗어 손가락 끝으로 내 코끝을 문지르며 말했다.

"우리가 그들의 세상에 살고 있으니까, 맞지? 네가 전에 한 번 말해 줬지."

우리는 서로를 물끄러미 바라다보았다. 그애가 내 뺨에 입맞춤을 하고 저만치 걸어가더니 몸을 돌려 말했다.

"네가 나에게 오코틸로 무도회에 같이 가자고 하지 않을 거라는 거 알아. 괜찮아."

그애가 한없는 친절과 이해의 미소, 그애가 그걸 필요로 하는 수많은 다른 사람들에게 보내는 것을 봤던 바로 그 미소를 나에게 지어 보였다. 그 순간 난 그애를 증오했다.

바로 그날 밤 마치 대본에 나와 있는 역할을 연기하고 있는 것처럼 케빈이 전화를 하고 물었다.

"오코틸로 무도회에 누굴 데려갈 거니?"

슬쩍 대답을 회피하며 물었다.

"그러는 넌 누굴 데려갈 건데?"

"모르겠어."

그가 말했다.

"나도 그래."

수화기 반대편에서 잠시 뜸을 들이다가 물어 왔다.

"스타걸은 아니고?"

"꼭 그럴 것도 없지 뭐."

"너 나한테 뭐 할 얘기 없냐?"

"뭘 얘기해?"

"난 너희가 커플인 줄 알았거든. 의문의 여지가 없다고 생각했는데."

"그런데 왜 물어봐?"

난 전화를 끊어 버렸다.

그날 밤 침대에 누웠을 때 달빛이 내 이불 위로 차올라 오면 올수록 난 점점 더 기분이 언짢아졌다. 전에 한 번도 안 하던 행동을 했다. 창문의 커튼을 쳐 버린 것이었다.

꿈속에서 쇼핑몰 벤치에 앉아 있던 노인이 흔들거리는 머리를 들어 올리고 쉰 목소리로 말했다. '네가 뭔데 날 용서하네 마네 해.'

다음 날 아침 길달리기새 게시판에는 새하얀 종이 한 장이 붙어 있었고 그 꼭대기에는 다음과 같은 문구가 씌어 있었다.

신청받습니다.
새로운 음악 그룹,
유키 두크스
경험 없어도 됨.

이름을 적어 넣도록 마련된 세로 단 두 개에는 1번부터 40번까지 번호가 붙여져 있었다. 그날 오후 무렵에 40번까지 모두 찼는데 미니 마우스나, 다스 베이더, 스웜프 씽과 같은 이름들이었다. 교장 선생님의 이름도 있었다. 그리고 웨인 파, 그리고 도리 딜슨.

"너 봤니? 누가 파의 이름을 써 놨더라."

케빈이 말했다.

우리는 스튜디오 조종실에 있었다. 5월이었고 그 학년도 핫 시트 프로그램은 끝난 상태였지만 어떤 날은 수업을 마친 뒤 발길이 저절로 향했다.

"봤어."

케빈이 텅 빈 모니터 앞으로 다가서서 거기에 비친 자기 모습을 살펴보고 있었다.

"근데 네 이름은 리스트에 없던데."

"없지."

"유키 두크스의 멤버가 되고 싶지 않은 거야?"

"그럴걸."

한동안 우린 장비만 만지작거렸다. 케빈이 조종실 밖으로 나가 무대 위로 올라갔다. 그가 스위치를 올렸다. 그의 입이 움직였지만 난 들리지 않았다. 헤드폰을 귀에 갖다 댔다. 그의 목소리가 다른 세상에서 들려오는 것 같았다.

"그애가 다시 이상해지던데, 안 그래? 전보다 훨씬 더 심하더라."

난 유리 너머로 그를 노려보았다. 헤드폰을 내려놓고 난 걸어 나왔다.

그가 뭘 하고 있는 건지 난 알았다. 그는 이제 스타걸에 대해 나쁜 말을 해도 괜찮다고 판단한 것이었다. 그래도 된다는 일종의 허락은 나의 행동에서 비롯되었음이 틀림없었다. 사실 그런 나를 속속들이 파악한 첫 번째 사람은 바로 스타걸 그애였다. 오코틸로 무도회에 대해 그애가 한 말을 생각하면 아직도 난 마음 한구석이 찔려 왔다.

내가 그렇게도 환히 들여다보였던 걸까?

교실이고 복도고 운동장이고 식당이고 할 것 없이 어딜 가든 그애를 비난하고 조롱하고 나쁘게 말하는 소리가 들렸다. 인기가 있어지고 좀 더 그들처럼 되고자 했던 그애의 시도는 완전 실패로 돌아갔다. 오히려 그들은 이제 전보다 더 그애를 싫어했다. 그리고 그들은 내 주위에서 그것을 더욱 거침없이 말로 표현했다. 아니면 내가 그저 더 잘 듣게 된 것이었을까?

유일한 유키 두크스 멤버인 그애와 도리 딜슨이 하루는 방과 후에 학교 운동장에서 듀엣으로 노래를 했다. 스타걸이 우쿨렐레를 치며 둘이서 「블루 하와이」를 불렀다. 분명 연습을 한 솜씨였다. 그들은 매우 잘 불렀다. 그리고 그들은 또한 매우 무시당했다. 노래가 끝나 갈 즈음에 운동장에 남은 사람은 그들 둘뿐이었다.

다음 날에도 그들은 거기에 있었다. 이번엔 챙이 넓은 멕시코 모자 솜브레로를 쓰고 있었다. 멕시코 노래 「시엘리토 린도」와 「바야 콘 디오스, 마이 달링」을 불렀다. 난 학교 건물 안에 남아 있었다. 그들이 거기 없는 것처럼 그들을 지나쳐 걸어갈 용기가 없었다. 그렇다고 거기 서서 들을 용기 또한 나지 않았다. 나는 창문 너머로 훔쳐보았다. 스타걸은 최선을 다해 플라멩코 춤을 흉내 내고 있었다. 캐스터네츠 소리가 유리창을 통해 들려왔다.

학생들이 지나가고 있었고 그들 대부분은 그애에게 눈길조차 주지 않았다. 웨인 파와 힐러리 킴블이 지나가는 것이 보이고, 힐러리가 커다란 소리로 웃는 것이 들렸다. 그리고 케빈도 지나갔고, 농구부원들도 지나갔다.

따돌리기가 결코 끝나지 않을 것임을 그때 난 깨달았다. 그리고 내가 어떻게 해야 하는지도 알았다. 난 밖으로 나가 그들 앞에서서 박수갈채를 보내야 했다. 나는 내가 나머지 아이들과 같지 않다는 것을, 내가 그애의 진면목을 알고 있으며, 내가 그애를, 그리고 그애가 자기 자신이기를 고집하는 것을 훌륭하게 생각하고 있음을 스타걸과 온 세상에 보여 줘야 했다. 그러나 난 그대로 건물 안에 있었다. 난 학생들이 모두 학교 운동장을 빠져나갈 때까지 기다렸고 스타걸과 도리는 아무도 없는 데서 공연을 하고 있었다. 놀랍게도 그들은 공연을 멈추지 않았다. 차마 보고 있기가 힘들었다. 난 다른 문으로 학교를 빠져나왔다.

31

스타걸이 예상했던 대로 난 그애에게 오코틸로 무도회에 가자는 말을 하지 않았다. 아무에게도 하지 않았다. 난 가지 않았다.

그애는 갔다.

무도회는 5월 하순의 어느 토요일 밤에 마이카 컨트리클럽 테니스 코트에서 열렸다. 해 질 녘 서쪽 하늘이 희미하게 노을 지고 동쪽 하늘에 달이 떠오를 때 난 자전거를 타고 클럽 주변을 돌았다. 광둥식 랜턴으로 장식된 무도회장은 멀리서 보니 바다에 떠 있는 크루즈 같았다.

사람들이 누가 누군지는 알아볼 수 없었고 울긋불긋하게만 보였다. 대부분이 담청색이었다. 웨인 파가 턱시도를 담청색으로 골랐다고 말한 다음 날 남자아이들 4분의 3이 턱시도 가게에서 같은 색 턱시도를 주문했다.

그날 밤 나는 불빛 너머에서 이리저리 돌아다녔다. 가끔씩 음악 소리가 들리기도 했다. 4월에 만발했던 사막의 꽃들이 이제 지고 있었다. 그 꽃들을 보면 서로를 부르고 있는 것 같다는 생각이 들었다.

몇 시간을 돌아다녔다. 줄을 놓친 풍선처럼 하늘에 두둥실 달이 떠올랐다. 어두운 마리코파 산등성이 어딘가에서 코요테가 울부짖었다.

몇 날이 가고, 몇 주가 가고, 몇 년이 흐른 뒤에도 모두들 인정했다. 그와 같은 것은 결코 본 적이 없었다고.

그애는 자전거 사이드카를 타고 도착했다. 그애 한 명 앉으면 딱 맞는 크기의 사이드카에는 바깥쪽으로 바퀴 하나가 달려 있었고, 안쪽 면은 자전거에 고정되어 있었다. 자전거 안장과 사이드카의 의자만 빼고는 온통 꽃으로 덮여 있었다. 웨딩카 꽃 장식처럼 10피트 길이의 꽃 장식이 사이드카 뒤에 매달려 끌려오고 있었고 야자나무 잎사귀가 자전거 핸들에서 펄럭이고 있었다. 장미꽃 퍼레이드에서나 볼 수 있는 장식 수레 같아 보였다. 도리 딜슨이 자전거 페달을 밟고 있었다.

목격자들이 나중에 내가 보지 못한 부분을 채워 주었다. 부모님들의 카메라 플래시가 터지고 투광 조명등이 대낮처럼 불을 밝힌 가운데 화려하게 차려입은 쌍쌍의 아이들이 리무진과 빌려 타고 온 컨버터블에서 내려 무도회장으로 행진하면 박수갈채가 쏟아진다. 갑자기 플래시 세례가 멈추고, 조명등의 밝기가 희미해지면서, 사람들 사이로 정적이 드리워진다. 특별나게 길이가 긴 하얀색 리무진이 입구로부터 미끄러져 나가자 그 자리에 바로 그 바퀴가 셋 달린 꽃다발이 들어선다.

운전자인 도리 딜슨은 꼬리가 긴 하얀 턱시도에 높이가 꽤 되는 정장용 실크해트를 쓰고 있는데 군중의 시선을 잡아끈 것은 그녀의 승객이다. 그애가 입은 어깨끈 없는 가운은 마치 노란 미나리아재비 꽃물을 들인 것처럼 밝고 진한 노란색이다. 스커트가 엎어 놓은 찻잔처럼 그애의 허리서부터 부풀려져 있는 것을 보니 둥근 고리 모양의 장치가 그 안에 들어 있는 것이 틀림없다. 그애의 머리카락도 엄청난데 의견이 분분하다. 어떤 이들은 꿀 색깔이라 하고 어떤 이들은 딸기색이라 한다. 머랭 과자처럼 그애의 머리 위에서 한껏 부풀려져 있다. 가발이다. 아니, 다 그애 머리카락이다. 양쪽 모두 확신에 차 있다.

귀고리가 달랑거린다. 작은 은귀고리 종류다. 근데 뭐지? 구불구불 흘러내리는 옆머리에 가려져 잘 안 보인다. 많은 의견들이 나온다. 가장 많은 의견은 그것이 모노폴리 게임판에 사용되는 말들이라는 것인데 아니라는 게 차차 증명될 것이다.

그애 목에 둘러진 생가죽 끈에는 그애가 화석 결사대의 정회원임을 알려 주는 1인치 길이의 하얀 바나나 모양 화석이 매달려 있다.

다른 아이들이 난초꽃을 달고 있는 반면 그애 손목에는 작은 해바라기 한 송이가 둘러져 있다. 아니면 거대한 노랑 데이지. 색깔이 노랗고 까맣다는 것 외엔 아무도 확실히 알지 못한다.

행진하기 전에 스타걸이 자전거로 몸을 돌려 핸들에 걸려 있는 작은 바구니 위로 몸을 굽힌다. 그 바구니도 꽃으로 덮여 있다. 그 안에 있는 무엇인가에게 스타걸이 키스를 하는 듯이 보인다. 그러고는 그애가 도리 딜슨에게 손을 흔들자 도리가 손을 들어 경의를 표한 뒤 자전거는 거기를 빠져나간다. 가까이에 있던 사람들은 계피 빛깔의 작은 귀와 바구니 밖을 빠끔히 내다보고 있는 두 개의 말린 후추 열매 같은 까만 눈을 얼핏 본다.

"아름답다."
"별나다."
"흥미롭다."
"색다르다."
"당당하다."
이런 말들은 행진하는 길옆으로 늘어서서 지켜보던 부모들에게서 나중에나 나올 말들이고, 당장은 입구에서부터 무도회장으로 들어가는 스타걸을 뚫어져라 쳐다보는 눈길들만이 있을 뿐이다. 누군가 카메라 플래시가 한 번 터진 것을 기억하지만 그게 다다. 그애는 거기 있는 어느 누구의 자식도 아니니까. 그애는 부모들이 소문으로만 듣던 그 여자아이이다.

사람들을 지나가면서 그애는 그들의 눈을 피하려 하지 않는다. 오히려 그들을 똑바로 쳐다보고 이쪽으로 몸을 돌렸다 저쪽으로 몸을 돌렸다 하며 마치 자기가 그들을 잘 알기라도 하는 양, 그들이 자신과 중요하고 특별한 것을 함께 공유해 온 사이인 양 그들의 눈 속을 들여다보며 미소 짓는다. 어떤 이들은 설명할 길 없는 편치 않은 느낌에 고개를 돌리고, 어떤 이들은 그애의 눈이 자신의 눈과 더는 마주치지 않게 될 때 갑자기 허전함을 느낀다. 그애에게 너무나도 완벽하게 정신을 빼앗긴 나머지 그애가 사라질 때까지 많은 사람들은 그애가 에스코트하는 사람도 없이 혼자 퍼레이드를 벌였다는 사실을 깨닫지 못한다.

멀리 떨어진 곳에서 자전거에 앉아 하늘을 올려다보았을 때 우리가 은하수라고 부르는 별 무리를 보았던 것을 나는 기억한다. 그애도 그것을 볼 수 있을까, 아니면 전등 불빛 속에 은하수는 감춰지고 말았나 궁금해했던 것을 나는 기억한다.

댄스는 이동식 나무판 무대를 깔아 놓은 중앙 테니스 코트에서 이루어졌다. 무도회에서 누구나 하는 것을 그애도 했다. 그애는 춤을 추었다. 가이 그레코가 이끄는 세레나데 악단의 음악에 맞춰 느린 춤도 추고 빠른 춤도 추었다. 팔을 옆으로 쫙 벌리고 고개를 뒤로 젖힌 채 눈을 감은 그애의 모습은 완벽하게 자신을 즐기고 있다는 인상을 주고도 남았다. 아이들은 그애에게 물론 말을 걸지 않았지만 자신의 파트너 어깨 너머로 그애를 넘겨다보지 않을 수 없었다. 한 곡이 끝날 때마다 그애는 손뼉을 쳤다.

그애는 혼자였고 그 사실을 아이들이 계속 수군거렸고, 분명 그앤 누구의 팔에 안겨서도 춤을 추지 않았지만 어찌 된 영문인지 그 사실이 점점 더 아무렇지 않게 느껴졌다. 클라리넷과 코요테의 울음소리가 전등 불빛 너머로 뒤섞이는 가운데 밤이 깊어 갈수록 그들이 입고 온 담청색 재킷과 난초꽃의 마법은 점점 그 효력이 사라져 가는 듯했고, 그애보다 그들이 더 외로운 것 같은 느낌이 조금씩 그들에게 들었다.

누가 먼저 시작했던 것일까? 아무도 모른다. 누군가 음료 테이블에서 그애와 가볍게 스치기라도 했던 것일까? 그애의 꽃팔찌에서 꽃잎 한 개를 뽑기라도? (꽃잎 하나가 떨어지고 없었다.) 혹은 안녕, 하고 속삭인 걸까? 이것만큼은 확실했다. 레이먼드 스튜드매커라는 한 남자애가 그애와 춤을 추었다.

대부분의 학생들에게 있어서 레이먼드 스튜드매커는 별다른 영향력이 없는 그런 인물이었다. 그는 어떤 스포츠 팀이나 단체에도 소속되지 않았다. 학교 활동에도 전혀 참여하지 않았다. 성적도 보통이었고 입고 다니는 옷도 평범했다. 생긴 것도 그냥 그랬다. 도통 눈에 띌 만한 점이라곤 없었다. 너무 말라서 거물이라는 뜻을 지닌 자기 성조차도 버거워 보였다. 그리고 사실 모두의 눈길이 나무판 무대 위에 있는 그에게로 쏠렸을 때 그의 이름만 가까스로 생각해 낸 몇몇 아이들이 그의 하얀색 재킷에 얼굴을 찡그리며 이렇게 속삭이기까지 했다.

"레이먼든가 뭔가 하는 녀석이군."

그러나 여하튼 그 레이먼든가 뭔가 하는 애가 그애에게 걸어가서 — 그의 파트너가 그렇게 해 보라고 해서 그랬다는 것이 나중에 밝혀졌다 — 그애에게 말을 걸었고, 그리고 그들은 춤을 추었던 것이다.

쌍쌍이 서 있던 아이들이 좀 더 잘 보기 위해 몸을 움직였다. 곡이 끝나자 레이먼드가 그애와 함께 손뼉을 치고 자신의 파트너에게 돌아왔다. 그는 은귀고리가 작은 트럭 같아 보였다고 자기 파트너에게 말했다.

긴장감이 감돌기 시작했다. 남자아이들은 안절부절못했다. 여자아이들은 애꿎은 그들의 꽃 장식만 못살게 굴고 있었다. 살얼음판이 깨졌다. 몇몇 남자아이들이 자신의 파트너로부터 떨어져 나와 그애를 향해 걸어갔는데 그때 그애가 가이 그레코에게로 가서 뭔가를 얘기했다. 가이 그레코가 자신의 악단에게 몸을 돌리고 지휘봉을 흔들기 시작하자 오래된 십 대 댄스 음악의 스탠더드 넘버인 토끼춤이 연주되었다. 몇 초 만에 길게 늘어선 줄이 나무판 무대 바닥을 뱀처럼 가로질렀다. 스타걸이 앞장서서 인도했다. 그리고 갑자기 다시 12월의 그때가 되어 학교가 그애의 마법에 걸렸다.

거의 모든 아이들이 쌍쌍이 합류했다. 힐러리 킴블과 웨인 파는 끼지 않았다.

네트가 쳐지지 않은 테니스 코트를 가로질러 행렬이 이리저리 구부러졌다. 스타걸이 즉흥적인 동작을 지어 보이기 시작했다. 퍼레이드에 나선 유명 인사처럼 그애는 가상의 군중에게 팔을 쭉 뻗어 흔드는 동작을 했다. 또 하늘에 떠 있는 별들을 향해 손가락을 흔들었다. 달걀 거품기처럼 주먹을 휘젓기도 했다. 모든 동작이 그애 뒤를 따라오는 행렬에 의해 똑같이 되풀이되었다. 토끼처럼 깡충거리는 동작이 요염한 연예 쇼 댄서의 뽐내는 걸음걸이로 변했다가 뒤뚱거리는 펭귄 걸음으로 바뀌었다. 그리곤 까치발 걸음까지. 새로운 동작이 나올 때마다 행렬에서 웃음이 터져 나왔다.

가이 그레코가 연주를 멈추자 항의의 함성이 쏟아졌다. 그의 지휘봉이 다시 움직였다.

기쁨의 함성으로 바뀌자 스타걸은 그들을 이동식 나무판 무대로부터 내려오게 해서 다른 테니스 코트로 이끌었다. 그러고는 철조망 담장을 통과해서 완전히 테니스 코트 바깥으로 인도했다. 행렬이 골프장의 퍼팅 연습장으로 향할 때 빨간 카네이션과 손목의 꽃 장식이 반짝였다. 행렬은 전등 불빛 아래로 그 모습을 드러냈다 숨겼다 하며 홀 주변을 돌았다. 나무판 무대에서 그 행렬을 보면 실제보다 더 굉장하게 보였다. 백 쌍의 커플, 이백 명의 사람들, 사백 개의 춤추는 다리들이 한 마리의 흥에 겨운 화려한 생물체, 다리가 많이 달린 멋진 생물체처럼 보였다. 머리가 사라지고 나머지 부분도 불빛 가장자리를 구불구불 통과해 담청색 용의 꼬리처럼 어둠 속으로 사라져 갔다.

시폰 드레스를 입은 한 여자아이가 자신의 파트너와 가벼운 말다툼 끝에 '기다려 줘!' 소리치며 1번 홀 티박스 쪽으로 달려가 버렸다. 그 모습이 꼭 초록색의 거대한 나방 같아 보였다.

그들의 목소리가 골프 코스 쪽에서 분명하게 들려왔다. 웃고 큰 소리로 떠드는 소리가 끊임없이 탁, 탁, 탁, 거리는 토끼 춤의 규칙적인 스텝 소리와 시끌벅적한 대조를 이루었다. 상현달 빛 아래에서 그들은 멀리 보이는 둥근 퍼팅 그린 위에 그림자로 한 번 그 모습을 나타냈는데, 마치 누군가의 꿈속에서 춤을 추고 있는 사람들 같았다.

그러고는 꿈에서 깨어나듯 아주 갑자기 그들이 사라져 버렸다. 아무것도 보이지 않았고 아무 소리도 들리지 않았다. 누군가가 그들 뒤에 대고 "야!" 하고 불렀지만 그게 다였다.

뒤에 남은 사람들에게는 그것이 마치 물속으로 다이빙해 들어간 사람이 수면 위로 떠오르길 기다리는 것과 같았다. 단 한 사람 힐러리 킴블만이 그런 느낌을 갖지 않았다.

"난 여기 춤추러 왔거든"이라고 선언한 뒤, 그녀는 웨인 파를 악단 쪽으로 끌고 가더니 "보통 음악으로 연주해 주세요"라고 요구했다.

가이 그레코가 무슨 말을 하는지 들으려고 고개를 기울이기는 했지만 지휘봉은 멈추지 않았고 악단도 연주를 멈추지 않았다.

오히려 시간이 갈수록 음악 소리는 더욱 커져 가는 듯했다. 어쩌면 그건 착각이었는지 모르겠다. 악단은 자신들이 춤추는 사람들과 연결돼 있다고 느꼈을 수도 있다. 행렬이 더욱더 멀리 밤 속으로 돌아 들어갈수록 악단은 더욱더 크게 연주를 해야 했을 것이다. 어쩌면 음악이 그들을 매어 두는 밧줄이나 아니면 연 끝에 매달린 줄과 같은 역할을 했던 건지도 모르겠다.

힐러리 킴블이 나무판 무대 한가운데로 웨인 파를 끌고 나왔다. 그들은 블루스도 췄다가 빠른 춤도 췄다. 심지어 구닥다리 지르박까지 시도했다. 아무 소용이 없었다. 토끼춤 말고는 그 어떤 춤도 세 박자로 쿵쿵대는 드럼 소리에 맞지 않았다. 힐러리가 주먹으로 웨인 파의 가슴을 쳐 대자 그녀의 난초꽃이 꽃잎을 떨구었다.

"어떻게 좀 해 봐!"

그녀가 소리를 빽 지르더니 웨인의 주머니에서 껌 한 개를 꺼내어 껍질을 쫙 잡아 찢고는 맹렬히 씹어 댔다. 그러고는 씹다 만 껌을 뭉쳐 반으로 가른 뒤 자기의 두 귀에 쑤셔 넣었다.

악단은 연주를 계속했다.

나중에 토끼춤 행렬이 실제로 얼마나 오래 계속됐는지에 의견이 분분했다. 몇 시간은 된 거 같다는 데엔 이견이 없었다. 행렬에 끼지 않고 남아 있던 학생들은 조명등 아래에 서서 플라스틱으로 코팅된 철조망 사이로 손가락을 끼워 넣고 광대한 어둠 속을 응시한 채 뭐 보이거나 들리는 게 없나 신경을 곤두세웠다. 그들이 들을 수 있었던 건 코요테의 울음소리뿐이었다. 한 남자아이가 어둠 속으로 미친 듯이 달려 나가더니 담청색 재킷을 어깨에 둘러멘 채 소리 내어 웃으며 건들건들 돌아왔다. 머리에 반짝이는 장식을 단 한 여자아이가 몸을 부르르 떨었다. 추운 듯 그녀의 드러난 어깨가 흔들렸다. 그녀가 울음을 터뜨렸다.

힐러리 킴블이 주먹을 쥐었다 폈다 하며 철조망 담장을 따라 걸어 다녔다. 가만히 있을 수가 없는 듯했다.

"그들이 돌아온다!"라는 외침이 마침내 저 멀리 끝에서 혼자 망보고 있던 아이로부터 들려왔다. 단 한 사람 힐러리 킴블만 남고 백여 명의 아이들이 몸을 돌려 여덟 개의 테니스 코트 위를 달려갈 때 파스텔 색상의 스커트들이 앞다투어 도망가는 플라밍고처럼 펄럭였다. 그들이 세차게 밀어붙이자 담장이 밖을 향해 열렸다. 그들은 필사적으로 어둠 속을 살폈다. 담장 너머 딱딱한 땅 위엔 빛이 거의 비추질 않았다. 사막 방면이었다.

"어디? … 어디?"

그러고 나서 들려왔다. 와아, 하는 함성이 저 밖 어딘가에서 음악 소리와 충돌하며 들려왔다. 그러고는 — 짜잔! — 노란빛이 번쩍하면서 스타걸이 그림자 속에서 튀어나왔다. 나머지 아이들은 길고 머리가 많이 달린 담청색의 형상으로 어둠 속에서 따라 나왔다. 깡충 깡충 깡충. 그들은 여전히 박자가 딱딱 맞았다. 오히려 전보다 더 힘이 넘쳐 나는 것 같았다. 그들에겐 생기가 돌았다. 그들의 눈은 전등 불빛 아래서 반짝거렸다. 많은 수의 여자아이들이 갈색으로 시든 꽃들을 머리에 꽂고 있었다.

스타걸이 담장의 바깥쪽을 따라 그들을 이끌었다. 담장 안에 있던 아이들도 나름대로 행렬을 만들어 깡충거리며 따라갔다.

가이 그레코가 마지막으로 세 번 지휘봉을 아래로 내리꽂으며 깡충 깡충 깡충 하고 마치자, 두 행렬이 문에서 충돌했고 서로서로 포옹하고 소리 지르고 키스를 나누느라 야단법석이었다.

조금 뒤 세레나데 악단이 「스타더스트」를 연주하자 힐러리 킴블이 스타걸에게 걸어가서 말했다.

"네가 모든 걸 망쳤어."

그러고는 그애의 뺨을 철썩 때렸다.

군중은 일순간 조용해졌다. 두 여자아이는 서로를 마주 보며 오래도록 서 있었다. 가까이 있던 아이들은 힐러리의 어깨와 눈에서 움찔거림을 볼 수 있었다. 되받아 맞을 각오로 기다리고 있었던 것이다. 그리고 스타걸이 마침내 몸을 움직였을 때 실제로 힐러리가 주춤하며 눈을 감았다. 하지만 그녀에게 닿은 것은 손바닥이 아니라 입술이었다. 스타걸은 가만히 그녀의 뺨에 입을 맞추었다. 힐러리가 눈을 떴을 때 그애는 이미 사라지고 없었다.

도리 딜슨이 기다리고 있었다. 노란 가운을 입은 스타걸이 무도회장 입구 길을 둥둥 떠내려가고 있는 것처럼 보였다. 그애가 사이드카에 올라타자 꽃으로 덮인 자전거가 밤 속으로 미끄러져 들어갔고 그것이 우리 모두가 그애를 본 마지막이었다.

32

15년 전의 일이다. 그사이 열다섯 번의 밸런타인데이가 지나갔다.

오코틸로 무도회 이후의 그 쓸쓸했던 여름을 난 다른 모든 것들만큼이나 똑똑히 기억하고 있다. 어느 날 뭔가 부족하고 공허한 느낌이 들어 그애네 집으로 가 봤다.

팔려고 내놓은 집이라는 팻말이 앞마당에 꽂혀 있었다. 나는 창문을 통해 들여다보았다. 텅 빈 벽과 마루뿐이었다.

난 아치를 만나러 갔다. 그는 내가 올 거란 걸 알고 있었다는 듯한 미소를 지어 보였다. 우린 뒤 베란다에 앉았다. 모든 게 평소와 다름없어 보였다. 파이프에 불을 붙이는 아치. 저녁 햇살 아래 금빛으로 물든 사막. 바지가 없어져 가는 사와로 선생님.

아무것도 변한 건 없었다.

그러나 모든 게 변해 버렸다.

"어디로 간 거죠?"

내가 물었다.

그의 입 가장자리가 빠끔히 열리고 몽글몽글 연기가 빠져나오다가 잠시 멈칫하더니 그의 귀 뒤쪽으로 퍼져 나갔다.

"중서부. 미네소타."

"그애를 언젠가 다시 볼 수 있을까요?"

그가 어깨를 으쓱하며 말했다.

"땅덩어리가 큰 나라이긴 하지만 또 세상은 좁다고들 하니까. 알 수 없는 일이지."

"그앤 학년을 다 마치지도 않았어요."

"그랬지."

"그냥… 도망쳐 버렸다고요."

"음……."

"몇 주밖에 안 됐는데 꼭 꿈만 같아요. 그애가 진짜 여기 있었던 거 맞나요? 그앤 누구였죠? 그애가 진짜이긴 했나요?"

그가 오랫동안 나를 쳐다보았다. 반짝이는 눈으로 쓴웃음을 지으며. 그러고는 최면 상태에서 빠져나오는 것처럼 고개를 흔들었다. 그가 무표정한 얼굴로 말했다.

"아, 네가 대답을 기다리고 있구나. 질문이 뭐였지?"

"정신 좀 차리세요, 아치."

그가 서쪽을 향해 눈길을 돌렸다. 태양은 마리코파 산 위로 녹아내리고 있는 버터였다.

"진짜였냐고? 아 그럼, 더할 나위 없이 진짜였지. 절대 그걸 의심하진 마라. 그 사실이 의미 있는 일이거든."

그가 파이프대로 날 가리키며 말했다.

"그리고 이름도 잘 어울렸어. 스타걸. 난 그애가 마음속에 좀 더 단순한 것들을 품고 있었다고 생각하긴 하지만. 별을 품은 사람들은 드물지. 그런 사람을 네가 또 만나게 된다면 운이 좋은 걸 게야."

"별을 품은 사람들이라고요?"

내가 말했다.

"무슨 말인지 잘 모르겠어요."

그가 껄껄 웃었다.

"괜찮다. 나도 내가 무슨 말을 하고 있는지 잘 모르겠는걸, 뭐. 너만큼이나 나 역시 이해가 잘 안 가는 사람들을 설명하는 나만의 별난 방식에 불과해."

"그러면 그 별이란 건 대체 뭐죠?"

그가 파이프대로 날 가리키며 말했다.

"완벽한 질문인걸. 태초, 바로 그것과 관계가 있지. 별들이 우리를 구성하고 있는 재료들, 즉 원초적인 요소들을 제공했던 거야. 우리가 별의 성분을 갖고 있는 거랄까?"

그가 팔레오세 지층에서 발견된 설치 동물 바니의 두개골을 들어 올리며 말했다.

"바니도 그렇고, 안 그래?"

난 일단은 고개를 끄덕이고 보았다.

"가끔가다 한 번씩 다른 사람보다 좀 더 원초적인 사람이 있는 거 같다. 좀 더 태초에 가깝고, 우리를 구성하고 있는 원재료와 좀 더 연결되어 있는 그런 사람."

그 의미를 파악할 수는 없었지만 이런 말이 그애와 어울리는 것 같긴 했다.

그가 나의 얼빠진 표정을 보고 웃었다. 그리고 바니를 내게 던져 주고는 날 빤히 쳐다보며 말했다.

"그앤 널 좋아했다."

이 말을 하는 목소리의 강도와 그 눈빛의 강렬함에 난 놀랐다.

"알아요."

내가 말했다.

"알다시피 그앤 널 위해 그랬던 거야."

"뭘요?"

"그때 잠시나마 자기 자신을 포기했던 거. 그앤 그만큼 널 사랑했던 거지. 넌 엄청난 행운아였는데……."

차마 그를 쳐다볼 수가 없었다.

"알아요."

그는 슬픔에 잠긴 얼굴로 고개를 가로저었다.

"아니, 넌 몰라. 아직은 알 수가 없지. 어쩌면 훗날……."

그가 뭔가 더 말하고 싶어 한다는 걸 난 알 수 있었다. 어쩌면 내가 너무나도 어리석고 너무나도 겁쟁이여서 결국 내가 가질 수 있는 최상의 기회를 날려 버리고 말았다고 말하고 싶었는지도 모른다. 하지만 그의 미소는 되돌아왔고 그의 눈빛은 다시 부드러워졌다. 그리고 그의 입에선 체리 향 연기 외에는 그 어떤 가혹한 말도 나오지 않았다.

나는 계속 화석 결사대의 토요 모임에 참석했다. 이듬해 여름 내가 대학에 입학하기 위해 떠나기 며칠 전까지 우리는 그애에 대해서 다시는 얘기하지 않았다.

어느 날 아치가 나를 집으로 불렀다.

그가 날 집 뒤로 데리고 나갔는데 이번엔 베란다가 아니었다. 대신 그는 날 연장 창고로 데려갔다. 그가 빗장을 밀어 벗기고 문을 열었는데 예상과 달리 그것은 연장 창고가 아니었다.

"여기가 그애의 작업실이었지."

그가 이렇게 말하고 나에게 들어오라고 손짓했다.

거기 모든 게 있었다. 내가 그애네 집, 그애 방에서 보리라 기대했던 그애 활동에 필요한 모든 것들이 그애가 위치를 밝히지 않으려 했던 이곳, '작업실'에 있었던 것이다. 난 리본과 포장지가 감겨 있는 타래도 보았고, 무더기로 쌓여 있는 색상지, 신문기사 오린 것들을 넣어둔 종이 상자, 수채화 물감과 페인트 통 그리고 전화번호부를 쌓아 놓은 노란 더미도 보았다.

한쪽 벽에는 마이카 시내 지도가 압핀으로 꽂혀 있었다. 그리고 그 위에는 열두 가지 다른 색깔 핀들이 수백 개 꽂혀 있었다.

그게 뭘 나타내는지를 알려 주는 표시는 없었다. 반대편 벽은 직접 만든 거대한 달력이 다 차지하고 있었는데 1년 365일에 해당하는 각각의 네모가 마련되어 있었다. 그리고 네모 안에 연필로 씌어 있는 건 사람들 이름이었다. 달력 맨 위에는 가로로 한 단어가 씌어 있었다: **생일**

조그맣게 그려진 빨간 하트가 눈에 확 띄었다. 그것은 내 이름 바로 옆에 그려져 있었다.

아치가 내게 두꺼운 가족 앨범 같은 책을 하나 건네주었다. 겉표지에 직접 손으로 쓴 제목은 「피터 신코위즈의 어린 시절」이었다. 페이지를 넘기며 훑어보다가 난 그애가 그날 찍었던 사진을 보았다. 피터가 자기가 아끼고 좋아하는 바나나 자전거를 두고 여자아이들과 싸우고 있는 사진.

"5년을 기다렸다가 그 소년의 부모에게 주기로 되어 있지."

아치가 말했다.

그가 구석에 있는 파일 캐비닛을 가리켰다.

세 개의 서랍이 있었다. 난 서랍 하나를 열었다. 빨간색 폴더가 여남은 개 있었는데 각각의 폴더에는 이름표가 붙어 있었다.

나는 '벌록'이란 이름을 보았다. 나였다. 난 그 폴더를 꺼내서 펴 보았다. 거기엔 3년 전 마이카 타임스 신문 가정생활란에 실렸던 내 생일 기사가 있었다. 그리고 학교 신문에서 가져온 내 프로필. 그리고 사진들. 있는 그대로의 모습이 담긴 사진들로 주차장에서의 나, 집을 나서는 나, 쇼핑몰에서의 나를 담은 스냅 사진들이었다. 분명한 건 피터 신코위즈만이 그애 카메라의 유일한 목표물이 아니었다는 거였다. 그리고 거기엔 '좋아하는 것'과 '싫어하는 것' 이 두 항목이 나란히 적힌 종이 한 장도 있었다. '좋아하는 것' 항목의 제일 첫 번째는 '포큐파인 넥타이'였다. 그 아래에는 '딸기 바나나 스무디'가 씌어 있었다.

난 내 폴더를 제자리에 놓았다. 다른 이름들도 보였다. 케빈, 도리 딜슨, 맥쉐인 선생님, 대니 파이크, 애나 그리스데일, 심지어 힐러리 킴블과 웨인 파까지.

난 뒷걸음질 치며 물러섰다. 어안이 벙벙했다.

"이건… 도무지 믿어지지가 않아요. 사람들에 대한 파일을 만들다니요. 자기가 스파이라도 되는 것처럼 말예요."

아치가 웃으며 고개를 끄덕였다.

"사랑스러운 배반이지, 안 그래?"

난 아무 말도 할 수가 없었다. 그가 나를 눈부신 빛 속으로 데리고 나왔다.

33

대학에 다니는 동안 집에 올 때마다 아치를 방문했다. 그러고 나서 난 동부에서 직장을 잡게 되었고 나의 방문은 뜸해졌다. 아치가 늙어 가면서 그와 사와로 선생님과의 차이는 점점 줄어들어 갔다.

우리는 뒤 베란다에 앉았다. 그는 나의 직업에 흥미를 느끼는 것 같았다. 난 무대 디자이너가 돼 있었다. 최근에서야 난 스타걸이 날 마법에 걸린 장소에 데려갔던 바로 그날 내가 무대 디자이너가 됐던 거라는 생각이 들었다.

그를 마지막으로 방문했을 때 그가 날 현관에서 맞이하더니 내 눈앞에 자동차 키를 들이댔다.

"네가 운전해라."

그가 시키는 대로 내가 마리코파 산을 향해 서쪽으로 운전해 가는 동안 그의 오래된 픽업트럭 짐칸에선 낡은 타르용 양동이가 덜커덕거렸다. 그의 무릎 위엔 갈색 종이 봉지가 놓여 있었다.
가는 길에 내가 늘 묻던 질문을 했다.
"그래서 그애에 대한 파악은 끝나셨나요?"
그애가 떠난 지 몇 년이 되었건만 여전히 우리는 그애의 이름을 말할 필요가 없었다. 우리가 누구에 대해서 얘기하고 있는지 우린 알았다.
"아직도 연구 중이야."
그가 말했다.
"가장 최근의 결론은요?"
익숙한 대본을 또 반복하고 있었다.
그날 그가 분명하게 말했다.
"그애는 뼈들보다 훌륭해."
지난번에 방문했을 때 그는 '스타걸이 울 때면 그애는 눈물이 아닌 빛을 흘린다'라고 말했다. 또 어떤 때에는 그애를 '모자 속의 토끼'라고 했고, '많은 것을 녹이는 용매인 물', '우리의 쓰레기 재활용자'라고도 불렀다.
그는 장난기 어린 미소를 띤 채 이런 말들을 했는데, 우리가 다음번에 만날 때까지 내가 그 뜻을 놓고 머리를 쥐어짜다가 결국 혼란에 빠지고 말 거라는 걸 알았기 때문이었다.
이른 오후에 우린 산기슭의 자그마한 언덕에 다다랐다. 그는 돌이 깔려 있는 갓길에 차를 세우도록 했다. 우리는 내려서 걸었다. 그는 종이 봉지를 들고 갔고 난 양동이를 가져갔다. 그가 종이 봉지에서 축 늘어진 파란색 모자를 꺼내서 머리에 눌러 썼다. 먼 거리에서는 버터같이 부드럽고 따사롭게만 보이던 태양이 뜨겁게 타오르고 있었다.

우리는 멀리 가지 않았다. 걷는 것이 그에겐 힘든 일이기 때문이었다. 우리는 연한 회색빛을 띤 채 앞으로 돌출되어 있는 매끈한 바위 앞에 멈춰 섰다. 그가 양동이에서 작은 곡괭이를 꺼내어 바위를 쪼았다.

"이렇게 하면 되겠지."

그가 말했다.

그가 바위를 쪼고 있는 동안 난 봉지를 들고 있었다. 그의 육체가 흙으로 돌아갈 준비를 하고 있기라도 하듯 그의 팔뚝 피부가 건조하게 갈라져 있었다. 10분이 걸려서 그는 그에게 적당하다고 판단되는 크기의 구멍을 팠다.

그가 봉지를 달라고 했다. 난 그가 거기서 꺼내는 물체를 보고 충격을 받았다.

"바니!"

팔레오세 설치 동물의 두개골이었다.

"여기가 제자리지."

그가 말했다. 바니를 사우스다코타에 있는 원래 그가 속했던 지층에 갖다 놓을 기력이 없어서 아쉽다고 했다. 그는 바니를 구멍 안에 놓더니 주머니에서 작은 종이 한 장을 꺼냈다. 그러고는 그 종이를 구겨서 두개골과 함께 그 구멍 안에 쑤셔 넣었다. 그다음 양동이에서 물 한 병과 작은 시멘트 포대, 모종삽 그리고 플라스틱 쟁반을 꺼냈다. 그는 시멘트를 물에 개어 모종삽으로 구멍 위에 발랐다. 멀리서 보면 바위에 어떤 변화가 있었다고 알아채긴 어려웠을 것이다.

픽업트럭으로 돌아오면서 난 그에게 종이에 뭐가 씌어 있는지 물었다.

"단어 하나."

그가 말했다. 더 질문해 봤자 아무 대답도 듣지 못할 거라는 걸 말해 주는 어조였다.

우린 산등성이를 빠져나와 동쪽으로 차를 몰았고 해가 지기 전에 집에 왔다.

다음번에 내가 고향에 왔을 땐 다른 사람이 아치네 집에 살고 있었다. 뒷마당의 창고는 사라지고 없었다. 사와로 선생님도 마찬가지였다.

그리고 지금은 새로 지은 초등학교가 스타걸의 마법에 걸린 장소를 차지하고 있다.

별 이상의 그 무엇

졸업 이후 우리 동기들은 5년마다 한 번씩 동창회를 했지만 난 아직 한 번도 가지 않았다. 케빈과는 연락을 하고 지낸다. 그는 마이카를 떠난 적이 없고 지금도 거기서 가정을 꾸리고 있다. 나처럼 그 역시 텔레비전 방송 쪽으로 나가진 않았지만 그의 입담만큼은 잘 사용하고 있다. 그는 보험 설계사이다.

케빈 말이 마이카 컨트리클럽에서 동창회를 할 때면 스타걸에 대한 이야기를 많이 하고 어떻게 지내고 있나 궁금해한다는 것이다. 요즘 들어 가장 흔한 질문은 '너 그때 토끼춤 행렬에 있었니?' 라나. 지난번 동창회에서는 아이들 몇 명이 장난삼아 행렬을 만들어 허리에 손을 얹고 몇 분 동안 퍼팅 그린 주변을 깡충거리며 뛰어다녔는데 그때 같지 않았다고 한다.

졸업 후 얼마 안 돼 웨인 파와 힐러리가 헤어졌다는 것 외에 웨인 파가 어떻게 되었는지 확실하게 아는 사람은 아무도 없다. 마지막으로 들은 얘기는 그가 해안 경비대에 입대한다고 했다는 것이다.

학교에는 해바라기라는 이름의 새 동아리가 생겼다. 가입하려면 '내가 아닌 누군가를 위해 하루에 좋은 일 한 가지를 한다'는 서약을 해야 한다.

일렉트론 마칭 밴드는 아마도 현재 애리조나 지역에서 우쿨렐레를 악기의 하나로 연주하는 유일한 밴드일 것이다.

일렉트론즈 농구 팀은 내가 11학년 때 그들이 만끽했던 성공 근처에도 가 본 적이 없다. 하지만 그 시즌에 있었던 어떤 일이 최근에 다시 표면화되어 다른 학교 팬들을 당황시키고 있다. 경기마다 상대편이 첫 득점을 올리면 일렉트론즈 팬 가운데 몇 명이 벌떡 일어나서 환호하는 것이다.

마이카에 갈 때마다 난 팔로 베르데가에 있는 예전 그애네 집 앞을 운전해서 지나간다. 가장 최근에 갔을 때 길 건너편에서 노란색 폭스바겐 비틀 차 지붕 위에 수상 스키를 고정하고 있는 빨간 머리의 젊은이를 보았다. 피터 신코위즈가 틀림없었다. 어려서 바나나 자전거를 독점하려 했듯이 자신의 차에도 그렇게 소유욕이 강한지 궁금했다. 자신의 스크랩북을 아끼고 사랑할 만큼 성숙했는지도 궁금했다.

나로 말하자면 내 일에 몰두하고 실버런치 트럭이 있나 살펴보기를 게을리하지 않으면서, 기억 속에 산다. 가끔은 우산 없이 빗속을 걷는다. 인도 위에 떨어진 동전을 보면 그냥 내버려 둔다. 아무도 보고 있지 않을 때 25센트짜리 동전을 떨어뜨린다. 홀마크 카드를 살 때면 죄의식이 느껴진다. 흉내지빠귀 울음소리에 귀를 기울인다.

난 신문을 읽는다. 전국 방방곡곡의 신문들을 읽는다. 1면은 건너뛰고 헤드라인도 건너뛰고 뒤 페이지로 간다. 난 지역 사회 소식란을 보고 여백 메꿈용 기사를 본다. 메인주에서부터 캘리포니아주에 이르기까지 전역에서 일어난 자그마한 친절 행위들에 대한 기사를 읽는다. 매일 아침 번잡한 교차로에 서서 일터로 차를 몰고 가는 사람들에게 수신호를 해 주는 켄자스시의 한 남자에 대한 기사를 읽는다.

자기네 집 앞에서 한 잔에 5센트짜리 레모네이드를 팔면서 모든 고객에게 공짜로 등을 긁어 준다는 오리건의 꼬마 소녀에 대한 기사도 읽는다.

이런 기사들을 읽으면 난 **그애가 거기 있나** 하는 생각이 든다. 지금은 자신을 어떻게 부르는지. 주근깨는 없어졌을지 궁금해진다. 언젠가 내게 또 다른 기회가 올 것인지 의문이지만 절망하진 않는다.

나는 가정을 꾸리지 않았어도 외롭지 않다. 누군가가 나를 지켜보고 있다는 걸 아니까.

아침마다 메아리치는 그애의 웃음소리에 잠을 깨고, 밤이 되면 별 이상의 그 무엇이 날 내려다보고 있음을 느낀다.

지난달 내 생일 하루 전날에 난 선물용 포장지에 싸인 상자 하나를 우편으로 받았다.

그것은 포큐파인 넥타이였다.

옮기고 나서

스타걸이 처음 마이카 고등학교에 나타났을 때 아무도 그애를 진짜 학생으로 믿지 않았을 정도로 그애는 다른 아이들과 달랐다. 청바지 대신 긴 치마를 즐겨 입는 아이. 역사 시간에 난쟁이 요정에 관한 질문을 하는 아이. 해바라기 무늬 천 가방 속에 애완용 쥐를 넣고 다니는 아이. 빗속에서 춤을 추는 아이. 그리고 점심시간마다 우쿨렐레를 치며 생일 축하 노래를 불러 주는 아이.

자의식 없는 스타걸의 순수한 행동들에 자극받은 마이카의 학생들은 마치 개구리가 잠에서 깨어나듯 각자의 개성을 찾아감과 동시에 진정한 공동체 의식을 갖게 된다. 하지만 '기적'은 오래가지 못하고 스타걸은 치어리더에 뽑힐 정도로 인기 있던 학생에서 모두가 미워하는 대상이 되고 마는데, 학교 대항 농구 경기에서 마이카 농구 팀의 득점을 기뻐하는 만큼 상대 팀의 득점에도 환호를 보내는 스타걸의 응원 태도가 그 원인이었다.

자아가 없는 듯 자신의 모든 관심을 남에게 쏟는 스타걸은 타인의 성공에 기뻐하고 모두를 응원함에 주저함이 없지만, 늘 승자이기만을 바라는 다른 학생들은 그런 스타걸을 이해하지 못하고 '따돌리기'의 대상으로 삼은 것이다. 하지만 스타걸은 학교를 떠나기 전 마지막 무도회에서 토끼춤으로 다시 한 번 학생들을 하나로 만드는 데 성공한다. 이 성공은 훗날 '내가 아닌 누군가를 위해 하루에 좋은 일 한 가지'를 하는 것이 약속인 해바라기란 이름의 학교 동아리와 상대 팀의 첫 득점에 환호를 보낼 줄 아는 학교 응원단의 존재로 이어진다.

십대들을 위한 좋은 작품을 여러 편 써온 뉴베리상 수상 작가 제리 스피넬리는 『스타걸』에서 청소년들 사이의 사랑과 우정, 미움과 갈등의 이야기를 적확하게 그러나 아름답게 그려 내고 있다.

스타걸은 자신의 이름처럼 가슴에 별을 품고 있는 아이이다. 자신을 지워 버리고 우주와 하나가 되어 별의 속삭임을 들을 수 있는 아이이고, 이제는 우리가 잃어버린 태초의 어떤 것과 연결되어 있는 그런 아이이다. 소설의 1인칭 화자이자 스타걸의 남자친구인 리오 벌록은 그러한 스타걸을 알게 되면서 새로운 세상에 눈을 뜬다. '아무것도 아닌 것'들로 차 있던 '회색빛 세상'은 이제 '많은 볼 것'으로 가득한 경이로운 세상이 되고, 이전까지 눈에 띄지 않던 작고 평범한 것들에 관심을 기울이며 마음으로 보는 법을 배운다. 너무나 달라 보였지만 '진정한 우리의 모습' 또는 '잃어버린 우리의 옛 모습'에 다름없던 스타걸과의 만남은 독자들에게 사소한 것에의 관심과 타인에 대한 배려의 소중함을 생각하는 따뜻한 시간을 선사할 것이다.

\- 양원경

추천의 말

기쁜 소식이 들려왔다. 절판되었던 『스타걸』이 재계약되어 다시 출판 준비를 하고 있다는 소식이다. 다시 가슴이 뛴다. 그녀가 나를 응원해 주러 왔구나! 내 곁에서 늘 지켜봐 주고 있구나! 울컥했다.

2002년 월드컵 열기로 뜨거웠던 그해 늦가을. 좋아하는 밴드 불독맨션의 공연을 보러 갔다. 그 공연에서 「Stargirl! 내 사랑을 받아다오!」라는 곡을 만났다.

스타걸? 혹시 그 책의 그 아이? 생각하고 있는데, 바로 그때 밴드 리더 이한철 씨가 스타걸이란 책을 읽고 만든 노래라고 설명했다.

맞았구나! 이런 신기한 인연이 있을까? 내 친구 스타걸을 이한철 씨도 알고 있었다니. 끼리끼리 법칙이랄까? 좋은 애 옆에 또 좋은 애 같기도 하고, 내 친구를 아는 친구를 만난 기분에 공연 내내 감동과 행복 그 자체였다.

이 기쁜 소식을 스타걸에게 알려 주고 싶었다. '너도 아니? 네 주제곡이 있어!' 집에 와서 바로 출판사에 메일을 보냈다.

이 소식을 들은 출판사에서도 가만히 있지 않았다. 우리의 『스타걸』을 곧바로 공연장으로 쏘아 주었다! 그리고 그 책을 이한철 씨가 관객에게 날렸다. 출판사 식구들과 함께 나는 스탠딩 공연장에서 『스타걸』 속 토끼춤을 미친 듯이 추었다. 스타걸이 실제로 공연장에 온 것 같았다. 이런 운명 같은 만남이 또 있을까?

(세월이 흐르고 이한철 씨는 나우 프로젝트, 암 환우분들과 함께 멋진 아임 파인 땡큐 프로젝트도 진행하시면서 사회에 선한 영향력을 발휘한다. 그분은 여전히 스타걸과 친구였다!)

그때 나는 임용 고시 준비생이었다. 공부하느라 지쳐 있던 내게 손 내밀어 준 그녀, 스타걸! 그녀 덕분에 용기 내어 수험 생활을 마무리했고, 2003년 신규 교사가 되었다. 늘 소외되고 힘든 친구에게 스타걸이 먼저 손 내밀고 팔 벌려 안아 주던 것처럼 나도 그런 교사이고 싶었다.

나는 정말 그랬을까? 초보라서 좌충우돌했으니 마음처럼 안 되었을 수 있다. 다양한 학교에서 아이들과 만나고 학부모님과 만나고 있다.

예전에는 책 표지의 스타걸이 그냥 단순하지만 참 귀엽게 그려져 있다고 생각했다. 이제는 책 표지의 스타걸이 두 팔 벌려 기다려 주고 있는 모습으로 보인다. 언제든 힘들거나 너무 행복할 때 달려가 안길 수 있다. 늘 그 자리에 그녀가 기다리고 있기 때문이다.

처음 시작했을 때는 아이들과 나이 차가 별로 나지 않았는데, 이제는 학부모님과 나이 차가 별로 나지 않는다. 시간이 참 빠르다. 그래서일까 언제부터인가 아이들을 안아 주기 시작했다. 마음이 힘들다고 할 때나 너무너무 반가울 때 수시로 나도 모르게 두 팔을 한껏 벌려 안아 준다. 그러면 옆에 있던 아이들이 자기도 안아 달라고 뛰어온다. 그런데 아이들만 안아 주는 게 아니다. 언젠가부터는 학부모님도 안아 드린다. 상담하다 보면 여러 가지 감정에 눈물을 글썽이시는 분들도 많다. 그럴 때 나는 '제가 한 번 안아 드려도 될까요?' 여쭤본다. 그러고는 얼른 또 팔을 벌려 안아 드린다.

그동안 나는 열심히 살아왔다고, 스타걸의 자랑스러운 친구답게 지냈다고 말하고 싶었다.

그런데 사실은 그 과정에서 실패도 하고 좌절도 있었으며, 체력이 소진되어 아프기도 했다. 그래서 작년부터 인생 2막이라는 생각으로 다른 욕심 내려놓고 건강히 나다운 삶을 살자고 결심하고 실천 중이다. 이런 내가 가끔은 초라해서 못 견디겠기도 했고, 미련하게 미련이 남아서 슬프기도 했다. 스타걸에게 내가 얼마나 멋진 어른이 되었는지 자랑하고 싶었으나 그렇지 못한 내가 아쉽다. 그런데 스타걸에게 진짜 하고 싶은 말이 무엇일까 가만히 생각하다 보니 힘든 적도 많았다고 투정도 부리고 기대고 싶었던 것 같다. 우리가 처음 만난 그때처럼…….

내가 바르게 걷기 자격증이 있는 걸 알면 스타걸은 '너도 참 엉뚱하다. 별걸 다 하는구나.' 하고 밝게 웃어 주겠지? 그러면 '나 할머니가 되면 노인 걷기 교실 같은 재활 운동 교실 선생님이 되어 볼까 하는데.' 하고 노년의 꿈도 말해 줄 거다. 자랑할 거리가 있어야 만나는 관계가 아니라 초라한 모습까지도 그냥 다 품어 줄 수 있는 친구, 그 친구가 바로 '스타걸'이다. 우리는 그냥 서로에게 스타걸이 되어 주면 되는 것이다.

코로나19가 지속되면서 거리를 두느라 친구들과 마음껏 뛰놀지도 못하고, 함께 하는 활동도 줄어들면서 힘들어하는 아이들이 많다. 얼마 전 만난 제자들 말로는 학교에 적응하기 힘들거나 건강상의 이유로 자퇴한 친구들도 많다고 한다.

마음이 힘들 때 위로받을 수 있는 귀한 친구 스타걸을 많은 아이가 만나서 씩씩하게, 자기다움을 잃지 않고 성장할 수 있길 바란다. 그러려고 스타걸이 우리 곁으로 다시 돌아왔으니까 말이다.

- 이도현(운암고등학교 교사)

독자 서평

★굉장히 독특한 책이었다. 제목만 보면 스타걸… 많은 주목을 받는 연예계의 스타 이야기나 학교에서 유명한 아이의 이야기 같지만, 이 소설은 학교 안에서 조금은 다른 생각을 가지고 독특하게 행동하는 어떤 한 아이의 이야기이다. (교보 spirea15)

★그녀의 모습에 반하지 않을 녀석이 있을까. 정말 멋졌다. 그녀의 모습. 그녀의 언행, 그녀의 행동들, 정말 하나하나가 최고였다. (교보 songhogeun)

★스타걸은 이 소설의 무대인 애리조나의 광대한 사막처럼 자유롭고 독특한 소녀입니다. 학생들은 처음에는 그녀의 독특함 때문에 그녀를 좋아하지만 역시 그녀의 독특함 때문에 또 그녀를 외톨이로 만듭니다. 그러나 그 가운데에서도 스타걸은 변함없이 따뜻한 눈으로 사람들을 바라봅니다. 마음이 가득 차오르는 이야기입니다. (예스 24 lisa97c)

★선인장 꽃에서 피어나는 향기 같은 아이, 코르크판에 핀으로 고정해 보려 해도 살아 있는 나비처럼 팔랑팔랑 날아가 버리는 아이, 오늘이기도 하고 내일이기도 한 아이. 이 책은 아름다운 작은 영혼에 대한 이야기이다. (예스 24 tombow11)

★나는 몇 년째 외국에서 생활하다가 한국으로 날아 온 학생이다. 스타걸의 일명 '왕따' 스토리가 지난 상처를 들춰내기라도 하듯이 찬찬한 아픔을 주었다. 우린 우리고, 나는 나 자신이다. 누구도 서로를 깎아내리지 못할……. (알라딘 davidoffB)

★이 스타걸이라는 친구는 사실상 나의 얕은 생각만으로는 상상할 수 없는 괴짜이다. 나는 주인공 스타걸을 통해 내가 얼마나 나만을 생각하면서 그리고 관습만을 실천하면서 살았는가 반성하게 되었다. 이 책은 내 생각의 키를 이만큼 자라게 해 주었다. 매력적인 괴짜 소녀에게 마음을 빼앗겨 보는 것도 좋겠다. (알라딘 고등학생)

★ 스타걸은 어른이 되어 가면서 우리가 하나씩 잃어 가는 꿈은 아닐까? 누구나가 성장기에 겪는 혼란과 선택의 문제를 쓸쓸하게 그려 간 아름다운 책이다. (인터파크 jhja631)

★ 나 또한 스타걸을 희한하게 쳐다보다 열광하고, 잔인하게 뒤돌아섰다. 그러면서도 흘끔거릴 수밖에 없었던 같은 반, 같은 학교 친구들 중 하나이지 않을까 하는 생각을 해보며……. (인터파크 Mnstruck)

★ 뒷부분의 댄스파티에서는 정말 마법에 걸린 듯했다. 너무나 환상적인 장면이었다. 아름다운 슬픔이 별처럼 반짝이며 내 가슴으로 쏟아져 내렸다. (17세 고등학생)

★ 스타걸이 따돌림당하는 부분부터는 순식간에 읽었다. 내가 다니는 학교에서도 따돌림을 당하는 친구들이 있기 때문이다. 친구를 따돌리는 친구들이 스타걸을 읽었으면 좋겠다. (15세 중학생)

★ 무척 재미있게 읽었다. 이 책은 전부 이해할 수 있었고, 읽는 동안 내가 마치 그 속에서 숨 쉬며 살고 있는 것처럼 느껴졌다. 스피넬리 씨와 만날 수 있다면 나는 틀림없이 그분이 좋아질 것 같다. (24세 여성)

★ 최근에 읽은 소설 중에서 가장 감동적이었다. 얄팍하게 눈물샘을 자극하지 않고 짠한 여운을 남기는 소설. 성인이 되어 스타걸을 회상하는 뒷부분에서 그만 눈물이 났다. (40세 남성)

★ 15년의 세월이 흘렀다. 그 사이 열다섯 번의 밸런타인데이가 지나갔다, 라고 리오가 회상하는 대목에선 그만 숨이 턱 막혔다. 내 영혼을 맑게 하는 아름다운 슬픔이었다. 내가 살아 있어 이런 소설을 읽을 수 있다는 게 고맙고 행복했다. (32세 여성)

★ '자기답게' 살고 싶다고 생각하면 생각할수록 다른 사람들이 받아들여 주지 않는다……. "그애는 우리들 자신이다"라는 아치의 말이 가슴에 다가온다. (36세 여성)

제리 스피넬리 (Jerry Spinelli)

1941년 미국 펜실베이니아주에서 태어났으며, 게티즈버그대학에서 공부한 뒤 존스홉킨스대학에서 문학 석사 학위를 받았습니다. 열여섯 살에 그가 활약하던 고등학교 야구 팀이 큰 시합에서 승리한 뒤, 그 감격을 시로 발표한 것이 첫 번째 글이었습니다. 이후 꿈이 메이저리그 선수에서 작가로 바뀝니다. 여섯 형제들과 자란 제리 스피넬리의 어린 시절은 글쓰기에 많은 도움이 되었습니다. 풍요로운 어린 시절의 경험과 기억들 덕분에 재미있고 진실된 인생이 담긴 이야기를 만들어 낼 수 있었습니다. 이러한 그의 작품 가운데 여섯 번째로 쓴 『하늘을 달리는 아이』가 미국 어린이 문학에서 가장 뛰어난 작품이라는 평을 받으며 1991년에 뉴베리상을 받았고, 『잔혹한 통과의례』로 1998년에 다시 뉴베리상을 받았습니다. 스무 번째 책이자 그의 대표작인 『스타걸』은 부모들이 선정한 2000년 좋은 책 부문 금상을 수상했으며, 〈퍼블리셔스 위클리〉지가 2000년 베스트셀러 소설로 선정했으며, 2020년 영화로도 제작되었습니다. 그 밖에 『문제아』 『내 이름은 도둑』 『징코프, 넌 루저가 아니야』 등이 국내에 출간되었습니다.

양원경

이화여자대학교 영어영문학과를 졸업한 후, 미국 위스콘신대학교 매디슨 캠퍼스에서 영문학 석사 학위를, 서강대학교에서 박사 학위를 받았습니다. 대학교에서 교양 영어를 가르쳤고, 옮긴 책으로는 『겁 없는 허수아비의 모험』 『폭풍의 비밀』 『꼬마 작가 폼비의 악당 이야기』 『캐리의 전쟁』 『불의 악마를 찾아간 라일라』 등이 있습니다.